大魚讀品
BIG FISH BOOKS

让日常阅读成为砍向我们内心冰封大海的斧头。

JÓN KALMAN
STEFÁNSSON

冰岛往事
2
捞星星

[冰岛] 约恩·卡尔曼·斯特凡松 _ 著

李静滢 _ 译

HARMUR ENGLANNA

四川文艺出版社

图书在版编目（CIP）数据

冰岛往事.2,捞星星／（冰）约恩·卡尔曼·斯特
凡松著；李静滢译.-- 成都：四川文艺出版社,2023.4
ISBN 978-7-5411-6520-7

Ⅰ.①冰… Ⅱ.①约… ②李… Ⅲ.①长篇小说—冰
岛—现代 Ⅳ.① I535.45

中国国家版本馆 CIP 数据核字（2023）第 028938 号

版权登记号：图进字 21-2022-344 号

BINGDAO WANGSHI 2 LAO XINGXING

冰岛往事.2，捞星星

[冰]约恩·卡尔曼·斯特凡松　著　李静滢　译

出 品 人　谭清洁
责任编辑　陈润路　王梓画
责任校对　段　敏

出版发行　四川文艺出版社（成都市锦江区三色路 238 号）
网　　址　www.scwys.com
电　　话　028-86361781（编辑部）

印　　刷　河北鹏润印刷有限公司
成品尺寸　140mm×200mm　　开　本　32 开
印　　张　9.875　　　　　　　字　数　181 千
版　　次　2023 年 4 月第一版　印　次　2023 年 4 月第一次印刷
书　　号　ISBN 978-7-5411-6520-7
定　　价　49.80 元

我们的眼睛像雨滴

现在睡上一觉多好，一直睡到我们的梦境变成天空，宁静的、平和的天空，一两片天使的羽毛从空中飘落，此外只有遗忘者的幸福。然而，睡眠避开了死者。我们一旦闭上凝视的眼睛，突然袭来的就是回忆，而非睡意。起初，回忆一片片地落下，甚至和白银一样美丽，可是很快就变成黑压压的、令人窒息的雪花，七十多年来一直如此。时间流逝，人们离世，身体沉入地下，我们无法知晓更多。除非在梦中，否则这里几乎看不到天空。群山从我们这里夺走了天空，因群山而更加猛烈的风暴同样夺走了天空，最终只留下黑暗。但是有时，我们会在暴风雪过后瞥见天空。这时我们相信，我们能看见天使留下的一抹白色，高悬在层云和群山之上，高悬在人们的亲吻和错误之上，如同对无边幸福的允诺。那允诺让我们心中充满孩子般天真的快乐，让遗忘已久的乐观情绪在我们心中激荡，却也加深了失落和无望。情形就是这样，一道强光投下深深的暗影，大幸之中含有大不幸，人们的幸福似乎注定处于刀尖上。生活非常简单，人却不是。我们所说的生活之谜，是我们自身的错综复杂和让人看不透的幽深。死亡拥有答案，它在某处言说，并让古老的智慧脱离束缚。当然，这是糟糕的废话。我们的所知、所学，与其说出自死亡，不如说出自一首诗，出自绝望，最终出自幸福的回忆及巨大的背叛。我们不拥有智慧，我们体内悸动的心取代了智慧，而这或许更好。我们已经走了很远，比之前的任何人都走得更远。我们的眼睛像雨滴，满溢天空、纯净的空气和空无。所以说，倾听我们的声音是安全的。但是，如果你忘记活下去，结局就会像我们一样，这群被迫在生和死之间游荡的家伙。这般死气沉沉，这般寒冷，这般死气沉沉。在思想的疆域深处，在这令人崇高和邪恶的意识深处，某个地方仍然栖留着一道闪烁的微光。它拒绝熄灭，拒绝屈从于沉重的黑暗和令人窒息的死亡。这道光滋养我们，也折磨我们，它说服我们继续前进，而不是像愚蠢的野兽一样躺下并等待那或许永远不会到来的一切。这道光在闪烁，所以我们继续前行。我们的行动可能不确定、犹豫不决，但我们目标清晰——拯救世界。用这些故事，用这些很久以前就沉入遗忘之境的诗歌和梦想的片段，拯救你们，拯救我们自己。我们在一条漏水的划艇上，带着一张破烂的渔网。我们要去捞星星。

一些词语是时间的贝壳，

对你的回忆或许寓于其中

I

在阴沉沉的落雪和寒冷中，夜色正在降临。四月的黑暗挤进雪花，而雪花正堆积在那个男人和那两匹马身上。一切都被冰雪变成了白色，然而春天正在途中。他们迎着这个国度里比一切都强劲的北风艰难行进，男人骑在马上，身体前倾，紧紧抓着另外一匹马的缰绳。他们满身雪白，身上结满了冰，简直就要化身为雪了。北风似乎打算在春天到来前把他们带走。两匹马蹚过深深的积雪，后面那匹马的背上隐隐约约驮着东西，也许是行李箱、鳕鱼干，甚至可能是尸体。黑暗更浓，却还没变成彻底的漆黑一团。不管怎么说，这是四月了。他们出于令人钦佩或麻木的执拗坚持前行，这是生活在宜居世界边缘的人们特有的性格。放弃当然总有诱惑力，实际上很多人都放弃了，让日常生活如雪一样袭来，直到自己陷入其中，不再冒险，只是停下来，怀着某个时候云收雪霁的希望，听任自己被雪覆盖。然而马匹和骑马人继续抵抗着，坚持向前，尽管这世间似乎除了这天气之外什么都不复存在，尽皆消失。这样的降雪抹去了方向、景物，不过，即使在最美好的日子里，在到处一片蔚蓝和澄明，有鸟儿、有花朵，或许也有阳光之时，那些从我们这里夺走了很大一部分天空的高山仍隐藏在雪中。一栋房子的山墙突然在无情的暴风雪中出现，但他们甚至连头都没抬。很快又出现了一面山墙。然后是第三面。还有第四面。他们仍然跌跌撞撞地前进，就好像任何生命、任何温暖都不再与他们有任何关系，好像除了机械地挪步之外什么都不重要。透过雪花甚至能瞥见微弱的灯光了，而灯光是来自生命的信号。一人两马来到一栋大房子前，驮着男人的那匹马径直走向台阶，抬起右前腿，用力蹭着最下面的一级台阶。男人嘟囔着什么，马停下了，而后他们等待着。领路的马直直地站着，肌肉绷紧，耳朵竖起，另一匹马则垂着头，像在深深地思考。马会思考很多事情，在所有动物中最接近哲学家。

终于，门开了，有人走到楼梯平台上，眼睛眯缝着望向恼人的雪，迎向冰冷的风。在这里，天气主宰一切，像塑造黏土一般塑造着我们的生活。谁在那里？那人大声问着往下看，被风吹得乱飞的雪阻隔了他的视线。但是骑马人和马都没应声，他们只是凝视着、等待着，后面那匹驮着东西的马也是一样。平台上那人关上门，摸索着走下台阶，走到正好一半时停了下来，向前探着下巴，想看得更清楚些。接着，仿佛是要从话语中清掉冰块和垃圾，马背上的人终于发出了嘶哑而短促的声音，开口问道：你是谁？

男孩朝后退，上了一级台阶。我真的不知道。他回答，声音中有种尚未失去的真诚，显得他像个傻瓜或智者，不是什么特别的人，我想。

谁在那里？老船长科尔本问。他弓着身子坐在空咖啡杯前，将破碎镜片般的灵魂朝男孩的方向转了过来。男孩回到门内，想什么都不说，却还是脱口说道：邮差詹斯骑着满身冰的马，要找海尔加。之后他便从坐在永恒黑暗中的船长身旁匆匆走过。

男孩快速爬上楼梯，冲进走廊，两三步就蹿上了阁楼的台阶。他一心往前冲，鬼影一样飞奔进阁楼入口，接着气喘吁吁地呆立在那里。他的眼睛渐渐习惯了光线的变化。阁楼里近乎黑暗，地板上有盏小油灯，一个浴缸在飘满白雪的窗下和夜色中显现出来，阴影在天花板上闪烁，就好像身在一场梦中。他辨认出了盖尔普特乌黑的头发、白色的肩膀、高耸的颧骨、半边乳房和皮肤上的水滴。他看见海尔加一手叉着腰，站在浴缸旁，一绺头发散开来，从前额垂下。他从未见过她这样轻松无忧。男孩猛然转头，仿佛是要唤醒自己，又迅速转身，望向相反的方向，尽管那里看不到什么特别的东西，只有黑暗和空无，而那是生者的眼睛绝对不该看的地方。邮差詹斯，男孩这样说时试图不让心跳干扰他的声音，可那当然是完全无法控制的，邮差詹斯来了，他找海尔加。你转过身来也绝对安全，要不就是我太丑了？盖尔普特问道。别折磨这男孩了。海尔加说。看到老女人赤身裸体，对他能有什么伤害呢？盖尔普特说。男孩听到她从浴缸里站起来。人们坐进浴缸，边想着些事情，边把身体洗干净，然后从洗澡水里站起来，这一切都相当普通，但是就连这世上最普通的事情也能隐藏着相当大的危险。

海尔加：现在你可以转过身了，安全啦。

盖尔普特在身上裹了条大毛巾，但肩膀仍然裸露着。她的满头黑发湿漉漉的，显得比往日更黑亮。老的是天空，不是你。男孩说。盖尔普特静静地笑了笑，笑意深沉，说道：如果你失去纯真，孩子，那可就危险了。

科尔本听到海尔加和男孩走近时哼了一声，脸扭曲着，那张脸上布满了生活的鞭挞留下的皱纹和沟壑。他的右手在桌上缓缓移过去，像条弱视的狗摸索着往前移，把空咖啡杯推到一边，滑过一本书的封面时，他的表情突然放松了。小说不会让我们谦恭，却让我们真诚，这是它的本质，是它能成为重要力量的原因。男孩和海尔加走进咖啡馆时，科尔本的表情变得僵硬，但他仍然把手放在那本书上，是《奥赛罗》，马提亚斯·尤库姆松的译本。"别动，住手！我的人，其他的人！若是我想打架，不用催促就会动手。"[1]海尔加已经披上了一条厚厚的蓝围巾，她和男孩从装作对什么都没兴趣的科尔本身边走过去，到了门外。海尔加朝下望去，詹斯和两匹马一身雪白，让人几乎辨认不出了。你怎么不进来啊？她尖声问道。詹斯看着她，带着歉意回答：说实话，我冻在马背上了。

詹斯总是用心斟酌词语，而在刚刚完成一次漫长艰苦的冬季送信之旅后，又格外沉默寡言。无论如何，在一场暴风雪中，在狂风肆虐的荒野上，方向尽皆迷失时，又能期望一个人用词语做什么呢？他说他冻在马背上了，那就是这个意思。词语是完全透明的，没有隐藏任何意义，没有阴影，就像词语惯常的用法。我结结实实地冻在了马背上，这意味着他在大约三小时前涉过最后一条大河，河流在阴暗的暴风雪中隐藏了它的深度。詹斯膝盖以下全湿透了，好在马够高大。四月的寒冷瞬间攫住了他们，马和人结结实实地冻在了一起，以至于詹斯丝

---

[1] 马提亚斯·尤库姆松（Matthías Jochumsson，1835—1920），冰岛诗人、剧作家和翻译家，冰岛国歌歌词就是他创作的抒情诗。这里引用了威廉·莎士比亚悲剧《奥赛罗》（*Othello: The Moor of Venice*）第一幕第二场，莎士比亚的原文是："Hold your hands, / Both you of my inclining, and the rest; / Were it my cue to fight, I should have known it / Without a prompter." 小说引文与莎士比亚的原文略有出入，这段莎剧原文的中译文为："帮助我的，反对我的，大家放下你们的手！我要是想打架，我自己会知道应该在什么时候动手。"（朱生豪译）

毫挪动不了，无法下马，只好让马去蹭最下面那级台阶，宣告他们的到来。

海尔加和男孩必须用力把詹斯从马背上拉下来，帮他走上台阶。这可不容易。詹斯是个大块头，毫无疑问，体重得有一百千克左右。总算把詹斯从马背上拽下来时，海尔加的厚围巾因落满雪已经变成了白色。接着他们还要上台阶。詹斯愤怒地哼了一声，寒冷夺走了他的活力，把他变成了一个无助的老人。他们吃力地走上台阶。海尔加曾在咖啡馆里放倒过一个喝醉的渔民，一个比一般人块头大的家伙，而后像扔垃圾一样把他扔了出去。于是詹斯不假思索地把身体的大部分重量压到了她身上。不过，这个孩子是谁呢？他能承受的重量似乎不多，雪花都能把他压碎，更不用说一只沉重的手臂了。马。詹斯走到第五级台阶时低声说。嗯，嗯。海尔加简单地回答。我结结实实地冻在马背上了，自己走不了路。海尔加和男孩半拽半拖地把詹斯弄进屋时，他对科尔本说道。把行李箱卸下来吧，海尔加对男孩说，从现在开始我来照看詹斯，你把马带到尤哈恩那里，你应该知道路，然后告诉斯库里，詹斯在这儿。这小子弄得了行李箱和马匹吗？詹斯斜睨了男孩一眼，怀疑地问。他要比看上去更有用。这是海尔加唯一的回答。男孩吃力地把行李箱拖进咖啡馆，然后穿得暖暖和和，带着两匹疲惫的马走进越来越暗的夜色，迎向阴沉的天气。

II

詹斯换好了干衣服，脚也暖和过来了。男孩和编辑斯库里一起回来时，他已经吞下了不少加牛奶稀释的凝乳和烟熏羊羔肉，喝了四杯咖啡。马已经送到盖尔普特的秘书尤哈恩那里了，他独自生活，总是独自一人。这当然可以理解，因为人们太容易令他人失望。斯库里又高又瘦，常像绷紧的琴弦。他接过一杯咖啡，摇摇头拒绝了递过来的啤酒，在詹斯对面坐下，摆好纸笔，修长的手指已然迫不及待。科尔本看似漫不经心地抚摩着那本《奥赛罗》，等待斯库里开口询问詹斯，让他们有机会听到这位编辑将在下期《人民意愿报》上刊出的新闻。这份报纸每周出版一次，四版页面上满是有关捕鱼、天气、死亡、麻风病、草的长势、外国大炮的细节。我们迫切需要用来自世界各地的新闻让生活焕然一新。在这个四月，风一直极不友好，目前到来的船还少得不同寻常，而在漫长冬季后，我们渴望有新闻。詹斯当然不是沐浴过异域阳光的船只，然而在冬季漫长的月份里，陪伴我们的只有星星、星星间的黑暗和白色的月亮，詹斯是联结我们与外部世界的纽带。一年里有三到四次，詹斯会一路前往雷克雅未克取回邮件，这是在他替代南方邮差的时候，否则就会从达里尔地区出发。他和父亲、妹妹一起住在那里的一个小农场，那个地方四周环绕着和缓的山脉，还有夏绿色的乡野。他妹妹生来头脑中就有明澈的天空，因此留给思考的空间不多，但也不会有什么罪过生根。詹斯走的可能是这个国家里最崎岖的邮递路线，过去四十年间让两名邮差送了命：瓦尔迪马尔和保尔。在间隔十五年的两个一月份里，在一片荒地中，暴风雪夺走了他们的生命。人们没过多久就找到了瓦尔迪马尔，他的尸体已经冻得结结实实，离一处新建的山地避难所并不远。但是直到春天，大部分冰雪消融后，人们才找到保尔的尸体。邮件侥幸没有损坏，在配有帆布衬里的结实箱子中，以及挂在两人肩膀上的袋子里，信件和报纸都完好无损。瓦尔迪马尔的两匹马被人发现时都还没死，可是已经冻得救不过来了，只能就地掩埋。瓦尔迪马尔的尸体基本完好，然而乌鸦和狐狸已经光顾了保尔和马的尸体。南方的邮差把他在雷克雅未克听到的消息传递给詹斯，詹斯又转述给我们，连同他在路上了解到的一切事情。这个人死了，那个人有个私生子，格林达尔在海滩上喝醉了，南方的天气多变、无常，一头大鲸鱼在霍纳峡湾东部搁浅了，足有三十厄尔①长，弗洛茨达卢尔谷合作社正在制订拉加尔河蒸汽船服务计划，还从纽卡斯

---

① 厄尔（ell），英国旧时的长度单位，1厄尔约等于45英寸，约1.14米。——译者注

尔订购了一艘汽船。纽卡斯尔在英国。詹斯补充说。就好像我不知道似的。斯库里头也不抬，粗鲁地回答。他向詹斯发问和记录的速度飞快，那张纸似乎要被点燃了。男孩观察着编辑怎么工作，怎么表述他的问题，甚至试图从他背后望过去，想看看邮差所说与纸上记下的内容有没有很大差别。斯库里全神贯注，如此专心，几乎没注意到男孩，不过也有两次，他带着几分气恼抬起头，因为男孩靠得太近了。时间紧迫，詹斯已经吃完东西，往硕大的身躯里填满了凝乳、熏羊肉、英国蛋糕和咖啡。温暖如天堂，黑暗如地狱。现在到了喝下海尔加送来的第一杯啤酒和第一杯烈酒的时候了。酒有一种倾向，就是改变我们对重大意义的看法，鸟的歌唱变得比世界报纸更重要，一个长着柔弱眼睛的男孩比金子更珍贵，一个带酒窝的女孩比整个英国海军更有影响力。当然，关于鸟的歌唱和酒窝，詹斯什么都没说，这种事他绝不会做。可是三杯啤酒和一小杯烈酒下肚后，他对斯库里而言就是个糟糕的信息提供者了。他变得相当自满。对于重大事件、重要新闻、军队动向，对于这个国家的总督是坐视不理、支持，还是任命他那没经验的年轻女婿当辛格韦德利的牧师，此时的詹斯全都失去了兴趣。他这样做了吗？斯库里热切地问。我可怜的家伙啊，这样的事现在有什么意义呢？无论如何结果都一样，他们上厕所时都一样。詹斯说。这样说时他喝到了第三杯啤酒，还没把关于保尔的新故事讲给科尔本。在荒野漫游的保尔，寻找着被乌鸦和狐狸偷走的眼睛——他讲着这些故事让老人开心，却从未亲眼见过鬼魂。但是生者当然已够麻烦了。他边喝酒边说。斯库里收拾好纸张，站起身来。这些你不看一看吗？詹斯问。他长着一头浓密的金发，如果没有那个硕大的鼻子，倒也算相貌英俊。他匆匆从包里拽出两个信封，递给斯库里。是两个农场主的声明或宣言，表明邮差詹斯由于暴风和降雪，无法更快地穿越山岭，因此比计划到得更晚。很多人为此恼火，也包括斯库里。没必要。编辑简短地回答。他向海尔加点了下头，对男孩和科尔本连看都没看一眼。但是，当看到盖尔普特出现在柜台后的门口时，他犹豫了一下，而且似乎颇为吃惊。她没有费神梳起头发，夜一样的黑发，从她的双肩、那件极衬她的绿色衣服上垂下来。这让斯库里在回家的路上难以思考任何事情。他在暗夜里跋涉时，脑中萦绕的只有黑色的头发和绿色的衣衫，还有那风暴一般的欲望。

III

在冬季，夜晚黑暗而又十分寂静。我们听见鱼在海底叹息，翻山越岭或穿过高原荒地的人能听见星星的音乐。拥有经验智慧的老人说，那里什么都没有，除了裸露的土地和致命的危险。如果不注意以往的经验，我们会失去生命，但是如果过于留意经验，又会堕落。在某个地方，据说这种音乐会唤醒你心中的失落或神性。在寂静、地狱般阴暗的夜晚向群山出发，寻求疯狂或福祉，或许正如为了某些东西而活着一样。然而，踏上这种征程的人不是很多。你磨破了贵重的鞋子，夜晚不眠让你无法完成白天的任务，你自己的工作如果做不了，又有谁能做呢？为了生活奋斗和为了梦想奋斗无法并行，诗歌和腌鱼无法调和，没有人能以梦为食。

这就是我们生活的方式。

把一个人的面包拿走，他会饿死，可是没有梦想，他的生命会枯萎。重要的事情通常不复杂，然而我们仍要到死才会得出同样明显的结论。

低地的夜晚从不平静，星星的音乐消失在沿途的某个地方。但在村庄这里，夜晚仍然可以很安静，没有人出门游荡，或许除了守夜人，他在不耐用的街灯间巡视，确定它们没冒烟，而且只在必要时点亮。现在，夜幕笼罩村庄，施予人们梦境、梦魇和孤独。男孩在他的房间里熟睡，在被子下缩成一团。以前他一直没有自己睡觉的地方，直到三个星期前，巴尔特的死把他带进这栋房子。起初他在寂静中难以入眠，身旁没有了呼吸声、压抑不住的咳嗽声、鼾声、别人在床上的翻身声、放屁声、熟睡时的叹息声。在这里，由他自己决定何时熄灯，因此他想看多久书就可以看多久，这是令人迷乱的自由。

现在我要熄灯了。农场主会说。他觉得他们在房里熬得够晚了，之后黑暗便包围了他们。熬夜太晚的人不太适合第二天的工作，但不追随梦想的人会失去心灵。

天慢慢亮起来。

星星和月亮消失了，光明、天空的蓝色水波流泻而入。令人愉快的光明帮助我们穿越这个世界。然而，光的领域有限，只能从地球表面向上延伸几十千米，最终被宇宙之夜取代——恰似生活本身，这片蓝色湖泊背后，总有死亡之海在等候。

IV

我想念你们，小伙子，不知为什么，我觉得现在生活更难了。安德雷娅从渔民小屋中写信说道。她坐在他们所居住阁楼的床铺上，用膝盖和英文教科书充当桌子。他们出海了：培图尔、雅尼、格文德尔、艾纳尔，还有两个流动渔民，他们被雇来替代曾在这里工作的男孩和那离世的人。在充斥世界的暴风雪中的某个地方，大海在沉重地呼吸，吞噬一切。安德雷娅甚至看不到其他渔民小屋，也根本不想去看。然而，透过风暴可以清楚地听到大海的呼吸，那无知无觉的生命的沉重愿望，那百宝箱和千万人的坟墓。他们一大早就划船离开了，她写信时，或许他们正在钓线旁等待，培图尔的静脉里流动着恐惧，因为一切似乎都在离开。我想念你们，小伙子，她写道，有时，我希望我从未遇见你们，然而几乎没什么能比遇见你们更美好。我不知要做什么，但我觉得我应该，也需要做出关于我的生活的决定。我从没做过这样的事。我只是生活着而已，我不知道能向谁寻求建议。培图尔和我几乎不说话，这不可能让其他人觉得舒坦，或许艾纳尔除外吧。他是个害人虫。有时他盯着我看，就好像他是头公牛，而我是头母牛。啊，我为什么要对你说这样的事情，你还太年轻，自己要处理的事情够多了。我草草写的字太难辨认。我想我要撕了这封信，把它烧掉。

我想念，那流逝的往日岁月。

每一天，每一夜，巴尔特与生活的距离无情地增长，因为时间可以说是个浑蛋，它带给我们一切，只为了将之带走。

男孩醒了，坐在床上，向微明中凝视。夜晚的梦从他身上渐渐离去，消失，转为空无。接近六点了，或许海尔加轻轻敲过门，随即唤醒了他。他背着那致命的诗来到这里，已经快超过三个星期了。诗歌还有什么用处呢？除非它有力量改变命运。有些书让你愉悦，却不会触动你最深的想法。还有一些书让你怀疑，给你希望，拓展你的世界，或许置你于险境。一些书必不可少，另一些只是消遣。

三个星期。

大约。

在乡下，像起居室这样大的一个房间里，八到十个人一起干活、睡觉；而在这里，他独处于这么大的空间，就像自己拥有整座山谷，一个紧邻生活的太阳系。他可能不配。但是，命运会带来幸运或不幸，公平与此无关，一个人要做的就是尝试改变需要改变的事物。

你会有卧室。盖尔普特说。现在男孩就在这里，独坐在睡眠和清醒之间，蒙眬中等待着一切消失：房间、房子、床头柜上的书、安德雷娅的信。不，她没把信烧掉。在信刚写完不久，她不停地怀疑该不该烧了这封信时，捕鱼站的邮差在小屋旁停了下来，她几乎是在无意识中让邮差取走了信，然后又立刻改了主意，跑出屋想要回来，但他已经走了，已被雪花吞没，被白色吞没。

在这栋房子里，下午和晚上可以很平静，除了有人来咖啡馆。半个月前，顾客的流量曾相当大，当时连着两天浓云消散，船员从船上拥进村庄。于是男孩端上啤酒、热甜酒、小杯烈酒，相应地收到刺耳的评论。使用词语通常很容易，有些人相信，苛刻或粗鲁的举止会让他们更高大。然而大多数夜晚都是平静的。海尔加关了咖啡馆，他们四人坐在里屋，大钟的钟摆悬停在那里，如同困在无底的忧郁中。男孩在为科尔本朗读英国诗人莎士比亚的作品，两个女人常常也一起听。他读完了《哈姆雷特》，《奥赛罗》也读到了一半。不过开始当然并不顺利。读第一遍时，科尔本气得朝男孩的方向挥动手杖。读着读着他就开始轻轻打鼾，这可不太妙。男孩口干舌燥，有一阵子嗓子似乎要合上了。与其说在朗读，不如说在哼唧。你不该读得像要断气一样，科尔本像只愤怒的公羊一样离开后，海尔加说，你要像呼吸一样自然地朗读，掌握了窍门就很简单。

掌握窍门。

男孩那天晚上几乎无法入睡。他在那张绚丽的床上翻来覆去，满身是汗，无数次把灯点亮，仔细阅读《哈姆雷特》，沉浸到令人目眩的词语洪流中，试图领会其含义。我会被扔出去的，他喃喃自语，人到底怎样才能说出话语？

下一次朗读同样是灾难性的。

太不成功了，这首具有深邃天空和深重绝望之韵味的英国诗歌，变成了没有生机的干旱荒原。

五分钟后，科尔本站起身，男孩本能地向后退缩，可是打击并没有降临，手杖躺在椅子上，一动不动。科尔本伸出一只手——如同粗毛老狗的爪子，极其不耐烦地伸了伸。你应该把那本书递给他。海尔加终于非常冷静地说。然后那个老恶魔阔步走出房间，摇动的手杖在他手里获得了摇摇晃晃的灵魂。好吧，男孩坐在那里心想，失败了，所以一切结束了，今年夏天我就试着找份腌鱼的工作吧。这一切太美好了，不可能是真的，它是一场梦，现在是梦醒的时候了。他站起来，却出于某种原因又坐下了。盖尔普特坐在椅子上，拈着一根香烟。这可能是我听过的最糟糕的朗读。她声音有些嘶哑地说，那颗乌鸦的心，一如以往。但是别害怕，你还没触及底线，如果这样继续下去，你可能会弄得更糟。我不这么认为。他喃喃道。对，对，永远不要低估人类，人类不能毁掉的东西真是少之又少。她狠吸一口烟，让这甜蜜的毒药在体内停留几秒钟，然后把烟从鼻孔里喷出来。不过就像海尔加昨晚说的，你不该思考，只读出来就好了。等会儿上楼在你房间里读吧，那样明天中午你就有时间做好准备，一直读，直到你不再划清文本和自我的界限，那时你就能不带思考地朗读了。但是科尔本拿走了那本书。

你稍后可以把它拿回来，我们去把它拿回来，他自己几乎什么都读不了。

男孩还坐在床上。

听着夜晚的梦想从他的血液中缓缓流走，隐入遗忘，而后起床，把沉重的窗帘拉到一边。灯光中几乎带着颗粒，什么都无法隐藏，但一切又好像都有些扭曲，或模糊，就好像在夜晚和几天的风雪过后，这个世界正慢慢把自己整理好。窗下的雪地没有足迹，不过当然啦，现在是六点，很快，就会有人走出来破坏这片纯净。一名女佣走在去商店的路上，伯瓦尔德牧师走在去教堂的路上，去与上帝独处，寻求力量，以免在生活的艰难拼搏中弯下腰。他跪在圣坛上，闭上眼睛，徒劳地试图忽视那些乌鸦，它们在屋檐上拖着脚蹦跳，重重地踩下来，好像罪恶本身就在那里沉重地踱步，让人感受到它的存在。或许不是上帝创造罪恶，而是与此相反。

男孩坐在软椅子上，手拂过那封信，仿佛在说：我没有忘记你，我怎么能忘记。然后他从床头柜上抓起一本书，欧拉夫·西格达道提尔[1]的诗。读上一两首诗，然后下楼，海尔加肯定有活等着他干，铲房子周围的雪，做清洁，擦地板，给科尔本读报纸或杂志，沿街去特里格维的店铺。他开始读《她说，这样的话语》：

> 她说，这样的话语。她大笑，啊，鸣响的心。
>
> 她恨，这样的恶意。她命令；怎样的句子啊。
>
> 她劳动；这样的活力。她爱，啊，甜蜜的火。
>
> 她威胁；这样的权力。她恳求；怎样的祷告啊。[2]

---

[1] 欧拉夫·西格达道提尔（Ólöf Sigurðardóttir，1857—1933），通常被称为Ólöf frá Hlöðum，助产士、诗人。

[2] 出自欧拉夫的第一卷诗集，《几曲小调》（*Several Ditties*，*Nokkur smákvæði*，雷克雅未克，1888年）。

他停止阅读，凝视空中。她爱，她威胁，怎样的句子啊。

V

海尔加打发男孩去特里格维的店铺差不多是一星期前的事了。他是去买些杂物的，巧克力、晚上泡咖啡用的硬糖，还有苦杏仁——海尔加会在上面涂上毒药撒遍地窖毒老鼠，它们在那里生活得太恣意了。古纳尔站在柜台后，一脸胡子，并带着嘲讽的笑，显然计划着要说点什么，好能逗自己和旁观者一哂，让男孩暗自叹息。费神用话语贬低他人，这样的人似乎永远都不缺。魔鬼伸出爪子插进他们的身体，他们张开嘴巴。古纳尔站在那里，两个店员在旁观，他刚张开嘴，却只说了句"好啦"，因为莱恩海泽出来了，毫不客气地问他们三个有什么事。两个店员好像化成了烟，瞬间消失不见，但是古纳尔没走远，只是走到旁边，开始笨拙地摆弄一些罐子，表情沉郁。

莱恩海泽棕色头发下的眼睛正打量着男孩，她若有所思，不够热情。男孩清了清嗓子，犹豫地低声说：想买人类的美食、老鼠的致死剂。她没动，眼睛始终没离开他的脸，嘴唇轻启。他瞥见她的皓齿，如冰山一样从红唇后升起。他又清了清嗓子，打算重提关于巧克力和杏仁的问题。这时她动了动，而他能想到的只是：不要看她。

她准备他要的东西。

他注视着。

但为什么要注视一个女孩？那有什么用？不确定性，那对心灵有什么用？生活会在某些方面变得更好、更美丽吗？

肩膀又有什么特别呢？男孩想着，徒劳地试图让视线离开她的肩膀，每个人都有肩膀，始终有肩膀，全世界的人都一样。古埃及时代的人有肩膀，一万年后，人们可能仍有肩膀。肩膀是手臂与肩胛骨和锁骨相连的区域，看这样的东西肯定是浪费时间，不论它们多么圆润。不要看。他命令自己。当她白色冰冷的侧脸转向他时，他总算移开了视线。古纳尔紧紧盯着他们，结果忘了自己在做什么，撞上了一堆罐子，它们发出很大声响后倒了下来。等到男孩转过头不再看站在二三十个罐子间咒骂的古纳尔时，莱恩海泽已站在他面前，和他只隔着一个柜台，嘴里含着一颗硬糖。现在，嘴里有块硬糖，没什么特别的，一点都不特别。但她慢慢地吮吸这块糖，与他凝视着。一千年过去了，人们发现了冰岛，并定居下来；又或许两千年过去了，耶稣被钉上了十字架，拿破仑入侵了俄国。接着她终于从嘴里拿出那又湿又亮的糖果，靠在桌子上，把它塞到了男孩嘴里。男孩一一数出钱来，手轻轻颤抖着。莱恩海泽收好，突然间，他好像不再重要。

也许她只是折磨我，男孩心想，踏着重重的脚步走出特里格维的店铺，穿过雪地。他惊讶地发现受折磨的感觉竟如此美妙，糖也格外好吃。男孩热情奔放地含着那块糖，心脏向血液迸射出激情。这种激情在第二天夜里有了荒唐的出口，那时他突然从关于莱恩海泽的梦中醒来。她赤裸裸地躺在他旁边，一条腿搭在他身上，虽然他不知道她赤裸时会是什么样子，但她温暖得让人舒服，而且温柔得叫人难以置信。他一下子醒了，身上湿乎乎的。他不得不偷偷溜进地窖洗内裤，周围是慢慢死于苦味毒药的老鼠。

VI

男孩穿好衣服，下楼前读了欧拉夫的两首诗。

楼梯上迎接他的是詹斯的鼾声。这位邮差一直都睡在楼下的客房里，他在村里待的时日不长，从不会超过两天，只够让马休息。不过如果有暴风雪，如果恶劣天气带着古老的恶意从海底升腾而起，他会停留得更久。男孩下楼后，咖啡的香气和鼾声混在了一起。早餐正等着他：面包配粥。科尔本嚼着面包，上面抹了厚厚的肉酱。你来救我脱离科尔本的无尽欢乐吧。海尔加说。男孩觉得非常自在，所以笑了起来，没有受到船长那阴沉表情的困扰。詹斯怎能在自己的鼾声中睡得着？他说。睡觉的一些人有福了。海尔加边说边听着煮咖啡的声音。

之前的咖啡是专门给科尔本煮的，他早晨没喝咖啡时那般暴躁，大多数活着的人，甚至生活本身，在他面前都会退缩。

咖啡煮好了。

啊，这黑色饮料的芳香！

为什么我们一定要记得如此清楚？自从我们喝上咖啡以来，已经很久了，很多年了，那味道和愉悦仍挥之不去。我们躯体的最后一部分很久以前就已被吞噬，肉身腐烂离骨，你如果把我们从土里挖出来，只会发现嘲笑你的白色骨头。尽管如此，肉体之乐仍然紧随我们，我们无法摆脱它们，一如无法摆脱超越死亡的记忆。死亡，你的力量何在？

厨房里温暖舒适。科尔本闻着空气中的味道，一双大手捧着空杯子。你还要咖啡吗？海尔加问。老人点点头。你说了这一天的第一句话吗？我错过了吗？男孩问。但是科尔本没回答他。词语的成本很高，耗去了很多早晨的第一件事。海尔加说完打了个哈欠。他们夜里睡晚了，除了科尔本，他再熬不了夜，筋疲力尽，没用了。睡前他们坐在咖啡馆里，詹斯在盖尔普特的要求下，给他们讲了各地更多的新闻，直到喝酒耗尽了他的精力。坐在桌旁时，男孩才注意到船长脸颊上的划痕，很深的两道，不过在黑皮肤上不太显眼。他向海尔加投去探询的目光，食指从脸颊上滑过去，想让她注意科尔本脸上的伤。她耸了耸肩，显然什么都不知道。今晚有会吗？科尔本问。他指的是工匠协会的聚会，每月在咖啡馆举行一次。这是他早上的第一句话，普通得叫人难以置信，寻常的词语，但他好像设法让它们充满了敌意。是的，八点钟。海尔加回答。她坐在桌子末端，喝着那让血脉温暖、让她心情更好的咖啡。她叹了口气。如果有天堂，那里一定生长着咖啡豆。用不用我在划痕上涂点药膏，否则可能会感染？海尔加说。你是怎么弄的啊？男孩没等科尔本答复就问道。他太年轻了，不懂策略。科尔本哼了一声，颤抖着站起来，像只脾气暴躁的公羊一样走出厨房，同时四下挥动手杖，敲向墙壁，有两次重重地砸到詹斯的房间旁边。詹斯惊醒了，鼾声骤然停止，头疼得钻心。他们听着科尔本上楼梯，拿手杖猛敲猛打，或许是希望叫醒盖尔普特。该死，他有时真有意思。男孩说。是的，但你不该那样问他，那些痕迹肯定不会来自什么好事。他们听到楼上传来门的巨响，科尔本到了他的领地，猛然关门，好让他们在楼下的厨房里都能听到。他现在谁都无法容忍，除了自己。男孩对着面前的粥喃喃喃自语。你确定他能容忍自己吗？海尔加轻声说。她抬起头，仿佛要让视线穿透科尔本的房间，穿透地板和墙壁。

老船长穿着衣服躺在床上，摸着他的手杖，好像那是条忠诚的狗。他的房间和男孩的一样大，床旁有一个沉重的书柜，大约有四百本书，一些很厚重，很多是丹麦语的，都来自科尔本还能看见、眼睛还有目标的时候。现在他躺在床上，眼睛没用了，可以被丢进大海，可以躺在海底，一片黑暗之处。船长叹息着。有时，如果你感觉糟透了，说说话是有好处的。咖啡煮好，只有他们两人时，海尔加说，我有善于倾听的耳朵。但科尔本只是嘟囔着他自己都难以了解的东西。许多人在生活让他们最痛苦时选择沉默，因为词语往往只是没有生命的石头或是撕得破烂的衣衫。它们也可以是杂草、有害的疾病传播媒介、腐烂的木头，上面连只蚂蚁都没有，更不用说人的生命了。然而，在一切似乎都背叛了我们的时候，词语是我们手边实际拥有的少数事物之一，记住这一点；此外还有没人理解的那一点——最不重要的、最不可能的词语，可以完全出人意料地承载重大的负荷，并让生命在令人昏眩的峡谷边安然无损。

科尔本的眼睛闭上了，缓慢而确定。他睡着了。睡眠是仁慈的，也是危险的。

VII

当奥拉菲娅匆匆进门来到他们中间时，已经开始下雪了。天空中的雪无穷无尽。那是天使的眼泪。下雪时加拿大北部的印第安人会这样说。这里总是下雪，天堂的忧伤是美丽的，它覆盖在大地上，保护大地免受霜冻，同时照亮沉重的冬季；但它也会是寒冷的，毫无怜悯。奥拉菲娅敲响咖啡馆的门时身上流着汗，她敲得很轻，因此在外面等了好久，或许有二十分钟。结果她皮肤上的汗水变得冰凉。男孩终于打开门时，她已经冷得开始发抖，有点像一条大狗。你应该再使点劲敲。男孩说，却未意识到这样的要求多荒谬。奥拉菲娅永远不可能如此坚定甚至无礼地表达她的存在。嗯，我还是进来了。她只说了这一句话，接着开始换鞋。她在外面时已经用力把衣服拍干净了，进来时身上几乎不剩一片雪花。男孩一直把头伸在门外，黑头发变成了白色，地上到处覆盖着厚厚一层天使的眼泪。不论牧场上还是海滩上都没有人放牧，所有家畜都在室内，农场主数着它们食用的每片干草叶，一些地方除了残羹剩饭几乎不剩什么，动物哞叫着低声诉求更好的生活，但是云层厚重，没有声音能传上天空。奥拉菲娅的足迹孤凄地切入雪地，却已经要被雪掩埋了。积雪早已覆盖了伯瓦尔德牧师的脚印，早晨他早早就吃力地走向教堂，为了生活和恩典感谢上帝。什么恩典？我们问。伯瓦尔德出来时诅咒乌鸦，朝它们掷了几个雪球，但似乎根本打不到它们。它们就站在屋顶上，一点也没挪动，只是低头看着牧师，讥嘲地哇哇直叫。男孩关上面对世界的门，打开屋里的门，大声喊道：喂，奥拉菲娅在这里！听到有人如此毫不犹豫地大声喊出她的名字，奥拉菲娅很吃惊。什么名字值得大声喊出来，让其他很多人听见呢？什么样的生命获得了这样的名字呢？

命运实际上能创造出意想不到的联系，让我们为此感激吧，否则很多事情会变得可以预测，那么围绕着我们的空气就会太沉闷，会凝滞，生命会昏昏欲睡、死气沉沉。意外之喜、出乎意料的事具有催化的力量，可以让空气活跃起来，给生命充一下电。你还记得布里恩乔福尔吧？斯诺瑞的渔船船长，那天他趴倒在咖啡馆的桌子上，十二瓶啤酒和慢性失眠症压垮了他。男孩坐在船长对面，他凝视着死去的朋友巴尔特的身影，就在船长身后，直到那身影消失在清冷的空气中。世间最美者逝去了。

海尔加只是让布里恩乔福尔船长躺在地板上。他只配这样。盖尔普特想让她把船长带到客房时，海尔加说。客房就是詹斯所在的那个房间，现在詹斯一直在里面打鼾，直到科尔本拿手杖猛敲墙壁。这或许是在发泄心中的闷气，或许是出于失明而又失语的人的失落。不过，布里恩乔福尔那饱受磨蚀的脑袋还是被放在了枕头上。像块大岩石。男孩吃力地放置枕头时嘟囔着。海尔加在船长身上盖了条毯子，厚厚的苏格兰羊毛毯，然后去找奥拉菲娅。

海尔加知道布里恩乔福尔和奥拉菲娅住在哪里，但仅此而已。她从未和奥拉菲娅讲过话，从未站得近到可以闻见她那高大笨重的身体散发出的有些甜蜜的浓重气息，更极少望着她的眼睛——那双椭圆形的眼睛，眸子里经常溢满雨水和湿漉漉的马。那双眼睛到处追随我的身影，让我不得不喝酒。布里恩乔福尔这样说，好让这里的很多人为他酗酒而责怪奥拉菲娅，但人们只看到了一个充满绝望的女人。事实是，几乎没有什么能比眼睛对一个人有更大影响，我们有时会在眼睛中看到生命的全部，这可能令人无法忍受。不过布里恩乔福尔喝酒或许是因为他已不再坚持，尽管他体力超强。其实大多数时候，一个人的不幸更多源自内在。海尔加只是想让奥拉菲娅知道她丈夫在哪里，这是此次跑腿的唯一目的。一番寻找后，海尔加发现了这栋房子，奥拉菲娅警觉地打开门，海尔加看到了那溢满雨水和湿漉漉的马的椭圆形眼睛。

那之后，奥拉菲娅来过几次，帮忙做这样或那样的杂事。

早上来，晚上走，在吃晚饭前，在咖啡馆打烊之前。之后他们坐在客厅里，男孩开始朗读，朗读情况在持续改善，有时甚至能从科尔本脸上察觉到满足感，尽管这可能是幻想。有一次，海尔加请奥拉菲娅和他们坐在一起，奥拉菲娅脸红了，低声告别，匆忙离开，没有任何进一步的答复。

你太善良了，如果我不在你身边，生活会毁掉你的。盖尔普特第一次见到奥拉菲娅后曾告诉海尔加。我想让她时常来这里，你会反对吗？海尔加问。不，不，周围有些脆弱的人也不错，这有助于我们更好地理解这个世界，尽管我不会每次都知道该拿这种理解怎么办。

奥拉菲娅干活速度不快，她行动时有一点吃力，仿佛血液里有沙子，但她一直忙个不停，活计完成得很好。她的手布满老茧，像木板一样厚实，而实际上她的手指修长，十分灵活。

布里恩乔福尔睡了十二小时或昏了十二小时之后，海尔加把他叫醒了，语气相当严厉。

奥拉菲娅配得上比你好得多的人。海尔加说。布里恩乔福尔坐在那里，俯视着咖啡和心形碟子，头痛欲裂，就好像有人试图扯烂他的头骨。他准备说起妻子令人压抑的眼睛、笨重的身躯，甚至软弱的样子，说起让他难以留在家里的一切。但是，除了不得不努力工作以保证丰盛的食物之外，他也懂得要保持安静。他威武的双肩垂了下来，看起来像个老人。我的船抛弃了我。他终于轻声说，似乎是在自语，或是对桌面低语。桌面不会回复，因为无生命的物体不懂言语。海尔加看看男孩，说：去你自己的房间待一会儿。

半小时后，海尔加叫男孩带布里恩乔福尔去船上，陪着这老海狗到他自己的船上。他以大胆闻名，不过现在则是年老体衰（按他所说），认定那艘船抛弃了他。海尔加告诉男孩：把他带去岬角。我跟他说，你有特殊能力。为了帮助别人，有时撒谎是必要的。

斯诺瑞的船是唯一仍然等在岸边的船只，被桩子竖直地固定在那里，其他船早就出发了。离船还有几百米时，布里恩乔福尔停了下来，看着那艘特别像死鲸鱼的船，而后紧紧抓住了男孩的肩膀，从中汲取力量。男孩只是站在那里不动，假装自己有些特殊的能力，就像海尔加告诉他的那样。但他咬住了嘴唇，因为有那么一阵子，他觉得布里恩乔福尔就要把他的肩膀捏碎了。之后他们登上船，它迎来了自己的船长。布里恩乔福尔卧倒在甲板上，亲吻它。

布里恩乔福尔花了些时间才打开水手舱，入口被冻住了。你会觉得我不想下去吧？他叹了口气嘟哝着。但是舱口最终打开了，他们走进水手舱，那里如此黑暗、寒冷，仿佛布里恩乔福尔在船上面切了个洞，若不是早晨的光从敞开的舱口泻下来，如同长矛刺入巨型野兽的黑暗体内，他们将下降到绝望之中。布里恩乔福尔向前摸索着寻找光源，因为人在黑暗中看不到任何东西。他终于找到了一盏煤油灯。灯被点亮了，带着希望。很快，被海尔加叫起来的船员一个接一个上了船。

首先到的是厨师乔尼，一个又矮又胖的秃头男人，脸鼓鼓的，眼睛里透着好奇和友好。他伸胳膊搂住布里恩乔福尔，仿佛后者是从地狱中找回来的。这并非完全荒唐可笑，他在船长的拥抱中几乎完全消失了，男孩只看到厨师光秃秃的头顶，看起来就像是布里恩乔福尔在拥抱月亮。乔尼抓起一个水桶，回到岬角，把桶装满雪，回来开始煮咖啡。点炉子很费力气，需要用很长时间往余烬上吹气，好让火焰重燃。必须不断地吹，好让火获得活力——或者我们可以赋予它别样的名字：生命、爱、理想。永远不需要吹动的只是欲望的余烬，空气是它们的燃料，空气包裹着地球。咖啡的芳香把冰冷的水手舱变成人们生活的地方，它从敞开的舱口升腾而起，如同一声欢呼，人们在船上游走。大多数人和船长的年龄相仿，皮肤粗糙，差不多恢复过来了，他们动作僵硬，要等船出海后才会放松。一条困在这海滩上的鲸鱼，没有生命的鲸鱼，然而只要接触到海浪，就会像白银一样闪亮。

他们在水手舱里坐了很长时间，乔尼又取回了一些雪，变成黑咖啡，有点像喜剧中的神。他们在寒冷中打着哆嗦，嚼着烟草，高兴地咒骂，大口喝下咖啡。明天这里会热闹起来。有人对男孩说。男孩坐在两个宽肩膀的人中间，从紧挨着他的两人那里得到了温暖。

他们粗糙的、饱经风霜的面孔全都凝视着布里恩乔福尔，带着如此的热诚和喜悦，美丽得如同夏日。有个铺位上钉着木板，两条细长的木板构成了十字形。那是挪威人奥拉的床。你不认识奥拉。他们对男孩说。他是个斗士。他们边回忆边叹气。时间过得多快啊！他们叹了口气，又喝了杯咖啡，嚼了更多烟草，谈起了关于奥拉的故事。他们向记忆的余烬吹气，模仿奥拉独特的语言，几乎感动到流泪。他忘记了大部分挪威语，从未把冰岛语学到能用的程度，发明了恰好介于两者间的一种新语言，两种都像，又两者都不是。只有船上的同伴能毫不费力地听懂他的话。然后他死了，在一个无比宁静的夜晚，在下码头附近淹死了。他看到平静海面映出的月亮，就想追在后面潜水。在对美的追求中淹死了。唉，真的。我们下次航行时把他安置在最好的铺位，那是他想待的地方，其他地方都不是。这些漫长的冬季月份对这可怜的人来说该是多乏味啊！现在你知道为什么这个铺位被木板封上了吧？他们最后对男孩总结说，奥拉需要有个地方留下来，他选了最好的床位，我们只能接受，而且他也会保护我们免受很多邪恶之物的伤害。什么邪恶之物？男孩问。男人们惊讶地看着他，这样的事真不该问。他们在座位上动了动，又拿了些烟草，默默地嚼着，困惑不解。嗯，他总要有个地方睡觉，那亲爱的人。乔尼终于说。大家点了点头。这是个好答案，乔尼够聪明。然后，当然，男孩脱口而出：可是死者睡觉吗？

VIII

男孩在这一天的第一项任务开始得十分缓慢，它近乎明朗或足够明朗到让我们记起春天和夏日绿草，但是很快就被落雪遮掩。这任务是把一篇英语短文翻译成冰岛语，配以一本糟糕的字典和他的智慧。他坐在咖啡馆里，科尔本还待在楼上房间里，也许睡着了，也许梦到了向日葵和笑声。是的，可以期望他正在睡觉，可以期望老船长已经打开了通向睡眠这一地下秘境的舱口，那里的草有很多颜色，有时或许还能找到一种奇特的和平。那个世界来自何处，你死亡时那个世界会发生什么？

男孩盯着英语短文，几乎一个词都不懂。这是最好的时代，这是最坏的时代。

你要翻译一下这篇英文。此前海尔加说，并递给他那篇文章、一本字典、笔和纸。手拿笔和纸的人有改变世界的可能。翻译？男孩重复道。你要接受教育，海尔加说，这是开始，很多人都是从更低的水平开始的。男孩想问些问题，得到更多的解释。比如说，这篇短文出自哪里？为什么是英文的？为什么他要受教育？他是不是与别人不同，他可不可以留在这里，甚至待更长时间，免受世界伤害？接受教育，这涉及什么？他学英语是要能与盖尔普特的船长交谈吗？如果一个人懂很多种语言，是不是能更好地理解这个世界呢？理解重要吗？但是，房门外传来了重重的、坚决的敲门声，拦住了所有问题。海尔加看着男孩向门口走去。他还没走到门口，敲门声再次响起，不耐烦的重击声。那声音似乎在说：该死的，没人过来吗？男孩匆匆打开门，却又立刻向后退，避开了充满威胁地举起来的一只戴着手套的拳头，仿佛它的主人，一个高大结实的男人，正考虑要迎面痛击男孩的脸，以此惩罚他开门太晚。不过拳头接着就松开了，变成一只大手，把雪从领子配有衬里的厚斗篷上掸下去。

这里天气不错，我要找盖尔普特。来人说，语气有点像步枪，因为有些词如同子弹，有些人如同步枪。

男人不再掸身上的雪，或许是向雪和天空屈服了。天空比谁都博大，即使这个身材高大、看起来很壮的人似乎也意识到了这一点。他走进门，低头看着男孩。男人几乎高出男孩一头，他迅速咧嘴露出一个浅浅的微笑，问道：谁吃了你的舌头吗？他摘下皮帽子，露出灰色的头发，但胡须乌黑，打理得干净利落，一对眉毛乱蓬蓬，那下面眼窝深陷的灰色眼睛似乎拥有巨大的力量。说话不总是好事。男孩回答时，感到好像要窒息了。男人脱下大衣，又浅浅微笑了一下，说道：一点没错。男孩感到自己赢得了很大奖赏。不过还是要去找盖尔普特，赶快，因为时间宝贵，永远不要忘记这点。

时间宝贵。

这话男孩还从来没听说过。

在那以前，时间只是流过，从人和动物身上流过，带走了很多宝贵的东西。但时间本身并不宝贵，只有生命宝贵。她在睡觉。在接受了这独特的断言后，他最后说。我认为。他又犹豫地补充说。男人脱掉斗篷，折叠着搭在手臂上。斗篷下面是一件蓝色的双扣夹克，紧贴在宽阔的胸膛上。对于一个人是睡着还是醒着，没什么可想的。连这都质疑的人将永远一事无成，永远一无所成。跑进去告诉他们我来了。在大白天睡觉不健康，我知道怎么去客厅。给我拿杯咖啡，不加糖。

男孩急忙进了厨房。有人想找盖尔普特，他说，我想他不喜欢等太久，他自己进了客厅。如果我想不到是福里特里克，那就该死了。他要不加糖的咖啡。海尔加脱下白色围裙。你不用想任何关于福里特里克的事，她说，他只是他，每个人都知道福里特里克要什么样的咖啡，这个人以自己的方式拥有这里的一切。盖尔普特会在五分钟后过来，奥拉菲娅，咖啡。海尔加说。不过奥拉菲娅已经在煮了，双手微微颤抖着。

若说福里特里克拥有我们，或许有点过分了。真要说有人拥有我们，那就是特里格维本人，因为他拥有的贸易帝国主宰了村庄和周围峡湾的生活。我们只有死去才能逃脱这个帝国的权威，不过特里格维与他的丹麦妻子要在哥本哈根度过漫长的冬季，有能力做到这点的人可以避开冬天和令人窒息的黑暗。在整个漫长的冬季里，特里格维店铺的责任和控制权都落在了福里特里克身上。他似乎无处不在，与我们呼吸的空气一样不会离开我们，不论我们是站在远离海岸的船只甲板上、伏在岬角的咸鱼堆上，还是坐在马桶上。

福里特里克看都没看男孩，就拿起杯子，大口喝下咖啡，虽然一定很烫。他就好像和魔鬼一样感觉不到热度。男孩心想。我听说过你，福里特里克对男孩说，培图尔是个好领队，没多少人会自动离开这样的岗位。男孩什么都没说，什么也没想，或许无论怎样都没人期待他说什么，而福里特里克的存在让他感到压抑，让他喉咙发干，盖尔普特的到来让他舒了一口气。她没和他们打招呼，只说了句：真是意外。福里特里克径直站起身，整个客厅都随之暗淡下来。我需要和你谈谈。当然，你来这里几乎不可能有其他原因。盖尔普特的嗓音明显带着沙哑，乌鸦低沉的叫声取代了一颗心。福里特里克忽略了回答中可能存在的讥嘲，笑了起来，露出两排结实的牙齿。私下里。他温柔地说。盖尔普特站在男孩旁边，他嗅到了些许梦想和黑夜的气息。她的黑眼睛里闪着一丝淡绿，像海洋，很多人在其中溺亡。这其实是我的继子。盖尔普特平静地说，一丝微笑，或微笑的影子，浮现在她的嘴角。只要是你想要的方式就好。福里特里克微微欠身，礼貌地说。海尔加给你那篇文章了吗？盖尔普特看着男孩，问道。男孩点点头。那就去咖啡馆的房间开始处理吧，现在你的教育开始了，明天晚上你要读那篇文章。

男孩在门口转过身，看到福里特里克站在原地，身影占满了整个客厅，盖尔普特站在他面前，眼里满是溺水的男人。

于是男孩坐下来俯视那些英文单词，身边是糟糕的字典、笔和纸。下雪了，来自天堂的白色，天使的忧伤，但他们为什么忧伤？这是最好的时代，这是最坏的时代。男孩在字典上查出了第一句话中他看不懂的单词，感觉有点像魔术师。尽管是个失败的魔术师，带着折断的魔杖，但他感受到了魔法，忘记了福里特里克，忘记了一切。是的，他要去探访那遥远的世界、遥远的思想、遥远的经历，在冰岛语中播撒种子，或许种下具有新奇颜色和不同香气的草木。他看着这些词语，一切都变成了新的，最重要的是，或许正是它们改变着世界。英语短文有满满两页，大多数是无法理解的符号，但他才努力拼搏了一个多小时，就已经征服了四句话，踏进了难以理解的世界，带回了思想和一首诗的线索。他向这些词语俯身时，感觉到体内的银色之光。而这生活，他已经错过却不知晓的存在，是否就是到未知之处、到不可理解之处旅行，带回一捆词语，这些词语全都会成为薪火、花朵和刀？沉默笼罩一切，只有落下的雪，包含某些神秘内涵的词语，送给世界一条信息。

一小时四行，这当然不多，但这些文字也很奇妙，它们就像翅膀。接着他被打断了。卢利和奥德尔进了咖啡馆。他们是村里的铲雪者。向白雪进攻，就是他们的工作，而这里几乎从不缺少白雪。他们早上五点就开始干活，连续铲雪四小时，从三家大商店开始，如果时间和精力允许，就会再去较小的店铺铲雪。我们目之所及，处处映照出生活的裂隙，就连铲雪也是一样。他们喝了咖啡，吃了英式蛋糕，弄湿食指，小心地擦掉蛋糕屑，仔细观察着男孩。彼时他坐在那里，低头看着那些词语，迷失在现实背后的世界里。男孩的举止有些独特之处，因此奥德尔提出请他帮忙写封信，按男孩的理解，算是求爱信。奥德尔太害羞，或是太紧张，无法把话讲清楚，当然，这里几乎没人能讲清楚这样的事情。但是，既然男孩似乎知道怎样拿笔，那他愿意代奥德尔给一位名叫拉凯尔的女人写封信吗？她，奥德尔说，有着暗金色的头发、结实的手臂、明朗的笑声，脸红时耳朵会轻轻颤动，真是太美了。但你自然不会这样写，我的意思是说，不会写她脸红了。不，当然不会。男孩回答。他不忍心拒绝奥德尔的要求，也没有拒绝奥德尔提出要给他的酬劳，他太骄傲了，只会说：好的。

现在，男孩又坐了下来，却发现难以静心翻译。卢利和奥德尔欢快的唠叨声传进了他的耳朵，他推开短文，又将给奥德尔写信的事搁置一边，推后处理，因他需要反复思量，斟酌用词。他伸手去拿《奥赛罗》，静下心神开始准备晚上的朗读。由于工匠协会聚会，这晚的朗读无疑要比平常开始得晚。他打开这本书，感受词语的形式，倾听它们的呼吸，或许詹斯会听他朗读。那天上午九点，詹斯几乎被海尔加赶着出去，把邮件送到了西格尔特医生那里。他带着雪橇，身后拖着行李箱沿路而行，雪松松软软，他陷进了齐腰深的积雪，不过距离不远，两百米，没有致命的危险，远远没有。另外，詹斯前晚毫无必要地喝多了，整个上午的大部分时间里，宿醉都在折磨着他。男孩坐着看书，很长时间里能听到的只有自己的心跳。外面的雪是白色的，然而有些词语的颜色比彩虹更丰富。

IX

西格尔特医生将詹斯请进客厅。他笔挺地站在邮差面前，背部几近后弯，而詹斯在如此精致的环境里感到不太自在。医生家的客厅比盖尔普特的小，但家具都是精心挑选的，颜色深暗、稳重，安置得十分精确，不论哪件东西移动一下，都会让整体失去平衡。詹斯强迫自己稳稳地站在那里，在进房间前花了好一会儿工夫刷掉身上的片片雪花，天使的忧伤与如此精致的客厅无关。

客厅里有两幅风格庄重的金框画，其中一幅画的是一艘宏伟的船在海上破浪前行，船的大小和壮丽压过了海洋的危险。这样的船从未在这里的峡湾出现过，与之相比，我们的船仅仅是洗衣桶。第二幅画的是约恩·西格尔特松，他左手放在桌上，严肃地看着詹斯。我们独立斗争的英雄为什么要如此严肃，几乎没有喜悦呢？詹斯不得不尽力控制自己别用脚蹭地，别低下头，别耷拉着肩膀。普通人身上的温顺品性，在我们大多数人身上埋藏得并不深。温顺似乎是这个民族固有的本性，就像慢性病，有时潜伏在体内，但是在财富、结实的家具、强大而无礼的权威面前，常常会再次发作。我们是厨房餐桌边的英雄，盛大沙龙里的顺民。西格尔特在邮差面前站了一阵子。他干干净净的头发散出香气，顺直稀疏的胡须让严厉的脸庞平添一份威严。或许他想以自己的存在和房间的气氛吓倒詹斯，但詹斯控制住了自己，挺直了身子。这是场胜利，因为尽管西格尔特与福里特里克相比没那么有权势，但他盛气逼人，是掌权者之一。他是邮政局长，管辖着很大一片区域，经常列席镇议会。他还是这里唯一的药剂师，不久前才用尽手段，把一个竞争对手赶出了村子。此外他还是个书商。当然，最后这个身份带给他的钱和权势极少。权势和财富从不与诗歌相伴，或许正因如此，诗歌才会不朽，才会成为某些时候唯一可靠的抗争之词。

　　詹斯一言不发地接受西格尔特的责怪。他比原计划晚了三天，实际上是四天，尽管他头天晚上就到了村里，但是直到此时才送来邮件，这是极不寻常的。詹斯和西格尔特一样知道这点。你为什么不直接来这里？这是你的职责所在。现在你为什么不像以往那样常从盎格达瑞利乘船穿过峡湾？那样会到得更快。你一定要让我申辩吗？这种天气对乘船旅行来说不太理想。詹斯低声说。接着他把手伸进外套，拿出了两位农场主的证明，上面说詹斯在送邮件的路上几乎没有休息，而且从高地下来后也不可能乘船，尽管这是惯例，是詹斯当然会尽量避免的惯例，哪怕天气良好。詹斯似乎很少乘船出海，他通常会从山口绕道而行，大约绕过四个峡湾，因此会耽误一整天。第二份证明宣称，天气不利于海上航行。两份证明都明确表示，邮差不得不与自然的力量，与那至高无上的力量作战。冬天为他准备好了伏兵，两片荒地试图毁掉他，冰霜要冻掉他的手指和脚趾，群山的狂怒刺穿他的身体。诚然，证明的措辞更为朴实，是由可信赖的农场主写的，他们坚持显而易见的事实，从而得到他人的尊重。群山的狂怒、天使的忧伤，说这话的人头上带有诗人的光环，因此会失去一切荣耀。诗人是艺人，是客厅的装饰，有时是个小丑，所以遭到我们质疑。诗歌支撑着一个民族深处那荒谬而美丽的核心，这是令人信服的事实，然而七百年的斗争塑造了我们，也锉平了我们的棱角。一路走来，我们对诗歌的力量失去了信心，开始视之为令人目眩的白日梦、一种聚会的装饰，并把我们的所有信任都放在数字和显而易见的事实上，把我们不明白或害怕的东西关进了相对无害的民间故事。

两份证词简单明确、言语朴实，让西格尔特难以质疑。在这里等着。他有些冷淡地说，而后走进办公室检视邮件，按信件登记簿进行核对。詹斯什么都没说，毕竟这是命令，不是请求。他当然要遵守，不需要给西格尔特提供表示不满的理由。詹斯在送邮件的路上几乎马不停蹄，在最恶劣的天气中走进荒野和山岭，尽管常识和他人的劝告都让他止步，可如果丢了这份工作，他的生活会变成什么样呢？送邮件给他提供了某种目标，填满了他的生活。出发和返回的漫长旅行，在替代南方邮差时一年四次一路前往雷克雅未克，永远是可期待的事情。然而做一名陆路邮差并不容易，他们有些人要失去脚趾、手臂、马匹，乃至自己的生命。这样的损失无法弥补，报酬却又少得几乎不可能再少，有时刚够路上的花费。詹斯要自己负担住宿和马匹的费用，食物、饲料、修补衣物、马蹄铁，不过剩下的总是现金——冰冷硬实的钞票。在这里，能收到现金报酬的人少得可怜，我们大多数人直到死的那天都没机会摸到一张钞票。有了现金，就有了稀罕的自由，而在送信的路上一样会有自由：任何一个在宁静的夏日夜晚，在天空和鸟儿的陪伴下独自穿过荒野的人，肯定都曾为了某种目标生活。然而，在一动不动地站在精致的客厅里时，詹斯想到的并不是这样的时刻，尽管这些时刻如此幸福。西格尔特在家里其他人的帮助下检视邮件，他们的低声交谈穿过木墙传到詹斯的耳朵里。落地大座钟摇动着沉重的钟摆，随着每一次摆动，詹斯都在变老。詹斯也没有去想刚刚逃脱的灾难，没去想那种寒冷，那酷寒把他和马冻到了一起，如果通往村庄的路再长一些，肯定会冻掉他的双腿。不，詹斯首先想到的是妹妹，在他因为人的堕落而感到沮丧时，经常会想起她明朗的样子。詹斯感到，自己阴沉的怒气、对西格尔特近乎憎恨的感觉已经平息下来，化为无形，甚至变成了可能让人摇头的愚蠢。不知道因为什么，这两个人从最初就互相憎厌。我们只知道西格尔特认为詹斯傲慢、不负责、不谨慎。这位医生可能在等待，一旦时机合适就投诉詹斯，免去他的职务。有人认为，他正在搜集各种细节，等到詹斯在某个时候死掉，他就会把这些细节写进一份长篇报告。不过詹斯做到了不去想西格尔特，他首先想到妹妹，她的聪颖、她明朗的幸福和对哥哥的信任，而后他想到了父亲，生活和时间正缓慢而笃定地消耗掉他的力量，但他仍在詹斯运送邮件时设法经营农场，喂养上百只羊。然而，一点一点地，这对父女的样子从他脑海中慢慢淡去，被完全不同的东西取代。他全身发热，血液奔流得更快，甚至在血管里汹涌翻腾，但他仍然一动不动，直视前方，面无表情，仿佛什么都没想，只是等着时间过去。人的外表和内心世界之间可能会有这样的鸿沟，这应该可以告诉我们一些事情，可以教我们不要过分信任外表，如果那样做，人们就会错过本质。

她的名字是塞尔瓦。
詹斯第一次见到她，是六年前。

她是位女工，雇她的是给詹斯写第一份证明的农场主，他用几句话证实我们应该知道的事情：在这里的远海，生活有时对人怀有敌意。塞尔瓦年龄更大，他们之间有不下十岁的差距。詹斯和他的两匹马——布莱克和克鲁米，第一次来到农场之前，她已经在那里生活了相当长一段时间。不论时间长不长，至少她结婚时是年轻的。她和丈夫住在一个小农场，那里的地面以石头为主，虽然也有一些像样却又潮湿的牧场。只要努力工作，人们就可以把生活的荒凉山地变成绿色的草场，她丈夫克里斯季安并非只是勤劳，他风趣得要命，知道许多诗歌和民谣，而且大多数都写得很出色，很多人都来找他，从他那里获得愉快轻松的体验。最初他只是在家里给朋友背诗、讲故事，他不仅声音柔和，直抵人心，而且言谈迷人。乡村的冬天漫长而黑暗，几乎没什么热闹事件，久而久之，克里斯季安的才华开始受人追捧。他开始拜访附近的农场，接着又前往其他教区，给冬季里短暂的白昼带来生机，经常为此收到报酬。家里有了火腿肉、谷物、小麦。起初这一切都很有趣。塞尔瓦当然想念他。不过想念一个人可能是种安慰，会打破单调的日常生活。克里斯季安回家时也情绪高涨，有很多话要谈。但是，岁月改变了很多东西。男人们想和他一起喝酒，女人们喜欢盯着他看，而他也很英俊。能看到一个英俊男人——有着垂至眉毛的黑发、敏捷的动作、黑曜石般的眼睛，多美好啊！无疑地，这些旅行慢慢地改变了他，或许他只是发现了自己和生活新的一面，有时就像是遇到了真实的自我——这才是真正的他，存在就该如此：同伴、诗歌、故事、关注；而不是贫瘠山坡上的繁重劳作，为了生活筋疲力尽地挣扎，满眼灰色的单调乏味。他们生了三个孩子，其中一个出生才几个星期就死了。塞尔瓦的皮肤一点点失去了迷人的光彩，变得灰暗。艰难的冬天，干燥、缺少温暖的夏天，依次更迭。旅程变长，回家对他来说变得越来越困难，有时几乎无法忍受。单调笼罩农舍：塞尔瓦的表情、塞尔瓦灰暗的皮肤。在其他农场，女人在幽暗的通道里等他。在那里，他是另一个男人，更像个男人，生活有更多色彩。存在分裂成两个不同的世界，距离终于变得不可逾越。一方面是与人、酒、诗歌、故事、名望、尊重相伴的愉快时光；另一方面是压向农舍的重负：这该死的贫瘠山丘、这荒凉潮湿的草场、这被诅咒的孤独，没有一点快乐。而他离家越近，喝得越多，等到家时，他几乎要从马背上摔下来了。生活把我们带往无数个方向。对某些人来说，酒总会带来欢愉；对其他人来说，酒成了阴郁的享乐，沉入我们内心，进而转变成一些我们之前并未意识到会存在的东西，一些如恶魔般黑暗而残忍的东西。

然而，他第一次打塞尔瓦时，或多或少是无意的。

或者说，并非自愿。

只是为了让她闭嘴。为了暂时轻松些，多一点该死的太平。

他得到了暂时的放松。她当场闭了嘴，让他独自留在那里，彻底一个人。真是不可思议的解脱。但第二天他非常后悔。我不明白我怎么能这样做，你怎么能原谅我，塞尔瓦，我宁可自己死掉也不会再打你！

但他又打了她，就在第二天。

接着又打了一次。

他也不一定是要伤害她。打人只是个发泄的出口，是他对生活的责难，对失望和不公的责难，对总在家里等待他的灰暗色调的责难。

有一次，他离开了五个星期，似乎永远不会再回家了。他甚至为一个有影响力的农场主出海捕了几次鱼，并在晚上用他的诗歌、故事、嗓音和存在给那个家庭带来了欢乐。他受人喜爱和仰慕，一个有着一头暗棕色长发、年方二十、喜欢大笑的女仆跟他一起去了仓库，去了养羊的牲口棚，但他谁也没有背叛。这只是生活本身，证明他还活着。他喝酒，但喝酒只是让他开心，虽然有时可能带着点恶意、悲观，乃至郁闷，喝酒也让他更加膨胀——不过最后他回了家。别无他法。酒让他筋疲力尽，他的马走得跌跌撞撞。该死的老马，驽马，不值得善待。塞尔瓦带着指责等待他，她暗沉的皮肤、无神的眼睛，不值得善待。这次他一直把她打到再也站不起来，打到她倒在那里，面朝地板，就像在等待他临幸。他轻轻跪在她旁边，掀起她的裙子，拉下裤子，像条恶狗一样扑上去。起初她说：不要，克里斯季安，不要，克里斯季安，不要这样做。她试图反抗，试图把他踢下去，但打不过他。而后她静静地躺着，屈服了，被打到服从了，喘着气，静静地躺着任他猛冲，一动不动。一动不动，就好像她一点不想打扰他，好像他所做的事情如此微妙，最微弱的干扰都会毁掉它。她只是把脸尽量紧贴在地板上，希望孩子们睡着了。他根本不是邪恶的，这只是生活对待他的方式而已——对于不能再成为曾经的他的失望。然而她无法克制心中的仇恨，她如此讨厌他，恶意彻底征服了她。克里斯季安以一声压抑的呼喊结束了一切，站起身，坐在椅子上，看着塞尔瓦，仿佛以前从未见过她，或者她与他根本无关。他用脚使劲蹬了她一下，就像是感到惊讶，他皱起眉，然后把她踢到一边，用力太大，结果她撞到墙上，像麻袋一样躺在那里。他伸手去拿临别时农场主送给他的酒瓶，喝了一大口，结果吐了出来，倒在酒精带来的昏迷中。塞尔瓦仍旧静静地倒在墙边，听着克里斯季安呕吐，直到他似乎睡着了才动了动身子。接着她站起来，在他身上盖了条毯子。她久久地望着他熟睡中的脸庞，阴暗、憔悴，但仍然英俊。她又走向床上那已经醒来的两个孩子。一个是大眼睛的六岁女孩，一个是不停咳嗽的两岁男孩。她给他们穿上暖和的衣服，把男孩裹到毯子里，对女孩轻声说了句什么，然后出去找马。她轻轻呼唤，吹起口哨，找了好一阵子，却毫无结果。她在离农场很近的地方发现了死去的马，克里斯季安杀了它，死马当然不会回应哨声。不过大雪覆盖了一切，因此要把孩子们放到雪橇上拖走不是太难的事。在那样一个繁星点点、夜色沉沉的冬日夜晚，她走了三个小时到达最近的农场。女孩紧紧抱着她不停咳嗽的弟弟，他们从未回头，甚至一次都没有停下来去看看那火焰。火光熊熊，发出耀眼的光芒，照得农场上方的天空如此美丽，而那些房屋如此渺小。这是十二三年前的事了。塞尔瓦在那天夜里走到了这个农场，从那以后就一直在农场当雇工，勤劳能干又少言寡语。这个家里的主妇欣赏她的勤劳，信任她，但是有些女人仍然恨她，想念克里斯季安。他从一个农场前往另一个农场时，就像是个异国的童话故事，还有他那黑色的头发，黑曜石一样的眼睛，让女子为之悸动的嗓音。年幼的男孩没活多久，在寒冷的夜晚坐三个小时的雪橇，对他来说可能太难承受了，尽管塞尔瓦已经尽其所能让他穿得暖和。几个星期后，他就死了。女孩被安置到另一个农场，相距一天的行程，只留下塞尔瓦一个人。起初她们一年见两次面，每次都用尽力气紧紧相拥，就好像这世上再没有其他人，而这很可能也正是事实。

塞尔瓦很少收到信件或包裹，毕竟，谁会给她寄东西呢？唯一能收到的信来自女儿，而她住在一个遥远的教区，四年前几乎是被逼着去往那里，就好像生活在不遗余力地加深塞尔瓦的孤独。

詹斯最早开始在这个农场停留过夜时，塞尔瓦并没有引起他的注意。一头浓密金发的詹斯坐在客厅里，汇报各种消息，这也是他的职责所在。然而，那似乎没人能够抵挡的力量，让任何抗拒它的人一生无欢的力量，又以什么为名呢？

起初只是一瞥。

相遇的目光，心灵的轻颤，他在邮递旅行之间要思忖的这些事情，于她而言则是可怕的东西。你知道，大多数男人都是野兽，只想着显得强壮，占有女人。但是，在那种力量开始拉动时，庄重的誓言、坚定的意志，会像未经纺织的羊毛一样散开。这个农场和其他大多数农场一样，几乎没有隐私，大家都在起居室里睡觉。只有在最好的农场，农场主和妻子才会在小房间里单独铺张床，而这样的小房间几乎无法配得上"卧室"

这一名称。他们最初的几步也发生在户外，在那包容人们所有秘密的天空之下。夏天，她在外面洗衣服。在一个弥漫着永恒之光、鸟儿啁啾的夏天傍晚，红色的落日把他们融为一体。我恨男人。塞尔瓦说，然后亲吻了詹斯。男人是野兽。她说完，开始哭泣，银色的眼泪悄然从她的脸颊上流下，而詹斯用壮硕的手臂抱着她，抚摩着她红褐色的头发，轻轻拍她，安慰她。当父亲年老体衰，在生活带来的失望中崩溃时，他就是这样安慰父亲的。之前有人趴在这个肩膀上哭过。塞尔瓦说。是的。詹斯说。那我能信任你吗？我从来没背叛过任何人。你为什么这样看着我？你很美。詹斯回答，这是他能想到的唯一答案，因为人们不会想这样的事情，只会看着对方，而眼睛从不需要话语。你在撒谎！没有，你很美，在送信旅途中，我只想着你，真的。你为什么不现在就得到我，就在这河岸，日后以此为傲呢？詹斯看着她，起初没明白她的意思。得到你。他重复着，突然明白其中用意，变得说不出的伤感，好像忧郁本身盈满了他的心灵。他喉咙哽咽，什么都说不出，只是望着远方，以为现在一切全都结束了。她抱住他大大的脑袋，看着他，亲吻他的双眼。如果你还想，如果你敢，可以在九月偷偷溜到我床上。我为什么不敢？你知道，我杀了我丈夫，很多人曾想，也仍然想看到我被关起来，和我睡觉对你不好。如果我被迫在你和世界之间做出选择，那我选择你。詹斯说。落日和她的眼晴让他成了诗人。两个月后，在九月，她为他撩起毯子，让他溜了进去。那差不多是两年之前的事，而现在，他在西格尔特医生的办公室里，站得笔直，毫无表情，等待着，听着客厅里沉重的钟摆声，想念着塞尔瓦。他们开始低声说话，把嘴唇贴近耳朵低语，有时只是些五颜六色的气球一般上升到天空的词语和漂亮的废话，有时詹斯讲起他妹妹，她说过的话，那么天真，那么明朗，让他和父亲能以新的角度看待一切。我父亲已经老了。他轻声说，心里有些东西碎裂开来。他试图镇定下来，但是当她把头靠在他肩上时，他的眼泪开始流动，完全沉默，像透明的悲伤的鱼。她也讲起过往，不快乐的日子，讲起女儿，并复述起女儿来信中那些熟稔于心的字句。我四年没见过她了，太痛苦了，我宁愿每天都让人拿刀刺我。然而塞尔瓦不愿告诉他女儿在哪里。等到我完全相信你吧。她说。她讲起了死去的儿子，他已经学会说第一句话了，已经开始学走路了，尽管因为常生病，说话走路稍有些晚，但他有明亮、纯净的声音，然后他就死了，是她的错。他们互相拥抱，如同生活的沉重潮流中两块孤独的礁石。他们赤身裸体，进行得很慢。如此缓慢，因此美丽。塞尔瓦感到他的阴茎慢慢膨胀，甚至带着些歉疚。悲伤、绝望慢慢平复，他的手抚过她的身体时，她舔了舔他含泪的双眸。她的身体已经老了，变得如此灰暗，在詹斯第一次触碰她时，她就快要死去了。

詹斯在西格尔特的客厅里微微动了动右肩。塞尔瓦咬住了他的肩膀，这样一来，在寂静的卧房里，在被鼾声和梦呓打破的寂静中，就没人能听到她的声音。纯属偶然，詹斯发现了他手指的神奇力量。他们靠在一起，等待夜晚的黑暗让每个人入睡。但是，两个有活力的人躺得那么近，当然不可能只是为了呼吸，他们的手总要做点什么，它们开始移动，在对方的身体上探索，偶然间，他的拇指和食指放到了她双腿间一个地方，她倒吸了一口气，那样子让他在未来几周里几乎想不到其他任何东西。我不知道那地方真的存在。她在第一次后嘶哑地低声说，并亲吻了他肩上的齿痕。那是什么地方？我之去处，我之来处，如同跨过地平线一般！詹斯惊讶地看着她。她笑了起来，十五年来她可能从未这样做过。接着她抓住了他的阴茎。来吧，她低声说着伸开腿，我会带你去那儿。

这是人类发明的奇怪现实。农场主为詹斯所写的简短证词说明了他在旅途上的阻碍，却一句都没有提到塞尔瓦。它只是提到恶劣的天气和难以克服的现实困难推迟了邮差詹斯·古特扬松的行程。每个人都认为，他要走的荒野让人难以步行穿越，更不用说背负行李箱的马了。但没有提到塞尔瓦，关于她的生活、她的悲伤、她的绝望，一个字都没有；关于遗憾、关于她和詹斯之间发生的事情，一个字都没有。但我们应该写的东西可能永远只有这些：悲伤、遗憾、无依无靠，以及有时发生在两人之间的事情——关于像透明的鱼一样的眼泪，关于我们对上帝或一个带来一切变化的人说出的话语，关于一个女人引领着阴茎进入身体、跨过地平线的时刻，虽趋于无形，却比帝国更强大，比宗教更强大，像天空一样美丽。我们不该写别的。所有的证明、所有的报告和世上所有的信息，都只应表达这一点——

> 我今天无法安心工作，
> 因为悲伤。
> 昨天我看到那些眼睛，
> 所以不能安心工作。
> 我今天不可能来，
> 因为我丈夫的赤裸身体如此美丽。
> 我今天不能来，
> 因为生活背叛了我。
> 我不能参加这个会议，
> 因为有个女人在我门外晒日光浴，
> 阳光让她的皮肤闪亮。

我们从不敢写这样的东西，从不描述两个人之间的电流，相反，我们去讨论物价水平；我们描述外表，而不是上涌的热血；我们不去寻求真相、出人意料的诗行、炽热的吻，而是隐藏软弱，屈从于事实：土耳其军队正在动员，昨天零下二摄氏度，人活得比马长。

哼。西格尔特进入客厅后说。他拿着证明，当着詹斯的面读了出来。他读得很仔细，带着怀疑慢慢地读，想让詹斯感到不舒服。詹斯表面上完全冷静，虽然血液在血管里以超常的速度奔流，但几乎没有注意到医生，他完全沉浸在对塞尔瓦的想念中，重温着那些时刻。西格尔特折起证明，放进外套口袋。如果你不履行职责，不让人放心，我会毫不犹豫地建议让你离职。他直接冷冷地说。詹斯血液的流动瞬间慢了下来，仇恨开始滋生，漆黑一片，如同来自地狱的记忆。西格尔特在一把看似为他专门设计的椅子上坐下，拿起一根雪茄，很大一根，不紧不慢地点着，一大团烟雾升腾而起，霎时遮住了他的面孔。詹斯借此机会深深吸气，放松享受西格尔特无法看到他的这一刻。我必须请你帮个忙。烟雾消散，西格尔特重新出现在詹斯眼前时说道。他看起来并没有因为要请詹斯帮忙而感到丝毫不自在。詹斯把身体的重量从左脚转移到右脚，疑惑地看着医生。他吞下新的烟雾、新的享受，要求詹斯去走一趟维特拉斯特伦海岸和达姆斯峡湾周围地区的邮政路线。你可以用三到五天，古特曼杜尔染上了流感，卧床不起。西格尔特沉默下来，继续抽烟，仿佛詹斯并不在场，却又在等待着答复。詹斯尽量忽视那诱人的雪茄烟雾，清晰地思考、衡量并评估。选择是种折磨。他宁愿说不，第二天就动身回家，如果连日没有他的消息，父亲会担忧，塞尔瓦也会焦虑；他也不愿让老人承担过多的工作，现在他能承受的太少了。时间正迅速消耗他的精力。但这趟旅程会让他额外多赚点钱，等他回来，马也就彻底休息过来了。对马来说，再没什么比疲惫更糟了，疲惫会毁掉它们，把一匹良马变成劣马。不过没有马，詹斯能做什么呢？这样的邮政旅程会变成什么样呢？詹斯把身体的重量又移到左脚。但是西格尔特为什么要求他去呢？是否还有什么眼前看不到的东西呢？西格尔特也许知道詹斯对这个地区不太熟悉，他以前曾在夏天去过那里一次，但那是什么情况？这里夏天的风景与冬天的截然不同，有时就好像各处一个半球。在雪不停地下、风无情地刮过之后，这条路线可能犹如地狱，只有经验最丰富的旅行者才敢冒险，而现在，这样的旅行者肯定不是在每个角落都能找到的。事实上，现在太多的人加入了船员的行列。也因此西格尔特自然要请詹斯去。不过，还有什么别的吗？也许西格尔特认为，既然詹斯不熟悉这条路线，就会延迟动身，从而为自己提供一个打击他的突破口？任何人要完成这一旅程，都必须四次乘船横渡开阔的峡湾——其中两次要穿过宽阔而深蓝的达姆斯峡湾，还要四次穿越危险的荒野，有一处实际上是座高山，大部分时间暴风肆虐。但是，尽管对地况不熟悉，如果成功了，能够顺利而称职地递送邮件，那他会占得有利位置，与此同时医生会感到受挫，美妙的挫折，詹斯想。这个念头鼓舞了他，因此他只是说好，却没有真的下定决心。很好，邮件袋在外面门前等着你。西格尔特突然说。他把雪茄塞到嘴里，看起来就像詹斯从未存在过。詹斯又一次吸进烟雾，没说再见就走出了客厅。一个年轻女仆等在门外，脚下是三个沉重的袋子，装满了信件、报纸、《议会杂志》。最少的可能是信件，往冬季的北方地区写信的人实在太少了。詹斯提起袋子，似乎没有感觉到它们的重量，女仆跟着他走到门口，她有一头黑发和灰色的眼睛。詹斯离开时，她一直盯着他，开心地看着他灵活的动作，凝视着他宽宽的肩膀。这样一个英俊的男人怎么会有这么大的鼻子，真是太不配了。她边想边关上门，把白色的世界和渐行渐远的邮差留在了外面。

X

下雪了。雪花填满苍穹，在大地上堆积起来。风吹得柔，积雪形成雪堆，海面平静，不断地吞下雪花。在前几天的风暴过后，海洋深处仍然起伏不安，大小船舶还难以行驶。就像人一样，海洋敏感冲动，需要很长时间才能从攻击中恢复过来。

不论大海还是人，都几乎无法以外表来判断，因此人们容易被骗，并且有可能付出生命或幸福的代价。我嫁给了你，因为你表面上如此温柔英俊，但现在我没得到幸福。我出海了，因为大海表面上风平浪静，可现在我已经死了。我在海底与其他被淹死的人一起哭泣，鱼儿从我身旁游过。

雪下得如此稠密，男孩写道，把天与地连接到了一起。现在落到大地上的雪或许几分钟前就在天堂附近。从天堂落到大地需要多久？或许是一分钟？然而，对于一些人来说，整整一生的时间，七十年，仍不足以从大地升到天堂。或许天堂只存在于梦中？

男孩放下笔，最后一句话有些吓到他了。他本能地闭上了眼睛，想象妹妹的样子，回忆起一起玩耍时她咯咯笑的模样。有那么些片刻，他觉得她好像还活着。她的眼睛充满信任和生活的欢欣，婴儿的眼睛里容不下其他东西，更没有阴影的藏身之处，然而随即它们就被死亡从世间抹去了，消失了，再也看不见了。天堂只是场梦吗？如果天堂真是场梦，那他妹妹此时在哪里？她的名字是莉莉亚。他不得不强迫自己，不要在整张纸上写满她的名字。莉莉亚，这名字来自僧侣埃斯泰恩[1]为颂

---

[1] 僧侣埃斯泰因（Eysteinn Ásgrímsson）在14世纪中期创作了宗教诗篇《莉莉亚》（*Lilja*）。

赞天国荣耀而写的诗篇，那是很多个世纪前，几万代人之前的诗，诗中之诗，每个人都希望将之归功于自己。莉莉亚是他父母能想到的唯一的名字。妹妹是他们的荣耀赞美诗，如此纯洁的面容、清澈的蓝眼睛、明朗的性格，长辈们费神费心，只为有个机会摸一摸她，就像在罪恶进入世界之前触摸纯真本身。莉莉亚太淘气了，母亲在一封信中写道。那封信男孩留在了自己房间，因为反复阅读，信纸都快翻烂了。有时她成了让人受不了，却又很迷人的小淘气。是不是天堂和来世或许就像死神，只有相信他们存在，他们才会存在？

倘若如此，那么男孩就是莉莉亚和他父母的唯一希望。

如果他不相信天堂和来世，他们就会消失，变成空无。莉莉亚的蓝眼睛、永恒的好奇和渴望会融入虚空，成为吞没一切生命、一切记忆的真空。如果他很快死去，身后什么都没有留下，没有一丝痕迹、一点迹象，没有在生命中留下任何标记就过完了一生，那他就会对不住他们，对不住他们的梦想和希望。如此简单，这里我们有生命的某种精髓，某种理由：去体验莉莉亚被剥夺的一切，了解她错过的一切。

她太好奇了，有些人看到她只好躲开。当一个孩子提的问题迫使我们重新评估自己的生活时，不是每个人都能容忍的。你为什么存在？你为什么那样？你为什么生气？你为什么总是看我妈妈？从这里到上帝那里有多远？我的便便里有什么？你身上为什么这么臭？我醒来时，我的梦去了哪里？这些就是妹妹在农场里问每个人的问题，从早到晚，从晚到早。

那些信中有很多话，是男孩年幼时无法理解的，特别是最后一封信，里面的很多东西直到现在他才明白，就好像母亲预感到了结局，在写信时那想法一直盘旋不去。这些都是写给未来的信，写给未来的他，她将错过的未来，她和莉莉亚将错过的未来。热情的话语，却又饱含痛苦的悲伤，只是那悲伤淡得让人几乎无法察觉。这些话语是船，可以载着他母亲的生命、莉莉亚和他父亲的生命，离开遗忘和绝对的死亡。他的责任是不让船沉没，不让船上的一切毫无阻拦地沉入黑暗的大海。是他，不是其他人。不是弟弟艾吉尔，他已经很多年没见过艾吉尔了，也没听说过他的消息。他能感觉到，艾吉尔不会从遗忘中拯救任何东西，也许母亲在信件中、在字里行间已经暗示了这一点。字里行间可能包含的信息太多了。

但是，他能做什么呢？

男孩低头看着自己的手，什么也没有，在时间面前，人的手臂只不过是遭到虫蛀的木板，时间把生命碾碎，让它化为空无。

我妹妹的名字是莉莉亚。就在关于天堂的那句话后面，男孩写道。亲爱的安德雷娅，这句话写在了纸张的顶端。他想鼓励安德雷娅离开培图尔，放弃他，重新开始，开始新生活。如此简单，答案明确。他几乎不好意思向她指出这点，好像写下如此明显的话是在贬低她的才智。离开他。然而直到这些词语落到纸面形成文字，他才意识到它们的主旨。书面文字可以比口头的话语更深刻，简直就像是纸张把未知的世界从桎梏中解放出来一样。纸是词语的肥沃土壤。安德雷娅能去哪里？她该如何生活？男孩环顾四周，仿佛在寻找答案，却只看到空空的桌子，空空的椅子，外面连接天地的雪，在雪中某处就是大海。在这样的天气下乘船出海，既迷人又可怕。世界似乎随风而逝，除了大雪、船和周围的大海，什么都不存在。雪让一切沉默，仿佛雪中自带着沉默，或是雪花承载着沉默。两片雪花之间是沉默。可是人怎么可能确定方向，找到捕鱼的海岸和回去的路呢？男孩对此从不明白，他内心深处总是害怕，怕它们会慢慢漂走。当落雪最终融化，所有的山脉都会消失，只会有开放的海洋、汹涌的海浪、黑暗的天空，以及世界的尽头。

我妹妹的名字是莉莉亚。

男孩的任务就是，要保证莉莉亚不被遗忘，她短暂的人生被赋予了目的，但是除了巴尔特，他未能对任何人讲过妹妹，而现在巴尔特死了，也许什么都不再记得。而且，如果随后什么都没有，那么大声说出一个名字又有什么用呢？有人不停说话，用言辞扩大自己的存在，我们感到他们的生命范围越来越大，越来越重要，但是或许，一旦停止了言说的嗡嗡声，这些生命实际上就成了空无。我在某个地方有个兄弟，男孩写道，他叫艾吉尔，和那位诗人同名①。我们最后见面时还都是小孩子。他总感到如此不确定，特别是对他自己。我应该找到他。

他为什么给安德雷娅写这些呢？她对他毫无意义的担忧没兴趣。他为什么浪费纸张谈起自己呢？安德雷娅需要的是帮助，不是他的抱怨。我或许应该提出娶她。当然！甚至把她带到美国。惭愧，她多大年纪了，或许四十多岁了，这念头闪过他的脑海，像恶毒的闪电！他抓着头发，使劲拔。坐在这里把安德雷娅想成个老女人可不太有趣。和她结婚也不太对。现在这样想着，他的信写不下去了，这会玷污词语。他看着笔，希望得到支持，找到出路。当然最好是从写给拉凯尔的信开始。但是，不行，不可能，这不行，他得喜欢这样做才行，就像奥德尔一样为此开心。太阳需要照彻那些词语，词语必须闪烁着纯粹的生活乐趣。他怎能想出这样的事呢？这在一般情况下是否可能，同时他该把那些阴影置于何处，由谁来保存呢？不，现在他要做的只是写完给安德雷娅的信。该死，她需要他，她在这世上孤孤单单，但是她又怎么会想到与培图尔结婚呢？她从那该死的笨蛋身上看到了什么？那像大海一样浪荡、阴郁、阴沉，对她或许永远说不出任何美丽话语的家伙，他的心脏不是肌肉，而是一片咸鱼。当然，她该离开他！

---

① 指的是Egill Skallagrímsson，冰岛10世纪的著名诗人、维京战士。

安德雷娅，男孩写道，然而接着就听到房里有人走过来。是科尔本，带着犹豫而固执的凝视，挂着手杖。他和手杖分不开，无生命的物体支撑着生命，如果我们的情况也一样就好了。老船长闻了闻空气里的味道，鼻子转向男孩，仿佛是在闻他身上的味道。你在做什么？他嗓音沙哑地问。哦，你知道。男孩回答。什么？科尔本说，就好像他以前从未听说过"哦，你知道"这样无足轻重的话。写信。男孩说。有理由吗？我不知道。男孩回答。什么？老船长问。我认为这封信很重要。对谁重要，对你吗？不，对那个收到信的人。那好吧，有点意思。老船长大声说着，用手杖试探着往前走到窗边，坐了下来。这样我能看得更清楚。他嘟囔着，但是接着就退回到沉默中，就连男孩问他想不想喝咖啡时，他都什么也不说，只是坐在窗前，望向不可逾越的黑暗。除了在虚幻的梦中，他余生都将与黑暗相伴。船长一动不动地坐着，与靠在主人身上的手杖一样毫无生机。他的身体像石头一样沉重，比男孩足足矮了一头。他的肩膀看上去像是被人提了起来，或者说他的头被向下推进了躯干。人们的身材随着年龄增长而缩小，是时间对生命做了这样的事，那是压垮一个人的重负。在生命的最后几年，身高可能要缩短好几厘米。如果你活得够长，活几百年，时间就会简单地把你抹去，把你压缩成空无。

男孩低头看着那封信。时间似乎无法轻易跨越的唯一东西，就是词语。时间渗透生命，生命变成死亡，时间穿透房屋，把房屋化为尘土。就连群山，那些宏伟的岩石堆，最终也要屈服。但有些词语似乎能承受时间的破坏力。这太奇怪了，它们当然也会被侵蚀，或许会在某种程度上失去光泽，但它们经久不衰，能够在内部保存逝去已久的生命，保存不复存在的心跳、不复存在的孩子的声音。它们保存古老的吻。一些文字是时间的贝壳，对你的回忆或许寓于其中。安德雷娅，男孩写道，时间可以如此残酷，给我们一切，只为把它再带走。我们失去的太多了。是因为我们缺乏勇气吗？母亲说，人能有的最重要的东西，就是敢于质疑。我不知道怎么会这样，但我对她的话好像总是能更好地理解。我质疑一切。那是不是我一无所知的原因？然而，我不想失去这种怀疑，虽然这有时就像心里有个邪恶的人。通往稳定生活和麻木的方法，是不去质疑一个人所处的环境。只有提出怀疑的人，才算活着。安德雷娅，离开培图尔吧，因为我认为他的心脏不是肌肉，而是片咸鱼……

你们两个都在这儿。盖尔普特说。男孩这才注意到她进来了，他太聚精会神了，几乎融入到词语和纸张之中，那无物和万物的奇异组合。

你们两个都在这儿。

是的。男孩说，却没有放下笔。福里特里克想要什么？科尔本吼道，仿佛说出这些词语让他厌恶，那张饱经风霜和岁月洗礼的面庞转向她。他想让我结婚。说完，她微微一笑，带雀斑的脸变得年轻了些，接着微笑淡去，容颜老去。她走到柜台后面，倒了杯威士忌，一口喝光，闭上眼睛，身体微微前倾。她穿着件红色的衣服，红得像血，没有袒胸露肩，却让男孩辨认出了她双乳间那道幽谷。他感到小腹的一股热流，悲伤地移开了视线。

成为男人有趣吗？盖尔普特抬起头，直视着惊惶的男孩问道，就好像他犯罪被抓到了现行。有趣。科尔本说。有什么趣？盖尔普特问。我当年是个男人，不过也仅此而已。我喜欢看女人，但现在我失明了，她们很少回头看，所以都一样。男人看女人是很自然的事，盖尔普特说，不过我们不该回头看，那么我们该拿我们的眼睛怎么办呢？但我应该预见到福里特里克的访问。今年冬天，伯瓦尔德牧师给我发了封长信，信里说，作为一名牧师、一个朋友，他想念我，作为他朋友的遗孀，他关心我。想想吧，一个让笔那样为他撒谎的牧师。作为一个朋友，他希望向我指出，我以我的生活方式贬低了其他女人。一位受到上帝祝福的女人最高尚的角色，就是妻子和母亲。我以我的生活方式对此蔑视。没什么更差的。美丽的生活方式让我们美丽，丑陋的生活方式让我们丑陋，这就是那封信的结尾。我丑吗？她问男孩。不。男孩回答。我美吗？她问男孩。是的。他回答。然而我的生活方式并不美丽。她轻声说，接着又倒了一杯，像之前那样迅速地一饮而尽。难道伯瓦尔德不是只想让你那样和他在一起吗？他好色不是一天半天了。没错，他对此自然不会有什么要反对的，这可怜的家伙。但是首先，最重要的是，他们想让我结婚。她面不改色地说。

男孩：为了什么？

盖尔普特：或许他们只是浪漫。

科尔本：他们丝毫不浪漫。他们只是想主宰每一个人，无论如何，一切都在他们手中。

盖尔普特：福里特里克说，我的生活方式和习惯让整个社区蒙羞，他说我是个反面范例。他说，结婚吧，一个女人不该独自生活。他这样说是一片好心，但当然不是请求，是命令。

男孩：那……那你打算怎么做？

科尔本：你有把枪，用了吧。

盖尔普特：那无疑会让人神清气爽。

科尔本：我会娶你，尽管我不再有什么用了。

你会娶我吗？盖尔普特的一双黑眼睛盯着男孩，那一对黑色的太阳。不，你需要个男人，那才是你需要的。科尔本说。啊，那就把你们两个都排除在外了。她说。她的微笑让她显得青春焕发。你为什么要结婚？男孩红着脸问，因为她无疑注意到了他之前在往什么地方看。他为什么要看呢？

盖尔普特：从法律上讲，只有在男人失去理智或犯下非常严重的罪行时，一个女人才能和他平等。

科尔本有些冲动地说：或失去了他的视力。

盖尔普特：如果我结婚，那么或许，他们可以接受的某个人，我的丈夫，将接管我拥有的一切。或许法律是这样说的，难道我们不是一定要遵从吗？严格来说，不经他的允许，我都不可能去面包店。所以，也就是说，如果你娶我，会有很多预期中的事，除此之外还有其他那些不能讨论的事。

科尔本：我从来没喜欢过福里特里克。他狗屎不如，他父亲好多了。但他们真是该死的强壮。

盖尔普特：男人强壮，男人就是比女人强壮，你的体格可以证明这点，必要时你会动用它。这样你就有了压迫者的自信。

男孩：我不强壮。我从来没强壮过，也不想那样。

盖尔普特：我知道，可你为什么觉得我吸引了你？你们两个远远称不上男人。一个是盲人，另一个来自梦想。

我不是来自梦想。男孩小声嘟囔道。因为来自梦想的人，肯定澄明得如同六月的夜晚。那样的人不会注意到双乳之间的幽谷，不会在午夜时分从粗鄙的湿漉漉、黏糊糊的梦中醒来。

科尔本：我当年是个男人，甚至可能是个该死的流氓恶棍。

男孩：但你从来没结过婚。

科尔本：没有，我读书太多了。

男孩：什么？

科尔本：它不会激发出信心，读书。到头来我还失明了。但你需要给自己找个女人，那样就不会这般该死的愚蠢和不安了。你需要成为一个男人。可是盖尔普特，你就不能嫁给你那些外国人吗？他们在床上表现很好，为什么不从他们那里多得到一点呢？

男孩盯着自己的大腿。只有两个，科尔本，她回答，他们都已经结了婚，住在国外，这就是我相信他们的原因。

那你就只能嫁个懒鬼了，你能轻松控制的人，在这里找这样一个人几乎不会有什么困难。科尔本抚摩着手杖说。

去找罗翰恩吧。盖尔普特对男孩说。男孩迅速站起身。能被安排点事情离开这里，他感到松了口气，但起身太急，把椅子都碰倒了。你要嫁给他吗？他没能借此机会保持安静，赶紧离开，而是像白痴一样地问道。盖尔普特只是笑了笑，倒上了第三杯酒：他是我的管家，那就够了。而且对性没什么兴趣，这浑蛋。科尔本说。

盖尔普特：对此，我们一无所知。但我能对自己做的最糟的事，当然就是嫁给一个我喜欢的人。那样我会毫无防护。我也许应该嫁给吉斯利，他身上已经有很多不幸了。

科尔本：吉斯利！他从来没胆量做自己，正因如此，他几乎什么都不是。福里特里克用小拇指就控制他了。

你那里是什么东西？这不是你的翻译吧，你几乎没做多少。盖尔普特看着桌上那张写得密密麻麻的纸片，问男孩。什么翻译？什么时候给我读？科尔本不耐烦地摇着脑袋，问道。不是，是封信。男孩说。信。盖尔普特重复了一遍，走到桌前。我能读吗？她问。没等他说什么，她就把信拿了起来。她离得太近了，他都能闻到她身上的香气。他以前从没写过这样的东西，现在却有人在读。我也在这里。彻底沉默了几分钟后，科尔本大声说道，又用手杖敲了两下地。你不打算读给我听吗？该死的黑暗！科尔本没听到回复，于是咆哮起来，举起手杖，挥舞着，仿佛要劈开围住他的黑暗。安德雷娅不是你在钓鱼小屋的管家吗？盖尔普特放下那三张纸问道。男孩点点头。她感觉不好吗？不好。男孩回答。我也感觉不好。科尔本大声说。

盖尔普特：只有提出怀疑的人，才算活着。这话说得很好。把信写完再来厨房吧，罗翰恩可以等到那时候，然后我们会派人把信送到捕鱼站。科尔本。她招呼道，老人站起身。

男孩听着他们的声音远去。只有提出怀疑的人，才算活着，而后是什么呢？他要和这个女人做什么？他就只愿意口头说说吗？他听到科尔本说。

他俯身看着信纸，写道：

通往稳定生活和麻木的方法，是不去质疑一个人所处的环境。只有提出怀疑的人，才算活着。安德雷娅，离开培图尔吧。如果留下，你永远不会原谅自己。走吧，你可能会再次发现生活；留下来，你会继续这样一直到死。

男孩没想什么，他能感觉到，那颗心在嗡嗡作响，胀满了胸膛。笔在纸上飞跃。词语可以是子弹，但也可以是救援队。男孩向信纸俯身，派出了这支救援队。

然后他甩了甩疲惫的手，读了一遍这封信，脸色柔和，却又因聚精会神而显得坚定。时间之刀尚未刻上他的脸庞。男孩读了他刚写下的东西，那些词语比他更强大。

几分钟后，男孩揣着那封信，提着装了一枚一克朗硬币和两条喷香的面包的袋子出了门。海尔加和盖尔普特读了那封信。去找米尔德利特吧，海尔加说，她儿子西米会帮你送信。但是别忘了在罗翰恩那里停一下，叫他到这里来。

雪下得不像早晨那么密了，男孩透过雪花看到了这个世界，潮起潮落的灰色大海，那半闭着眼睛跟随男孩的庞然大物，跟随他在积雪中跋涉，走向教堂外海湾边的一栋小房子。房屋中间下陷，向前倾斜，就像有个巨人路过时无聊地踢了它一脚。男孩站在一个深深的雪堆中，小心地敲了几下门，雪花从天空飘下来，有的轻轻落到地上，有的在海面融化。门开了，门缝里出现了一张上了年纪的脸，像发霉的无花果一样起了皱，长着毛，个头也不比无花果大。米尔德利特？男孩迟疑地问。她点点头。我很想往培图尔和古特曼杜尔兄弟的钓鱼小屋送封信。海尔加告诉我……我亲爱的孩子，你是从海尔加那里来？那双蓝色而略显混浊的眼睛看着男孩，她的声音很弱，由于上了年纪断断续续，没有牙齿的微笑照亮了她无花果一样的脸。

房子太小，几乎容纳不下里面蜗居的两个人。男孩条件反射地低头看着躺在其中一个铺位上的男人、靠近墙壁的石头炉子和两个凳子，再没有其他适合放到里面的东西。日光透过三张薄膜照进来。薄膜代替了窗户，烟囱与屋脊相接的地方塞进了破布，无疑是为了抵御外面的雪和冷空气，但是屋里污浊的空气也因此无处可去，沉重地压在男孩身上。男孩试着用嘴呼吸，急切地想回到户外。西米在睡觉，鼾声撕裂了空气，他的脸浮肿粗糙，扭曲的大嘴、扁平的鼻子和歪斜的眼睛让他看起来充满威胁。他头戴一顶黑色帽子，破旧的床罩从身上滑落，露出了短腿和长着汗毛的小腹。西米，好孩子，米尔德利特弯下腰，轻声对儿子说，有个年轻人拿了封信，请你去送。她轻轻推着儿子，他抱怨着，挥手推开她。米尔德利特看着男孩，用力想直起腰，然而时间无情地压弯了她的腰。谁能有那么大的力量与时间之力抗衡呢？他很快就会醒。说完，她又笑起来。亲爱的，你想喝点咖啡吗？没等答复，她就开始围着烤箱忙碌。男孩小心翼翼地抬起头，头顶和天花板间的距离不超过五六厘米。西米哼哼唧唧扭动着身体，放弃梦境并不容易。男孩以前从远处看过他，他心甘情愿不知辛苦地在捕鱼站间跑来跑去做各种杂事，不管什么天气都戴着罩到眼睛的兜帽，像一只普通海豹和海怪的后代一样跛行。

咖啡煮好了，香气和屋里的污浊空气混在一起。男孩把手伸进袋子。这是海尔加给的。他拿着面包说道。哦哦哦。老妇人带着爱意抚摩面包，祝福了海尔加至少七次。西米睁大眼睛，嗅着空气中的味道，跳了起来。注意到男孩后，他径直走到男孩面前，仔细看着他的脸，仿佛需要用那双无神的丹凤眼去感受男孩。尿液和污秽的气味冲击着男孩的感官，咖啡也不好。西米用了很长时间吃东西，吃完了一整条面包，又拈起面包渣慢慢吃下去，满足地喘息叹气，然后突然大声放屁打嗝，眼睛直放光。但男孩已经等得如此不耐烦，站在那里只觉得不安。终于，西米吃完接过那封信，用那双胖而结实的手紧紧抓住，翻过来，斜视着信外面收信人的名字。我当然知道安德雷娅在哪里，你放心。他热情地告诉男孩，发出让男孩不舒服的大笑，接着就开始在男孩的胸口戳来戳去。米尔德利特面带微笑地看着他们，男孩不敢往后退，但在心里暗暗责备海尔加叫他来这地方。这白痴可能会把信送到一个完全不同的捕鱼站，把安德雷娅和那邪恶的老乌鸦安娜混淆起来。安娜和安德雷娅，这样一个白痴或许根本没有把二者区分开来的能力。安德雷娅，很好啊，但我怕培图尔！西米说。

男孩在老太太旁边坐了一段时间。他望着她的眼睛，那两颗磨蚀了的珍珠，觉得自己无法离开。她喝着咖啡，坐在椅子上摇晃身体，低声哼哼。我能为你做点什么吗？需要我清除门口的积雪吗？男孩问。她微笑着，抬头看着他，眯着眼，仿佛是想好好看看他。这里只有你们两个吗？男孩又问。她开始向男孩倾诉，说她丈夫淹死了，二十年前，就在这房子旁边的海岸。那平底小渔船里只有他和另外一个人，他们返程划向岸边，没有一丝风，她和西米站在沙滩上等他，看着他们越来越近，丈夫抬起头，向她挥手，但是天空仿佛突然间变黑了，风猛烈地吹。沙尘吹进了她的眼睛，她什么都看不见了。等她能睁开眼睛抬头看时，船已经翻了，两个人在水里挣扎。西米在海岸上蹦蹦跳跳，叫着：爸爸好好笑！爸爸好好笑！她拼命往海里跑，但是跑得还不够远，尽管他们彼此能看到对方的眼睛。我对他说出了再见。她一边对男孩说，一边摸着男孩的手背，仿佛他才是需要安慰的人。他们两个很快又漂上水面。他们的皮裤里进了空气，头朝下在海上漂浮着，腿浮了上来。在几个小时里，大海就那样摇动着他们，就像奇特的海鸟那样。西米笑得太厉害了，只能坐到海滩上。去怨恨你爱的人真难，她对男孩说，当然这是世界上最难的事，但人总会恢复过来，原谅每个人。除了自己。

男孩离开时刮着风。风吹着他离开那眼睛、微笑、悲伤，那教堂墓地前的挣扎和祝福的话语，风在一定程度上吹得他偏离了路线，他不得不绕过大雪堆，一阵风推着他撞进了一个大块头男人的怀抱。是詹斯。我不知道在这样的天气里小狗还会被放出来。詹斯说着把男孩推到一边，离开了。

XI

在风暴中，西米朝着捕鱼站的方向蹒跚而行，外套下是那封信。为了改变生活而写的句子，这是我们必须采取的写作方式。他衣服上的油渍浸到了信封上，当安德雷娅收到信时，信纸会变得斑驳。这是什么信？培图尔怀疑而惶恐地问。只是封信。她傲慢地说。培图尔开始害怕，想拿走她的信，又不敢。他看着艾纳尔，艾纳尔又太迟钝，没来得及掩饰住冷笑。总有人拿别人的不幸取乐。安德雷娅会读信的，男孩想，但那又怎样？他的话语会在这场风暴中出发，与安德雷娅一起归来吗？

那样他会不会主动为她负责，甚或迫使自己牺牲掉一些东西来帮她？什么是责任呢，帮助别人，乃至损害自己的生活？但是，如果你不向另一个人迈出一步，你的日子将会一片空虚。只有对不道德的人来说，生活才是容易的。他们过得很好，住在宽敞的大房子里。

夜幕降临在群山之间。男孩在工匠协会聚会后帮忙打扫，活动进行得很顺利。只有两个人吐了，只有一个人晕倒了，还有一个人鼻子破了回家了。重要的聚会，主席对海尔加说，把我们带到了一起，重要的是团结，否则那些上流人物会从我们身上走过，把我们践踏成屎。你自己就很擅长这点，在我看来。海尔加说。胡说，主席回答，没有同伴，我们会毫无防护。福里特里克害怕我们，不是一点点，不过你的科尔本和奥斯一起走了，可能是去了旅店，我听说老人喜欢他那些喝的东西。他是什么意思？主席走后，男孩问，他脚下有些不稳，但感到很高兴，因此首先试图去拥抱海尔加。科尔本对付不了那些喝的，他会因此处于糟糕的境地，我们晚些时候要去找他。

大风在吹。它吹起积雪，撼动世界，群山轰轰作响。男孩和海尔加用了将近半小时才到达旅店，而这段路通常只需要步行五分钟。天气改变了一切，北风和寒冷让我们瑟缩着挤在家里，拉长了人与人的距离。事实上，外面除了他们之外再无一人，在这样的天气里外出，不是找死又是什么呢？船无疑在石头墙下找到了避难所，风往这个方向吹时，它们在那里可能不会受到十分猛烈的攻击，仍在海上的渔船朝着陆地的方向挣扎，然而陆地不论在哪里都看不到，它消失无形了。世界是白色无形的旋风，或许此刻有数十个人正在挣扎着划船，倾听那宣告陆地位置的防波堤的声音，但那也是最后最危险的屏障。他们与一支优越的部队作战，在一叶扁舟上，毫无防护，身上浸透了海水，为自己而战，为在岸上守候的人而战，为不敢入睡的妻子而战，她们怕在梦中见到他们的幻影。好吧，情况就是这样，为我的灵魂祈祷吧，因为我渴望能从海上被带到天堂。现在我死了，所以你再不用骂我，你自由了，恭喜。我的爱人，我的心肝，我会为了干袜子而献出生命，然而再没有生命可以献出。

而在某个地方，还有人必须冒险冲入同样的暴风雪，喂饱一直饿着的羊，它们咩咩叫着，反刍着饲料，梦想着鲜嫩的草，还有偶尔出现的帅气公羊。

男孩熟知这一切：绿色的梦，在各种天气里走出房门，几乎能把头吹掉的风，为了干草冒生命危险。他也曾握住桨或死死抓住舷缘，期待听到防波堤的声音，那阴暗的隆隆声掌控生命和死亡，沉重的轰鸣声穿透咆哮的风声，充满承诺和威胁：来我身边吧，我会拍碎你的船，像淹死不幸的老鼠一样淹死你，或者让你从我这里通过，让你生活下去，如果你还希望能以"生活"这如此浮夸的名词来称呼你在此的短暂瞬间。不过那些通过了防波堤的人是安全的。等待他们的是坚实的大地和日常生活，连同安慰的话语、干燥的袜子、温暖的拥抱、孩子清晰的声音、背叛和平庸。

男孩尽力屏住呼吸，承受着房屋之间猛刮的风，大部分时候低着头，没注意要往哪里走，直到撞在了海尔加身上。他们已经到达旅店，走了进去，地板在脚下嘎吱作响，暴风在外面肆虐，在他们身后怒号，但海尔加只是关上了门。

所以，要摆脱什么并不比这更困难。

这场肆虐的风暴填满世界，威胁生命，但之后，所需不过一扇门、一块薄木板，就能将之关在外面，不让它进来。这难道不能告诉我们，人在面对自己的阴暗风暴时，该是什么样子吗？男孩和海尔加用门口挂着的粗刷子掸掉了身上的很多雪，一个高个子女人走过来，低声说晚上好。她很瘦，一张长脸上挂着一个大鹰钩鼻。她粗壮的双臂交叉抱在围裙前，仿佛要引起他们的注意：喂，看看我有多大多丑吧。男孩不由自主地想起苍蝇。赫尔达，你好，海尔加把毛刷挂回原处，说道，听说我们那位科尔本在这里，是吗？赫尔达笑了笑，露出淡黄的牙齿。她低头看了男孩一眼，回答道：是的，他在这里。她犹豫不决地扭着长长的手指，眼皮耷拉下来盖住了一双肿得胀鼓鼓的眼睛。她真是……难看，男孩惊讶地想。他无法不这样想，但是立刻为此感到惭愧。谢天谢地，这表明他和我们还不一样，我们经常根据事物显而易见的一面、呈现在我们眼前的样子做出判断，因此不论走到哪里都带来残酷和偏见。人的灵魂和地狱间的距离，是不是总比到天堂更短？

等一下。赫尔达突然说，接着笨拙地弯下腰，快速走回走廊，在拐角处右转。男孩不解地看着海尔加。奥斯格尔德和泰特尔的女儿，你们两个同龄，那可怜的小家伙害怕男人。海尔加说。和我同龄，怕我？男孩说，心里很难弄清究竟哪一点更让人吃惊。你是个男人。海尔加说，这似乎揭示了他从不知晓的事实，但是赫尔达不像她表现出来的那样不堪入目。永远不要让外表欺骗你，把你引入歧途。你好，泰特尔。海尔加对那个带着歉意举起手快步走来的男子招呼道。我亲爱的海尔加，他说，抱歉让你等我，不过福里特里克和他的家人，还有几个人，正在这里吃饭，你知道，谁和他交谈时都无法停下来自己跑出去。当然，我应该让你知道科尔本的事，但他刚才在酒吧，和同伴们谈兴正浓。我，我们每个人，都会认真看住他，赫尔达会带他回家。你可以相信我们。科尔本不会再像上次那样离开我们乱走。不过告诉我，和你在一起的这个小伙子是谁？他边问边向前欠身，好把男孩看得更清楚些。他的微笑显现出难得的善意，正是这善意让这世界尚可栖居。若非泰特尔和妻子奥斯格尔德在此生活，这个村子肯定会更荒凉。夫妇两人二十年前买下位于中心广场的旅店时，它已经开始破败。他们经营渔船赚了一点钱，把所有的一切都拿来重新装修房子了，那当然是不小的工作量，房子很大，上下两层，带地窖，还有个宽敞的阁楼，可以用作房子主人和女儿赫尔达的居室。事情进行得很顺利，夫妇两人勤劳肯干，但是为旅店起名字实在难住了他们。万物均需命名，人、动物、山岭、大海的捕鱼海岸。老鼠冲过厨房地板时，人们会叫出"老鼠"这个名字。一切皆然。名字赋予事物面孔，赋予事物形象。若命名为死亡，除了忧伤愤世、渴望自杀的诗人外无人愿意前来；若命名为天堂，就会挤满修女、圣人，还有希望这旅店是伪装成妓院的男人。泰特尔想了又想。常年旅店。他提议，这让他想到了常年客满之类的事。不，这和长眠谐音。很了解当地人的奥斯格尔德反对说。少有的悲观情绪攫住了泰特尔的心，他说：哦，我们住在这世界的尽头，把我们的一切都投到了这家旅店，它有十四个房间，宏伟的大厅。这是个错误，我们会失去一切，最后不得不依赖教区生活！走向世界尽头的旅店。奥斯格尔德提议。就这样，旅店有了名字，尽管这名字有点艰深拗口，人们很少会说出它的全名，只会将之缩略为世界尽头旅店。事情进展顺利，恰恰与那命定的预言相反，尽管那预言的根源在于，多个世纪的沉重历史让我们感到内在本质上的无望。夫妇两人同心同意，相处融洽、美满、真实。泰特尔一天要对奥斯格尔德说上很多次"我亲爱的"，哪怕当着别人的面。这很不寻常。对一些人来说，不论生活中肆虐着什么样的风暴，爱情永不破灭，永不褪色。日常生活中可以轻而易举毁掉一个人的琐碎事件，从来影响不到他们。谁若有幸与这样的人邂逅，一时间也会看透万物背后的本质。在这对夫妇的生活中，唯一真正的阴影就是赫尔达的悲伤和孤独，她心里所承受的重负，这块阴暗的石头，尽管她极力隐藏，但他们夜里醒来时还是会听到她的哭泣声。这可怜的人永远嫁不出去。这里的女人都这样说。或许她们说的有些道理。乍看起来，这女孩子是件拙劣的作品，瘦弱、平胸、扁屁股、长脖子，更不用说龇出来的牙、笨拙又忙个不停的手。她从工作中得到满足，乐于在平静、阴暗的冬日与父亲下象棋。她父亲此时正站在海尔加和男孩面前，带着好奇和显而易见的温柔询问这个年轻人是谁，并俯身向前，想更仔细地看看这个男孩。这是我和盖尔普特的男孩，海尔加说，我们要教育他，他太爱幻想了，不适合捕鱼。教育，好主意。泰特尔说完，像近视的人一样眯着眼，探询地看着男孩。几乎每个人都能做捕鱼的工作，出海，这样的人太多了，不过你这类人太罕见了。我们可以让赫尔达教你英语，也就是说，如果你愿意——有人陪伴也会对她有好处。无论如何，我对你朋友的事感到非常难过。那是太大的悲剧。

悲剧，正是这个词，让男孩没能立刻理解这个句子的主旨，不过他很快明白，这位旅店店主知道那个与防水服有关的故事，那让阴阳两隔的诗行，或许也听说了他背着那本诗长途跋涉的事。这个故事传遍了村庄，男孩沿街走到店铺或出去跑腿时，注意到了人们的目光，这让他感到自己变成了故事里的角色。

你在想什么？海尔加轻轻抓着他的胳膊，问道。泰特尔已经往走廊里走去，海尔加跟过去，男孩跟在他们后面。走廊光线昏暗，走廊尽头却很明亮。泰特尔向左转，打开一扇房门，房间里摆了几张桌子和结实的椅子。三个男人坐在一张大桌子旁边。男孩向右看时停住了脚，透过一扇双层玻璃大门，他窥见了莱恩海泽裸露的肩膀和白色的轮廓，窥见她高高的颧骨，像是被风削平的冰川。

在她把一颗湿漉漉、亮闪闪的糖塞到他嘴里之后，他一直没再见过她。

她拿着一把叉子。

棕色头发盘成了发髻，但是一绺头发垂在了脸颊上。一绺棕色的头发，衬着白净、光滑得不可思议的皮肤。他看了又看，渐渐地，地球的自转慢下来，慢下来，直到停止旋转。悬停在黑暗的空间，一动不动，一切都平静下来。风成了透明的空气，飞起的雪花落到地面，归于静默，上方是黑色的天空，闪烁的星星，古老如同时间。

他不知道，看着垂到白净脸颊上的一绺头发，就能让地球停止旋转。

他不知道，这同一绺头发会让他感受到时间的开端。

他不知道，肩膀可以如此修长，像月光一样皎洁。

她没看他，没注意到他，但是坐在桌子尾端的女人，或许是她的母亲，正冷冷地、刻意地打量着男孩。男孩辨识出她唇边微微抽动的肌肉时，赶紧跟在海尔加身后往前走，头晕目眩，不知所措。等他头脑清醒过来时，发现自己已经坐在她旁边的椅子上了。他们和科尔本，还有另两个男人，坐在一张桌子旁。我坐在这里多久了？男孩想。他把手放到桌上，但当他看到面前一个玻璃圆柱体里有根惨白的手指时，又赶紧把手缩了回去。

手指很少无聊。

男孩时常羡慕地看着手指，看它们如何从手掌伸展出来，靠拢在一起，除了大拇指——它与其他手指保持距离，自大，有点孤独，却是整体不可分割的一部分。大多数情况下，手指五根一组，双手放在一起就是十根手指，不过放在桌上的手指是孤独的，离它的兄弟们很遥远。泰特尔拿来两个大玻璃杯，里面装了差不多半杯浓浓的黄色液体，他把杯子放在海尔加和男孩面前。你知道钟表匠奥斯。海尔加说完，朝坐在他们对面左边那瘦削的英俊男子点点头。这就是校长吉斯利，山里的名人。她说，指的是男孩正前方的男人。校长气势逼人，身体粗壮，肿胀红润的面孔上没有一点胡子，这也许可以解释他为何面带一丝脆弱。吉斯利微微点头和他们打招呼，然后把手伸向那根手指，抓起它放进夹克衫的口袋。对我来说，口袋里装着陌生人的手指到处晃悠，似乎不太合情理。奥斯说，眼神因酒精而变得迷离。此外还有个讨厌的外国人。人的灵魂是很多事物的家园。吉斯利说。你以前没见过一根手指吗？他问男孩，男孩难以让视线离开夹克衫的口袋。见过，但只是在一只手和其他手指的陪伴下。他平静地回答，声音仿佛来自远方。校长短促地笑了一下，伸出大手，摊开十根手指。你说的是对的，它们有同伴！他把手翻过来，似乎感到惊讶，而后又看着男孩，向后仰了一下身体，仿佛要更好地看看他。这难道不是……但校长没能继续再问下去，因为海尔加只说了一句：是的，是他。不寻常，吉斯利轻声说，真的不寻常，绝对不寻常，相当迷人，是的，真的……不一般。他的食指快速抚摩着下巴。你知道吗，我的孩子，他说，有个法国诗人，或者说曾经有个法国诗人，当然他和所有正派的人一样死了很久，他以不寻常的力量和权威命令我们，让我们心醉神驰，在美酒、美德和诗歌中不断沉醉。那样我们就还活着，那样我们就会生活过。我有时试着依此生活，有时我根本不管别人怎么说。我绝对是我自己的主人，现在我想为你和你的朋友干杯，他的回忆将永远闪耀。吉斯利站起来，拿着白兰地酒杯，小心翼翼地站起来，不得不尽量在眼前高速旋转的空间里找到平衡。他站稳，而后高高举起酒杯，一饮而尽，尽管没人站起来与他一同干杯，但他似乎并不在意。男孩听着他心脏的怦怦跳动，小心地抿了一口，酒精进入血液，恰似舒缓的喃喃低语。

一个人活下去，是不是对死者的背叛？

他失去了朋友，眼看着巴尔特冻死。那是唯一或许能把他与这生活、这受诅咒的世界联结在一起的人。唯一绝对美好的人。而后，他穿过荒野去还一本书、去死，却被两个女人带走了，走进了一个新的世界，现在与他坐在一起的是受过世间高等教育的人，校长本人，有学问、爱诗歌的人。如果巴尔特活着，男孩仍然会在捕鱼站，尽管夏天会到列奥的商店里工作，然而接着就是秋天，又会是那个捕鱼站，永远的劳累、辛苦、疲惫的精神、遥不可及的吉斯利校长。只是巴尔特死了，这是男孩坐在校长对面的唯一原因。在这以前，他所见的受过教育的人只有牧师，他们在农场遇到的困难中绝望地纠结，担心教堂所需的费用，站在讲坛上鞠躬，那些话语却无法给存在带来新意。巴尔特和男孩读了吉斯利在《人民意愿报》上写的所有东西，偶尔有关于教育和社会问题的文章，还有两首诗歌的评论，那是巴尔特从报上剪下来读了一遍又一遍的诗。男孩正是由此知道波德莱尔和歌德这些遥远而神秘的名字。后者是个德国人，写了一部关于爱之悲剧的著名作品，以主人公开枪自杀而告终。于是我们看到了爱的致命性，吉斯利写下这些话语时，距离男孩还十分遥远。而现在，他们之间只隔着一张桌子。很难再有机会接触到比他更有学问的人了。吉斯利身体前倾，一本蓝色封面的书从校长贴身上衣的口袋中露了出来。他走出房门时总会带着至少一本书，保护他免受世俗困扰。巴尔特的死会给我带来幸福吗？男孩这样想时，突然感到害怕，不禁望向泰特尔，而他正靠在柜台边，暂时闭上了眼睛。

在眼下这些日子，旅店里几乎没什么特别的事，但是不久以前，大部分房间几乎都住满了船员，钱是为船只出资的商人付的。有人来自远方，有人来自海边，有人到这里要走上好几天，背着他们的全部财物和衣服，大概三十千克，如果有机会、有条件，也会用雪橇拉着它们走。翻过山岭，穿过谷地，踏过荒野，成百上千的渔民走向他们的大船或小艇，血管里流着海水的老海员，身旁是年轻的没经验的孩子，十三岁，头一天还安然坐在自己家中房里的孩子，第二天就开始了在渔民小屋，还有空旷无边的极地海洋上的严酷生活。他们扼杀了自己心中的那个孩子，以及蓬勃的欢乐。他们别无选择，只有提前变老。短短几天里他们就失去了青春之美，生命的精华凋零萎谢。只有老渔民才能登船，大约三十艘船，从村里出发。三十艘船，大约三百个渔民，很多都来自其他地方，这意味着他们为出海做准备时要干很多事情，大部分是同时进行的。喧嚣已过，泰特尔很高兴。当然能够获利，但要熬过那些漫长而艰难的夜晚、喧嚷、嘈杂和粗鄙的时光。成群结队远离家园的人失去了太多，群体的活力对他们无益，剥离了他们高贵的一面。他们变得粗俗，在这段时间，赫尔达晚上独自去旅店的什么地方都不安全，一些人会骚扰她，甚至是野蛮骚扰。泰特尔曾经不得不把一个水手从她身上拽下来，那人喝得烂醉，像头发情的公牛一样，撕下裤子，把吓得脸发白的赫尔达压在墙上，用粗硬的阴茎在她身上蹭。这个器官可以是美丽的，但有时似乎更像是来自地狱的可怕讯息。赫尔达会变成什么样？她面对所有男人都害羞得无法忍受，却只有喝醉的水手似乎会对她在意。我永远当不成外公了吧？泰特尔想，一瞬间一切都变得灰暗而悲伤。他漫不经心地把手掌放在桌上，睁开眼，看到了男孩的眼睛。餐厅里传出了一阵笑声，玻璃门让声音变得低沉。似乎我大哥能玩得开心。吉斯利掏出一副纸牌，尖刻地说。玩牌的人可以避开微妙的话题，暂时逃离生活。男孩满足于这样旁观，并伸手拿起酒杯。他才刚开始习惯这种烈性饮料，不过这酒杯太大了，他需要往后靠一靠。这时他看见了莱恩海泽，她穿着一件蓝色的衣服，一半身体被门柱挡住，正暗暗却又迫不及待地示意他过去。男孩犹豫地站起身，其他人似乎没注意到什么。他朝她走去。

　　我以为你永远都不会注意到我。她拽住男孩，把他拉到一个没人能看见他们的角落里，对他低声耳语。她穿着一件蔚蓝、有天空之色的礼服，有位天神撕下了一角天空，缠到她身上，紧紧贴着她腰部上方的身体，腰以下却略宽一些。她把他拉到角落里，和他离得那么近，他能感觉到她的乳房压到了他身上，或许完全是巧合，或许根本不是巧合。乳房饱满，或许相当大，但他不确定，他对乳房所知甚少，但是再次感觉到它们，真是不可思议的美妙。她的头发梳成了发髻，男孩看着她柔软的脖颈、裸露的肩膀，有这样的肩膀一定快乐幸福。我们没有太多的时间。她轻声说。她已经把他困在角落里，他哪里也去不了，也哪里都不想去。他们在等我，我说我只是要去下洗手间，方便一下。她边说，边大胆地看着男孩，你和海尔加来这里做什么？我以为你们两个哪里也不愿意去呢。我只是……男孩开口说。他听到血液在沉重地流淌，心脏在怦怦作响，因此几乎听不到自己在说什么。我刚和海尔加一起来，嗯，我们是……是来找科尔本。他嘟囔着，同时注意到莱恩海泽越来越不耐烦。我知道。她说，看上去马上就要跺脚了。他能说点什么让她冷静的话吗？能有什么话可以安抚这个女人，这个眼睛像大山一样的女孩？你为什么这样盯着我的肩膀呢？她燧石色的眼睛刺穿了男孩，虽然此时目光并没有多凌厉，嘴唇也没有合拢。她的嘴唇红红的，很丰满，闪着湿润的光泽，一双眼睛，有如山峦。

男孩：山峦背后是伟大的光。

我很快就要去哥本哈根了。她向下迅速瞥了一眼，说道。她有长长的睫毛，好似眼睛上方的两把小扇子。今后两年我要与特里格维夫妻两人在哥本哈根生活。小扇子举了起来，她继续说：不过也一样，在这里有可能彻底完蛋，在这死水般闭塞的地方，什么都不会发生，只有低俗的水手。而在海外有博物馆和林荫大道，还有街上充满活力的人群！我不明白人们怎么能受得了在这里流连。

好吧。

就是说她要走了。

好的。

离开。

越过海洋。

令人难以置信地遥远。

这很好，安全的旅程！与他有什么关系？他对她没兴趣，根本不认识她，一点也不认识，她来自另一个世界，离他远而又远，不论她是在哥本哈根还是在这里，他们之间都有大洋相隔。

然而，她要走了。那双眼睛，那双肩膀！

她要走了。

把群山留在身后，而我在它们脚下。

这就是为什么在夜晚的某个地方忧伤正向我走来，带着一支装满子弹的步枪，来把我像条狗一样射杀。男孩想。他相信，对存在的愤世嫉俗可能最终是有道理的。为什么你什么都不说？她尖锐地问，看起来好像又要跺脚了，别盯着我的肩膀！你看你有多傻！

那个被留在身后、留在那高耸山坡下面的人，实际上什么都可以说，只因他没什么好失去，当然也没什么能赢得。我什么也不说，因为忧伤在夜晚浮现，正带着装满子弹的步枪向这里走来，我看着你的肩膀，因为它们比月光更美，让我无法形容，即使我活了十个世纪，我……男孩停了下来，因为突然之间，言辞离弃了他，语言彻底消失，只留下了沉默。他们之间几乎再无间隙。他们如此接近，呼吸着同样的氧气，她拥有那肩膀，她看着他，一呼一吸，把他吸入身体，世上所有的词语都消失了，于是男孩做了唯一可能的事：服从内心的律令。

他的双唇在空中长久盘旋。它们飘在天空中，离开大气，在黑暗的空间漫游了很长一段时间，最后轻轻地落在月光一样皎洁的肩膀上。然后，他的唇缓缓上移，滑过脖子和耳垂，那坚硬而柔软的白色耳垂。他听到她的呼吸，感觉到她的手掌按在他的腹部，她抱住他的头，让它向下移动，亲吻了他。她的双唇，它们又暖又湿，它们，它们，它们，它们。

然后，她松开手，转过身，快速走到餐厅，打开门，几个词从嘴里溜了出来。她走进去，关上门，那些话语就那样消逝在男孩面前的地板上。

XII

第二天，天气近乎静好，时间一样透明的风已经消失了。它与夜晚一起了无踪迹，留下了一阵带着歉意的微风。

男孩很迟才醒来，半梦半醒。人们醒来时不会想什么，他们只有感觉，因此会接近梦境，但男孩知道，清醒就在梦境的表面等待他，如同响亮的声音。他咕哝着什么，试图把热血变成沙，让自己变得沉重，好再次沉下去。睡眠是黑暗的避难所，他沉浸其中。

他们在酒店里没坐多久。男孩行走了大约四十万千米，去亲吻肩膀，亲吻耳垂，也被亲吻。等他头脑清醒时，他已经回到了桌子边，回到了海尔加的身旁。海尔加放下纸牌说：好吧，我们现在要走了。不，不，不，吉斯利看起来很害怕地说，别立刻走，你不能，不，不，奥斯，帮我劝他们别走，今晚我们还有太多的话要谈，前面还有整个该死的夜晚！话语哪里也不会去，还会有其他的夜晚。海尔加说。我们不知道，最后一个晚上总会在某个时候出现，那时再想交谈就晚了。吉斯利说。我愿承担这风险。海尔加说。奥斯准备站起来，或许有人在家里等他，但吉斯利有力地制止了他。留下来，他说，孤独让我太痛苦了，我们一起谈天吧，一直谈下去，直到我们不知道自己是谁，叫什么名字。奥斯，你觉得，你死时上帝需要你吗？

他们离开旅店后走了很长时间的路，风暴已经平息了很多，他们可以挺直身子前进，但科尔本坚决拒绝接受任何帮助，他挣脱了海尔加的手臂，自己往前走，慢慢地走，用脚试探着每一步路。男孩和海尔加一人走在一边，准备伸手抓住他，把他扶起了三次。你认为是什么从我这里夺走了视力，上帝还是魔鬼？在他第三次跌倒，海尔加掸掉他身上的雪后，他问男孩。我不知道，不过好在最终都是同一条归路。男孩回答。那老海狼发出辛酸沙哑的笑声，就像是犬狐的悲鸣，而后一路上都由他们继续搀扶着。

盖尔普特正等在客厅里，男孩该读莎士比亚了。带我离开这个地方。盖尔普特说着把书递给他。男孩那样做了。他带他们离开了这个世界，包括他自己，离开了莱恩海泽，摒弃了欲望、亲吻、情感、遗憾。他读着书，晚上过去了，黑夜降临了，大钟矗立在角落里，默然无语。现在我要让时间停步。盖尔普特曾说。从那时起，在这个客厅里，时间的流逝没有任何明显的表现，钟摆一动不动地悬在那里，像是头朝下被定罪的罪犯。他读着，带他们离开了这个世界，科尔本一动不动地坐在黑暗里，莎士比亚的话语像燃烧的火炬一般进入了那个世界。

我怎么能取悦你，夫人，是什么让你痛苦？恶棍伊阿古问苔丝狄蒙娜，不幸中的她是如此美丽。我不知道。她回答。①
这是很好的回答，原因在于，我们想要什么，为何我们害怕，
这些隐藏的、残酷的渴望从何而来？生命把我们带往何处？我
不知道。她答道，最真实的话语。我们在生活中摸索，然后死
去，沉入未知的世界。我不知道。苔丝狄蒙娜回答。她想要再
说些别的，尽管她可能已经说出了一切。不过他们听到有人走
进房子，弄出了很大声响。海尔加睁开眼睛。可能是詹斯。她
说。男孩把书放下，手指停留在苔丝狄蒙娜的答复上，准备再
往下读。邮差蹒跚着走进客厅，满身白雪。詹斯站在那里摇摇
晃晃，环顾四周，好像看到他们很惊讶，为自己进了这房间而
震惊。他转过身，仿佛是想问：被风卷起的雪在哪里？风在哪
里？他的脚撞在椅子上，失去了平衡，跌倒了，房子里回响起
砰的一声，他躺在了那里，烂醉如泥。他与玛尔塔一起在索多
玛逗留了很久。生了病的奥古斯特躺在咖啡馆旁的小房间里。
詹斯决定顺路去拜访古特曼杜尔，去看那位代理邮差。当风把
男孩推进他怀里时，他正走在去那里的路上。他希望能得到一
些关键信息，在山上的恶劣天气里，在充满风险的山路上，这

---

① 小说引文与莎士比亚的原文略有出入，这段莎剧原文出自莎士比亚《奥
赛罗》第二幕第四场："Iago: What is your pleasure, madam, how is't with
you? Desdemona: I cannot tell."中译文为："伊阿古：夫人，您有什么吩
咐？您怎么啦？苔丝狄蒙娜：我不知道。"（朱生豪译）

些信息能让一切截然不同——他可能会遇到什么危险，哪座山峰会告诉他风暴即将来临，哪个农场会提供最好的建议，哪条路最适合走，哪条路需要避开。不过人类的世界从无逻辑，很少合情理，充满各种各样的杂质。代理邮差受了西格尔特的很大恩典，这足以让詹斯在最后一刻决定不去找他，而是直接去了那被称为罪恶之地的餐馆。他坐在玛尔塔对面，看着她抽烟，看着她读一本从吉斯利那里借来的关于拿破仑的书，看着她喝啤酒。玛尔塔有时很不在意自己的外表，似乎对男人眼中的饥渴毫无感觉，然而有些夜晚她就像咆哮的狮子。詹斯喝醉了，对奥古斯特简短说了句话，问明天能不能借用他的平底小渔船。但是在四名顾客出现后，他转而去找斯诺瑞，逃离了别人的陪伴，和商人斯诺瑞坐了很长时间，在那里喝了太多酒，最后摇摇晃晃地走回盖尔普特的房子，躺在客厅地板那儿，烂醉如泥。大家花了相当长的时间才把他弄到床上睡觉。他太重了，至少有一百千克，又醉得一点力气都没有。但他们终于把他弄到了床上，科尔本靠在墙上，这个老人，气喘吁吁，精疲力竭。是什么让你痛苦——如果我们知道就好了。我们几乎不知道自己为什么要发问，只知道有些事情让我们感到痛苦，我们没有像应该的那样生活。死亡等待着我们所有人。现在我们要去睡觉了。盖尔普特说。

白昼唤醒了男孩。

晨光降入黑暗的深渊来接他。他坐起身，眨了眨眼，像是要确定自己还活着。他伸展年轻灵活的身体，走到窗前，拉开窗帘，把头伸出去，彻底甩掉夜晚和梦境。天气近乎平静，风停了，留下了温和、无比礼貌的微风。男孩愉快地感受到空气留在他裸露皮肤上的清冷气息，尽可能深深地把清晨和光明纳入胸膛，对面的房子白雪皑皑，世界一片和平。也许春天终将到来。也许它会设法穿过我们南方的所有那些深不可测又危机重重的峡湾，并在筋疲力尽之前抵达我们这里。男孩向外探出头，朝左看去，海面灰蒙蒙的，看起来单纯无辜，似乎良心上没有任何负担。维特拉斯特伦海岸从灰蒙蒙的海上升起，冰川一样洁白。医生的住所有两扇窗户敞开着。詹斯带来的所有邮件无疑已被分拣，装进袋子运往周边的乡村，这是邮差副手的任务，他们有五个人，要走各种艰难的路线。男孩缓缓看向右边，看到奥拉菲娅穿过白雪，朝房子慢慢走来。他关上窗户，匆匆穿上衣服，冲下楼，在奥拉菲娅敲门前打开门。他迎来了微笑。生活当然可以是美丽的，我们只需要知道如何接受生活。

布里恩乔福尔到来时大约是九点。"希望号"今天出海。那是斯诺瑞的船，有些人称之为"失望号"。船早已准备出发，却因风暴推迟。整整一个星期里，世界从人们眼前消失了，阴郁的天气带走了世界，到今天早晨才把它归还，如此洁白、纯净的世界，微风像道歉一样在房子之间吹过。布里恩乔福尔要做的，一方面是向妻子道别，另一方面是邀请男孩一起出发。男孩子们。他纠正说。因此他口中所说的男孩就意味着船员，十人一组、粗俗、饱经风霜的男人，大多数人有六十来岁，他们的脸庞就像苍老的岩石，话语像海中的盐。如果你一起出发，男孩们，实际上还有我，会感到好一些。布里恩乔福尔说。但是随后，他在走廊里注视着妻子奥拉菲娅，停了下来，不知道应该说些什么。是你。他终于说，而她点了点头。他们之间横着狭长的、深深的沟壑，侵蚀那沟壑的，是失望、酒、日常生活中令人无法理解的无情。他们各自站在自己那一边，看着对方的眼睛。我们终于要出海了。他最终说。小心。她说，她的意思正是如此。

小心。

两个字，银光一样落到分隔他们的深渊上，在深渊边缘颤动了片刻，但在他犹豫不决，不相信它们的分量时，那银光黯淡下去，洒向深渊深处，消失于无形。

男孩拿起衣服，甚至没有询问海尔加，即使他本来有一堆事情在做，没有人会对这样的提议犹豫不决，拒绝会引起水手们的不安，甚至畏惧在海上等待他们的那种黑暗和无情——空手而归、意外事故、死亡。血管里流动着怀疑或恐惧的水手，面对愤怒的大海和天空会更早屈服，一个人的屈服可以给整艘船带来灭亡。那些生活在世界尽头的人，如果不团结地站在一起，就会像苍蝇一样坠地。海尔加只是去拿了些钱作为回应，并叫男孩回来时在特里格维的店铺那里停一下，带回这样那样的杂货，然后他们出了门，走进宁静的早晨。

　　一个小时后，"希望号"轻轻摇晃着离开海岸，但是很快就开始随着海浪起伏，离岸越远，就随浪升得更高，向浪谷跌得更深。前几日的风浪过后，大海躁动不安，只能慢慢重归平静，把天气存入大海深处，如同一段记忆。男孩往回走，不紧不慢。接近村庄的岬角又长又狭窄，接着又变宽。积雪下面的石头等待着夏季的阳光和咸鱼，我们实际上也在等待。男孩走过地产经管人的房子，特里格维店铺的收银员住在那里。男孩走走停停，环顾四周，看着群山、房屋、浓云。独处总是胜过置身人群之中，或者说自从父亲溺亡，家人离散之后，他就一直有这样的感受。父亲沉入了大海那黑暗的海盐王国，带着他那双炯炯有神的眼睛，他那让一切更轻松的双手和存在，他的红色头发和所有未说出的话语，还有他心中的爱意，那不可思议的力量能够如此轻易地改变世界，但是在黑暗和暴风中，在刻骨的孤独中与海浪搏斗时，爱的力量却完全无用。有什么可以从海底召回他呢？海洋曾释放过被它抓走的人吗？男孩走进特里格维的商店，心脏开始快速跳动，好像他从未怀念过任何人，好像没有人曾经淹死、死亡、冻死。那悲伤，对那些永不复返的人的痛苦哀伤，为什么不会在他面对生活时带来尊严或无畏呢？莱恩海泽正与一位有些壮实的高个儿女子交谈，那是洛夫伊莎，她的姨妈，区行政长官劳鲁斯的妻子。店员和顾客保持着适当的距离。洛夫伊莎大声说话，就和那些没理由降低声音的人一样。她抱怨天气，抱怨今年春天来的船多少少，如果能把这称为春天的话！她是对的。当大地在积雪下沉默，当冰霜擦亮天空，当云层之上的天空变得越来越蓝、越来越寒冷时，人们有可能谈论春天吗？很少有船来，这也是事实。带有敌意的风吹了这么久，在茫茫海面上，小船被四下驱赶，有些船沉了，有些船在遥远的峡湾寻找避难所，只有大轮船不会在这里遇到太多障碍。最后一艘轮船一星期前停在这里，装满了盐，没有盐就没有咸鱼，没有咸鱼就没有生活，或者充其量只有一半的生活。那艘轮船仅仅停留了几天，船长一直待在旅馆里，在那里和吉斯利一起喝加了糖和热水的朗姆酒等烈酒。我们知道这位眉毛浓密、性情粗犷的船长，或多或少地了解他。他在这里航行已有二十年了，最早是在一艘帆船上，现在是在一艘轮船上，船的黑烟从相当远的地方就能看到，好像地狱前来迎接我们一样。吉斯利在离教堂很近的地方碰到了伯瓦尔德，看到轮船冒出的黑烟向上升腾，仿佛切穿了海浪。与你相反，我忏悔，因此没有多少恐惧。伯瓦尔德牧师毫无感情地回应他的兄弟。船长给尊贵家庭的成员带来了微薄的礼物——给洛夫伊莎姐妹的巧克力和小说，给莱恩海泽的红色胸针，给福里特里克的美国手枪，而吉斯利则收到了一本红色烫金封面的诗集。只有已逝诗人才这样出书。吉斯利抚摩着书嘟囔道。船长问：什么？只有已逝诗人的书才会烫金。吉斯利解释说。但是船长拿出了另一本书，说：你或许说得对，不过这一本肯定也不缺少金色！吉斯利浏览了下，一本漂亮的蓝色封面的插图书。希望她们不觉得冷。他迅速瞥了一眼几个半裸女子的插图，喃喃说道。

　　一名店员来给男孩拿他要买的东西。男孩已经放弃了等待莱恩海泽，也不想把更多的时间浪费在商店里。店员迅速结账，男孩匆忙跑了出去，实际上是逃了出去。月光的肩膀，没错，但月亮是遥远的，月亮表面肯定孤寂，她是福里特里克的女儿，权力的女儿，来自权力的不会有什么好东西。男孩想。他一心一意要忘记她，要否定月光，结果连脚步声都没听到，因此在突然感到肩膀被紧紧抓住时不禁大吃一惊。你应该等着的。她说，气喘吁吁，语气尖锐。我不知道。他低声说时，立即感到紧张无力，心脏瞬间跳动得更为猛烈，猛撞着胸膛。他们彼此相对，相互的距离比一条手臂还短。他听到自己的血液在奔流。所以你已经见过吉斯利了。她说。

　　男孩：嗯。

她：他很有学问。

男孩：嗯。

她：他是个醉汉，而且膝盖无力。那是因为，太多的诗歌让人软弱。他们变得不合时宜，更加脆弱，这是我父亲说的，你知道我父亲是谁。

男孩：诗歌是世界背后的世界。诗歌是美丽的。

她：吉斯利只做人们要他做的事。你根本不知道他的事，重要的事你根本都不知道，不知道重要的事应该是什么。你不知道什么是必要的。

男孩：写作胜过腌咸鱼，也胜过一艘轮船。

她：我父亲说，已经不该祈祷有你这样的人了。如果没人帮你，你会变成可怜虫，会饿死的。

她微微打着哆嗦。空气凉爽，她在连衣裙外只穿了件薄薄的套头衫。她的红色胸针闪闪发光。诗歌也可以是危险的。男孩说，或许是因为她哆嗦的样子，或许他的思想变成了一首致命的诗歌，在海上，在棺材上，那最后一句话。*没有你，什么都不甜蜜*。然而此时她离他这么近，似乎可以拥抱他，当然她不会那样做。今年夏天，我要乘着阳光而去。她说。那时我会是什么，马还是阳光？男孩问。现在还没到夏天，甚至连春天都不是。她说。

男孩走进厨房时，海尔加正在给科尔本剪指甲，她自己也刚从外面进来，皮肤仍然冻得红扑扑的。船长远远伸出手，仿佛是在否定它们。出海顺利吗？他问。是的，虽然港口外稍有些颠簸。海上的天气会持续很长时间。老人说。是的。男孩说。

科尔本：没有什么像大海一样。

海尔加：你想念大海。

科尔本：想念大海，我不知道。是否有可能想念这世界？我几乎不这么认为。

海尔加：那么，人能有什么可想念的？

科尔本：该死，如果我知道就好了。你觉得我是什么人？难道你不想念有个男人的时候吗？

海尔加：这里有你。

科尔本：你明白我的意思。

海尔加：这个我得自己面对。

科尔本：那好，可我什么都不想念。

男孩：甚至包括你的视力？

科尔本转过他那倾斜着的脑袋，仿佛渴望得不耐烦：能时常阅读，能看大海，那该多好啊，但那样我也会被迫面对生活。不过我真想再出一次海。

男孩被召进客厅。盖尔普特坐在那张又大又结实的桌子旁，左手抵着额头，手指间夹着根香烟，头发梳了起来，但显然梳得匆忙，几绺长发随意垂了下来，卷曲着搭在白色脖颈上，像是暗色睡袍上的碎布条。男孩进来时她抬头看了一眼，然后接着读《议会时报》，她几乎一动不动，除了会把香烟缓缓移到红唇边，那"充血的嘴唇边缘"，而后吸入快乐。你应该读读《议会时报》。她说。我不会读，那就像是用另一种语言写的。他直截了当地回答。盖尔普特抬起头，露出那些雀斑，吸着烟，香烟的余烬轻轻发出咝咝声，一点点向上移动，那鲜血般红润的嘴唇边的皮肤看起来很光滑，但是皱纹从眼角延伸出来，在她眯起眼睛时显得更深。说得对，但这是权威的语言，我若要生存下去，就必须掌握这些。她说。她的嗓音恢复了嘶哑，像乌鸦呱呱的叫声。我需要理解这种语言吗？男孩看着盖尔普特，问道，仿佛是希望得到不这样做的许可。盖尔普特靠回座位，放下吸了一多半的香烟，抬起手臂，抚弄着头发。只有你想时才需要，权威属于男人，而你，无论如何，是个男人，尽管你可能更接近天国而不是阳刚之气。我和天国根本没关系。男孩说。我是打比方。盖尔普特说，但是科尔本呢？他失去视力之前几乎没看透什么。为了看个分明，我是否需要挖出自己的眼睛？那会是个好的开始。你不快乐吗？男孩不假思索地问。盖尔普特的手肘撑到桌子上，娇柔的下巴贴在手背上。什么是不快乐呢？她反问，我被人爱过两次，这算频繁吗？有没有可能去计算亲吻，或背叛的次数，计算人们会产生多少次能被称为幸福感的感觉？七千个吻，十二个快乐时光；这种事是频繁还是很少，还有，什么是快乐幸福？什么是吻？有可能的是，吻了一个人一千次，却从没真正吻过。有时我觉得人命中注定不幸福。

幸福是存在的。男孩固执地说，就像个孩子。海尔加的声音传到了他们耳边。不要太在意我说什么，盖尔普特说，世界比一个人复杂多了。贡希尔德和木工约恩因为儿子而感到幸福，乍看上去没有什么特别的理由让他们幸福，但是只要看他们一眼，就好像一切悲伤都成了一场误会。幸福当然存在，海尔加，这难道不对吗？海尔加举着一大托盘咖啡和面包走进来时，盖尔普特问道。科尔本跟在海尔加身后，挂着手杖，把自己的体重托付给它。相信一件没生命的物体要比相信一个人更容易，而且也不需要为此付出太多努力。什么对不对？海尔加边问边把托盘放在较大的桌子上，开始把杯子挪到客厅里间较小的桌子上。我们不是命中注定不幸福。每个人都是他自己的评判者，海尔加说，你和他聊过吗？

盖尔普特：我们一直在聊。

海尔加把面包放到另一张桌子上时说：是吗？

盖尔普特：关于亲吻和不幸福，还有权威的语言。

海尔加：那我们来谈谈眼前这个问题吧。

他们走进了客厅里间，在深暗的桌子旁坐下。平时，他们晚上就坐在这里，听男孩读书，这里也离窗户更近，离世界更近一些。我们本打算今天就开始对你进行教育。海尔加先开口说，今天早上我去找赫尔达和吉斯利谈过了，下午赫尔达会来教你英语，明天吉斯利要来，开始上历史课、冰岛语和文学课。然后我会给你一些数学上的指导，尽我所能。你觉得这还好吗？好，那就可以定下来了。男孩用力点了点头后，海尔加说。在这方面男孩不可能有其他反应。

* * *

你父亲唯一的遗憾，他母亲在一封信中这样说道——那些信现在都要被翻烂了，他不得不开始誊写信件的副本，否则这些来自过去的重要信息将会遗失。你父亲唯一的遗憾，或许也是我的遗憾，就是缺少教育，尽管我作为一个女人，自然很少有机会或根本没机会接受任何可称之为教育的培养。你父亲十二岁时，似乎在某种程度上就要实现他的梦想了。教区牧师主动提出要收他当两年学生，如果他表现好，时间可能会更长。你父亲在离家前两天，就早早收拾好了一切想带也能带的东西，把它们全装进了可以轻易夹在胳膊下面带走的包里。因为期待，他几乎无法入睡。就在这时，你祖父从马上摔了下来，出了事故。他在从城里回家的路上，那个可怜的人，有时喝得太多，那次同样喝了个烂醉。马受了惊，你祖父从马背上摔下，再也没能站起来。他无助地在床上躺了一年多，然后死了。你父亲是家里的长子，刚能勉强料理生活，他当然放弃了接受教育，只为让家人团聚在一起，直到你祖母去世。那时你父亲满二十岁，家里欠了债，而他的年纪也大了，再也上不了学了。他曾说：喝酒夺走了我的学业。酒是可怕的威胁，真的，你应该小心，不过没有酒，你父亲和我也几乎不可能认识。那又会是什么样的生活呢？我那么爱你的父亲，无法形容，胜过生命。我们要保证你们所有人接受教育，包括莉莉亚，即使那会让我们分离。

事实就是这样：

一匹马受了惊，这就是他能出生的原因。

但是，这些计划会有些细微的变化。海尔加的声音仿佛来自遥远的地方。变化？男孩害怕地问，显然有些焦虑。是的，改变，或者说，延迟。男孩要被派上征程，走向世界的尽头。那里是冰岛疆域的边界，永恒的冬天在那里开始。斯诺瑞早些时候来过，找詹斯，头天晚上詹斯离开索多玛后是和商人在一起的。他去索多玛干什么？海尔加问。也许和其他人一样。盖尔普特回答。是的，斯诺瑞肯定地说，但他同时也要借艘小渔船，并让奥古斯特划船把他送到维特拉斯特伦。出于某种原因，西格尔特说服了詹斯去那里，甚至更远的北方，去送邮件。也可能是西格尔特骗他这样做的。骗他？男孩问。是的，大概是报复他。盖尔普特说。

海尔加：你确定是这样吗？

科尔本：西格尔特是个野兽，跟所有那些大人物一样。否则，他永远不会被接受为他们的姐夫。

海尔加：没必要总去想人们最坏的一面。

盖尔普特：但这通常很难避免。世界可能是好的，人不是。

但是为什么我要和他一起去？男孩问。詹斯怕海，海尔加说，他自己永远不可能乘坐小渔船穿过德鲁普，那个大块头男人，他会吓疯了。然后他还必须穿越达姆斯峡湾。他需要有个人能和他一起划船，能在旅途中和他保持合适步调，最后，同样重要的一点是，又有谁能让詹斯不害怕海呢？你了解大海，你很能走。我们什么时候离开？男孩问。尽快。海尔加说，她身子侧向一边，朝窗外望去。天空依然浓云密布。要赶在再下雪之前。或许还会刮风。她补充说。你跟他说过我要和他一起去吗？男孩问。没有。海尔加说。他会同意吗？男孩怀疑地问。这不取决于他。人熟睡时不会走多远的，他需要清醒过来。盖尔普特说，不过他们接着就听到了一声沉重的闷响，詹斯从房间地板上爬了起来。

詹斯梦到某种黑暗的东西把他推到悬崖边上。他用力反抗了很久，最后没了力气。他开始沉向空洞的黑暗深处，听到大海在下面轰鸣，跌了下去，醒来时却躺在地板上。他环顾四周，眼前的蓝色让他惊惶。我是在海底，淹死了吗？他想。然而，这不是蔚蓝海上的死亡之色，而是天空的祝福之光。区分这两者是如此困难。

　　一切就是这样：生与死的间隔竟是如此之近，可以用"生死"这同一个词来表达。正因如此，你对待词语必须永远小心谨慎——词语中至少会有一个承载着死亡。

死亡带不来心满意足

一切都始于死亡。不可能比这更久远。天空之蓝会蓝过所有的蓝，我们相信死亡终将把我们带到那里，但是一年年过去了，我们无处可去，仍困守在这个村庄。我们死了，但我们没有离开，而是像隔板里的苍蝇一样，困在生与死之间，你若倾听，或许能听到微弱的嗡嗡声。

死亡带不来心满意足。如果心满意足真的存在，你会在生活中发现它。然而，再没有什么比生活本身更受到低估了。你咒骂星期一、暴风雨、邻居，你咒骂星期二、工作、冬天，然而这一切都会在一秒钟内消失。生命的丰盈变为空无，被死亡的贫瘠取代。清醒时、睡着时，你想起那些距离本质很遥远的小事。别忘了，一个人能活多久？一个人有多少纯净的时光？一个人有多少时候能活得如同电光，照亮天空？为了不让生命窒息，蚯蚓在泥土中翻滚，鸟儿在歌唱，然而你却咒骂星期一、咒骂星期二，你的机会越来越少，你内心的银光沾上了污点。

我们死了，或者说只是不再活着。我们变成无形的阴影，我们的骸骨在土壤中腐烂。几年过去，几十年过去，无人知道我们。乌鸦什么也注意不到，它们振动黑色的翅膀，呱呱叫着穿过我们的身体，却对此毫不知情。一只飞翔的黑色大鸟穿过你的身体，留下嘶哑的呱呱叫声，这毫无趣味。我们是个错误，是个误会，是困在不同世界之间的苍蝇。起初，我们在痛苦中寻求解脱，再没有什么比痛苦更能给人滋养了，滋养、啃咬、磨碎。我们玩味你生活中的不幸、错误和浪费，玩味你在欲望面前的恒久失败，以此寻求自我安慰。苦涩和恶意，除了这对姐妹，在魔鬼吐出的污渍中还能发现什么呢？总有一天我们会向你讲述发生了什么事，向你讲述我们怎么洗掉这污渍。我们会向你讲述那一时刻，那时某种类似裂缝的东西在我们和你们之间开启。这或许是种幻觉，但我们可以通过它低声讲出诗歌和故事、欢乐和绝望、希望和失望。

旅程：

若说魔鬼在这世间创造过什么，

除了钱，

就是山中狂风席卷的雪

|

言辞通常不足以描述这里的风。詹斯和男孩从玛尔塔那里拿了把铲子，把那艘小船里的雪铲出去。风在周围吹动。北风呼号，一切都是白色的，就连大海看上去都是白茫茫一片。一切都是白色的，除了山上的悬崖和詹斯眼中的阴影。他们沉默无言，三个邮件袋躺在雪地里，每个重约二十千克，主要是报纸，《议会时报》和一些信。海尔加给他们准备了很多食物。你要对他负责，因此你要考虑天气状况，不要不管什么天气都冲出去。她对詹斯说。詹斯沉闷地坐在那里看着眼前的粥，几乎一个字都不说。得知男孩要一路陪同时，他没说什么，只是点点头，事情就这样定了下来。

他们继续铲雪，小船上有一大堆雪。玛尔塔站在房子和船中间观望。在这之前他们在门口穿好了衣服，羊毛长裤和皮长裤，两件厚毛衣，詹斯穿着沉重的大衣，男孩穿了件皮夹克，一双羊毛袜，从特里格维店铺弄来的新靴子，而后海尔加说：也许你们会遇到好天气。詹斯打开门，一阵轻风吹来，云彩有点发灰，似乎无害。科尔本走出门廊，嗅着空气。好天气嘛，我很难这样认为。他说道，走回了房子。只要努力回来就好，那样你就可以读完《奥赛罗》了。科尔本这样告诉男孩。他们还没走到下一条街道时，风已经开始宣告它的存在了，仿佛是在等待他们。他们到达索多玛餐馆时，它刮得更猛了。他们把雪铲起来，男孩的脸随即变得僵硬，但詹斯表现得仿佛一切正常，或许寒冷不会让他感觉刺痛，岁月、天气和无尽的考验已经让他变得坚强。在勒纳海峡的另一侧，是耸向天际的基尔丘山，这里大山的阴影会是沉重而令人窒息的。那座山绵延约三千米，他们要绕过它，划船去往无遮无拦的德鲁普，那宽阔的峡湾。

玛尔塔已经走到了离房屋更近的地方，那里的风吹得不那么强劲。她穿着件厚外套——一个外国水手去年秋天送给她的，但仍冻得哆哆嗦嗦。詹斯和男孩铲完了船上的雪，却还需要时间才能让船移动，因为船和大地紧紧冻在了一起，就好像它不想离去。只不过它不是艘平底渔船，而是艘平底小划艇。看到船这么小，男孩有点吃惊。詹斯把三个邮件袋扔到船上，脖子上挂着个邮政专用的小号。两人直起身，朝维特拉斯特伦望去，朝十五千米外的大海望去。海边完全是白色的，上方是沉重的灰色云层，在更远的地方，他们看到了达姆斯峡湾，那峡湾几乎融入了远方，融入了灰色的日光。男孩清了清嗓子，说道：好。他这么说是因为"好"其实是个不错的词，它可以向远处延伸，可以显著缩短人与人之间的距离。但是詹斯表现出的样子就像什么都没听到，这第一流的词语落到地上，失去了生命。詹斯假装没看见男孩。我们肯定会迎来绝妙的旅程，男孩痛苦地想。詹斯慢慢把划艇推到海边。它在雪上滑进了大海。

喂，等等！

詹斯和男孩抬起头，玛尔塔转过身。吉斯利正从老邻居的路上往这边赶，他在雪地里跋涉，喘着粗气，呼哧呼哧的声音从远处就能听到。他大声喊着，对他们挥着手，另一只手把一个包裹紧紧抱在胸前。詹斯像只暴躁的公羊一样哼了一声。等着我的是真正有希望的日子，男孩看着吉斯利走近，心想。那穿过雪地，喘着气，红着脸，跋涉而来的，是学问和诗歌的化身。吉斯利在男孩和詹斯身旁停了下来。我想……他开口说道，却上气不接下气，再说不下去了。他深深吸了一口气，张大嘴巴，咳嗽得蹲了下来。他举起一只手，仿佛在说等一下。他们等着他。玛尔塔已经走到了他们那里。你死不了吧？她问。吉斯利摇摇头。不……我死不了……在空荡荡的天空下……从不……不成问题……帮我站起来，你是我的罪和救赎。他说。玛尔塔拉起校长。他直起身，恢复了正常呼吸，说道：我以为会错过你们，我从小吉迪那里听说你们两个要去送邮件，就停了课，赶紧冲过来追你们。孩子们看到这老酒鬼像疯子一样冲进雪中，都觉得太有趣了。我甚至摔倒了两次，为了让他们开心，是的，一个人要为这些年轻的灵魂负责任。你知道在维克的法国人基亚尔坦吗？他问詹斯，而詹斯只是耸了耸肩膀。不管怎样，你一看到就会知道他是那个牧师了，这有些书页要给他，《天堂与地狱》的杂集，希望你能用生命守护它们。吉斯利递出了那个包裹，詹斯上前接过。这是给你的报酬，吉斯利说着又递给邮差一个细长的银色酒瓶，他是我多年的好朋友，但有时朋友不得不分离，这是生活的忧伤。詹斯对此什么都没说，只是把瓶子塞进大衣。要小心！他们准备离开时玛尔塔出人意料地说，顷刻间还摘下了帽子，仿佛是要强调这几个字。她那黑色的头发在尖瘦的脸庞前飘动，黑色的眼睛微微上挑。他们两人都迟疑了，仿佛在思考生活中这份意想不到的温暖，或是在欢迎它，也可能想将之埋在心底，让这温暖在他们即将进入的寒冷中持续不变。之后，他们同时抓住舷，船非常轻松地滑到海中，几乎让他们摔倒。他们慢慢跨上小船，免得把船弄翻。男孩坐在船尾的坐板上，詹斯坐在船头。他们自觉地选择了这样的位子，男孩出桨更快，手很稳。但詹斯笨拙僵硬，他是个邮差，不是水手。总之旅程开始了，所有桨都在水里，他们两个向前倾、向后仰。船迎着风慢慢离开岸边，他们感受到了脚下的大海。他们慢慢离开了陆地。吉斯利和玛尔塔并肩站在一起看着他们。詹斯抬了一下头，看到奥古斯特出现在门口，憔悴而可怜，因为一直待在室内而显得脸色苍白。旅店老板举起手——修长如同鸟爪，轻轻挥动跟他们告别，抑或是想摸摸他们。

II

男孩上次出海仅仅是三个多星期以前。一摸到桨，一切就都回来了，六桨渔船和捕鱼站，巴尔特和那消逝的生命，那双黯淡下去的眼睛、变成冰窟窿的眼睛。男孩紧压着桨，蹬着脚，身体向前倾，然后向后仰，背部保持挺直，从而获得更多的力量。他们当然需要力量。北风几乎直接吹向他们，但是至少他们露在风中的身体和敏感的眼睛可以转向一边。玛尔塔和吉斯利不在那里了，没有人站在索多玛前面，建筑物越来越小，他们离开了村庄。划得有些困难。这将是艰苦的十五千米，等到他们划出峡湾到德鲁普时会有更多困难，那里的大海更深、风更大、波浪更猛。一种古老的、熟悉的恐惧在男孩心中苏醒。他脚下只有一片薄薄的木板，下面是不知多少米深的冰冷大海。等他们到达德鲁普中央，划过德鲁普奥尼尔水域时，海水会超过一百米深。

他们向前划，一点点离开大山的庇护，一点点进入波涛汹涌的铅灰色大海，如此犹豫踌躇。现在风斜着微微吹过来，波浪是船周围不断变化、越来越丰富的景观，起伏不定，冷冷的蓝色里带着一抹淡绿。从陆地上望去浪并不大，从轮船甲板上看上去也不会更大，但是这些波浪在小艇上的人们看来，却称得上滔天巨浪，比船还高，让他们暂时看不到周围的陆地。两人还能漂在海上，真的让人无法理解。他们身处的地方比一张中等尺寸的床大不了多少，用"船"这个词来称呼它实在是太不恰当了，只要有一个浪头把他们吞没，它就会变成死亡之床。两人有节奏地划着桨，把四片桨叶插到海中，压上自己的体重和力量，然而往前挪一寸都很难。大海抬起小船，他们瞥见了自己所处的位置，接着小船再次落下，又是除了海浪以外几乎什么都看不到。地狱般该死，男孩想。他时常抬起头，看着他们与基尔丘山之间的距离慢慢拉大，虽然慢得难以忍受，但的确在拉大，不过这也意味着他们脚下的海水越来越深。詹斯坐在他身后，沉重地喘息着。他们还一个字都没说，不过现在交谈应该不错。词语常常是极好的，它们把人联结起来，减轻孤独。你在面对大海时并非刻骨地孤独。男孩向后仰身时，视线越过肩膀看向詹斯，想说些什么，什么都可以，只为与另一个人有关联，关于风、关于大海、关于努力。男孩往詹斯的肩膀上面看去，又马上转开了视线。詹斯脸色苍白，他的眼睛像两颗黑色的小石头，猛盯着男孩。这不惧风暴的大个子，被暴风驱赶着穿过危机四伏的荒野时从没被吓倒，现在却害怕了。海尔加说过，詹斯怕海，海会让他发疯，现在男孩明白了她的意思。风大了起来，他们划着船，大海在船的周围翻腾起伏，听起来像是巨兽的吮吸声。大海很少沉默，海浪间的波谷在变深。与我动作一致！男孩喊。他不得不大声呼喊，好让詹斯听到。大海和风就要失去对他们的耐心了。你在这里想干什么？风呼呼地吹，海浪涌起，在他们上方激溅开来。你听到我的话了吗？男孩又喊了一声，同时没有停止划船，没有退缩，忘记了越来越深的疲惫。你听到我的话了吗，詹斯？他竭尽全力喊道，詹斯发出了类似"是"的声音。这容易！男孩大叫道。他无比自信、镇定、冷静，似乎突然老成了很多，失去了所有青涩。我们只需要动作合拍，齐心协力，船就会继续往前挪，我们会继续前进……海浪不会把我们吞没，只要我们不停下！他本想说头上的海浪会少些，却及时意识到"少"字可能会增加詹斯的恐惧。詹斯没有回答，只是划着船，与男孩保持同步。两个人像钟摆一样前倾后仰，如果停下，时间就会停步，他们就会死去。在起伏翻腾的大海上，这条船迎着无休无止的风倾斜着向前爬行。男孩专注于划船，邮差的恐惧给了他信心，这沉默巨人的力量在增长，他忘记了脚下的黑色深渊，尽管那里有鱼和淹死的人，再多淹死两个也无妨。

人的生命是空气中模糊难辨的一颤。它消逝得如此迅速，天使眨一下眼睛就会将之错过。詹斯直视前方，像机器一样摆动身体，眼睛一直没从男孩修长的背部移开，试图以这种方式否定黑暗而欲望无边的海洋。他们的手套湿透了，脸被海水打湿，被盐刺痛。他们划着船，身体前后摆动，忍着腰背的疼痛，发疯一样划船。时间在流逝吗？他们在移动吗？男孩终于没能忍住抬头看的诱惑，这时他已气喘吁吁，却看到他们正在接近维特拉斯特伦。这一定是假象，幻觉，一厢情愿的想法！过了一会儿，男孩又看了一眼，此时海岸更近了，但他们已经脱离了航线。他们计划在伯亚多塞里小渔村登陆，但现在需要快步走十千米才能到那里，那当然是在能上岸的前提下。海浪拍到船上，詹斯在喘息，很快船的底部就积了五厘米深的海水。詹斯开始呕吐，边抓着桨，边吐在了大腿上。男孩再次抬头看时，他们离岸边只剩下很短的距离了。我们会做到的，男孩想，接着就下雪了。起初只有一两片雪花吹到他脸上，就像是弄错了路，接着整个天空都变成了白色。而它背后却是海岸，海岸等待着他们，像令人安心的怀抱。我们会做到的，差不多就要到了！男孩豪迈地向身后高声喊道。但是詹斯跳了起来，拉回船桨，跃过了船舷，动作一气呵成。

你疯了吗？！男孩意识到发生了什么时尖叫起来。他冲向船边，手臂插入冰冷的绿色海水，设法抓住就要向海底沉下去的邮差的皮大衣，把他拉了起来抱住，直到詹斯抓住船舷，吐出海水，喘着粗气。然后，男孩伸手抓起船桨开始划船。绝望给了男孩力量，他感到手臂上涌出的力量。在他的脚遇到阻碍时，詹斯喊了起来，然后松开手，蹚着水，半游半走地回到陆地，浑身都湿透了。他蹒跚着走到结冰的湿滑沙滩上，直起身子，闭上眼睛，更好地享受脚下的大地，然后倒了下去，开始呕吐。

他们安全了。登岸的地点甚至还不错，没几块大石头，男孩可以把船拖到沙滩上。稳稳地站着，感受双脚下的大地，离开几乎消失在落雪之中的大海，真是太好了。詹斯站起身，伸展四肢，这个身材高大、肩膀宽阔、强壮却又在颤抖的人，冰冷的寒气渗进了他的皮肤，其下某处是易被冻伤的心脏。他们赶紧去把小船安放好，要把船装上石头，让它稳稳地停下来。男孩找到了一些不错的石头，但詹斯消失在雪地里，回来时带着一块巨石，差不多有七十千克重，把它放到了船上，接着又去找另一块。他疯了一样跑来跑去，好让自己暖和起来，变回人样。小心别把船弄破。詹斯带着第二块大石头回来时，男孩说。不会，不会。詹斯回答，然后把石头轻轻放下，仿佛那只是块鹅卵石。他站起来，两人对视了一秒钟——纯属偶然，接着邮差说了声谢谢。男孩说：没什么。邮差说：十分感谢。你为什么跳下船？男孩问。我以为我们已经到岸边了，我不喜欢大海。詹斯回答。你身上湿透了，男孩说，我们得赶紧到屋里去。他们往船上装好石头。詹斯动作很快，他不想像这样在满身海水和耻辱中死去。他拿起两个邮件袋，男孩拿起第三个，把装着食物和干衣服的皮包绑在背上，而后他们顶着雪出发，去找房子。

他们只有两个选择，向左或向右。如果人生如此简单、如此果断就好了。他们不能径直走过去，因为面前耸立的是陡峭的山坡，山坡后是无情的荒地。他们不能向后转，因为后面就是大海。他们向左转，往西北方向走去，那个方向是村庄，有一堆渔棚和一些小房子，甚至还有个小教堂。要知道，没有上帝的人会是什么呢？或者说，没有人的上帝会是什么呢？那里还有一匹马，是邮差副手的。可能离村子差不多有十千米。男孩对詹斯的后背说。寒风在周围冷冷地吹着，降雪变得浓密，傍晚降临了。在过去三个星期里，男孩经常站在阁楼的窗前，朝维特拉斯特伦望去。那里从远处看就像连绵的冰川，难以想象人们在那里居住是出于自由意志。但什么是自由意志？什么人是自由的？三百个人，住在三十千米长的地带。三百个人，把自己局限在岩石斜坡脚下少数长了草的崖径上，有人养着几只动物，但他们大部分人靠海洋生活。群山一年四季都是白色的，雪不会完全消失，七百年来一直如此，即使在最美好的夏天，沟壑的低洼处仍有积雪，然后秋天又会带着新的降雪而来。

现在男孩就走在这里。

他走着，几乎跌倒在结冰的海滩上。

他们往高处走，从光滑的冰面上解脱出来，结果却只能费力地蹚过积雪。詹斯走在前面，步调很快，试图走出寒冷。他取出那个酒瓶，喝了一大口酒，并没有放慢脚下的速度，又喝了一口，在落雪中把酒瓶递出，男孩不得不小跑着抓住瓶子，詹斯喝了第三口酒，却逃脱不掉寒意，逃脱不掉已经开始麻痹他的肌肉、向他的心脏迈进的寒冷。他向旁边瞥了一眼，大海在雪中喘息，淹死的人们沿着与两人平行的海床蹚步，嘴唇吮吸着盐。男孩跟在詹斯身后，想念着巴尔特，但人不能总是任由自己悔恨哭泣，有时人只需要活下去，专注于此，而非其他的东西。远离死亡，那是永远埋伏在那里坐等我们的黑色存在。只不过在世界尽头这里，死亡或许和尸体一样苍白，因此与雪融为一体。我不应该想到死亡，而应该专注于走路，让自己站得直，而不是跌倒，男孩想。可是接着，他差一点被绊倒。詹斯突然躺在了雪地里，仿佛被子弹击中了。邮差晃晃悠悠地默默站了起来，甚至加快了速度，也许是希望摆脱摔倒后的疲惫，仿佛他的一部分力量和意志遗留在了刚才倒下的地方。但是他很快就又被绊倒了，接着设法站起来，往前走，然后是第三次跌倒。接着他躺在那里，肌肉不再听使唤。男孩帮他站起来，詹斯嘀嘀咕咕地说了句男孩听不懂的话，往前冲，第四次跌倒。他躺在那里。我需要思考。他在雪中说。男孩试图拉起他，但缺乏力量。詹斯。他叫道，却没得到回应。男孩站在那里。下雪了，就是这样。先是巴尔特被冻死了，现在这大个子男人也要走上同样的路。男孩不知所措地跪了下去。下了很大的雪，大家都很懊恼，除了你妹妹。她让西格玛堆了两个雪人，一个是你，另一个是你兄弟。现在他们和我们在一起了。莉莉亚说。她非常想和你一起睡在外面。我抱着她啜泣。男孩强迫自己手脚着地，开始在周围滚雪球，越滚越大的雪球。詹斯仰视着他，设法从雪地上抬起头，如冰块般沉重的头。该死的你在做什么？詹斯问。给我妹妹堆一个雪人。男孩回答。真该死。詹斯说。现在海拉和他父亲已经开始往北眺望，希望看到他回来。那两个人的全部存在都要依靠他。詹斯僵硬地站起来，沉重地走了起来。男孩无法堆完他的雪人了。他们在黑暗中跋涉，冲风冒雪，迎着冰霜。雪堆在他们身上，他们继续前进，一步又一步，冷，但他们没有输。接着詹斯第五次摔倒了。或许是因为地面已经开始抬高了，虽然不多，但是足够让人跌倒。雪在下，不停地落到他们身上，风猛烈地吹着，把大量的雪从山上吹下来，他们几乎无法呼吸。詹斯虚弱地摸到了那把邮政小号，尽力把它从肩膀上拿下来，交给男孩，张开嘴想说些什么，但是舌头被冻住了。首先冻结的是话语，接着是生命。男孩打开皮袋，站起来，疼痛的冰冷双唇贴到小号上，他让肺填满空气，吹了起来。第一次吹时发出的声音听起来只是像受惊的鸟。他又试了一次，又一次，声音大了，清亮地穿过暴风雪，迎风而去，尽管传得不太远，随后就消失了。男孩再次吹起来，清晰的声音从风中传了出去。救命！那声音在呼告。生命，你在哪里？那声音在发问。他们倾听着，詹斯试着拍打身体，把寒冷赶走。他们只能挖个坑把自己埋进雪堆，这是唯一的希望，然而没有希望，或许对男孩来说有希望，但是詹斯没有希望，冰霜会把他融入死亡。詹斯回头望向大海，仿佛是期待看到一群溺水者蹒跚着来迎接他。男孩听了很久，开始打起哆嗦。他再次吹响了小号，然后倾听。他觉得听到了什么。詹斯。他说。随后传来了一条狗的吠叫，就在不远处，接着没过多久，一个男人的声音犹犹豫豫地喊了起来：喂，你是活人还是鬼？

III

农舍坐落在一处山脊上，或许被一片草地包围，说是草场可能就太过了。不过现在整个村庄都埋在厚厚的积雪下面，有可能路过农舍时，甚至从农舍上走过时，你都不会有任何感觉，不会想到脚下有什么生命。在这里，农舍消失了，屋外配套的建筑也消失在积雪之下，雪从天而降，吹过山顶，形成飞檐。

他们不得不把邮件袋放在斜坡脚下。我……回……回头……来取。农场主轻声说，说得如此犹豫，好像害怕这样的话语。然而，农场主的身体毫不犹豫，他把詹斯的胳膊绕在肩上，把他拖上了斜坡。男孩在后面蹒跚而行，这里离农舍还不到两百米，在夏天草木变绿，天空只有蓝色时，这会是愉快的徒步，但现在却是漫长的征程，足有十千米，或二十千米。农场主不得不两次停下来歇口气，狗在他们周围跳跃，一只耳朵向下垂着，卷着尾巴，吐着舌头。太兴奋了，有访客，他们有新的气味，他们的行动与别人不同。如果主人看上去不那么严肃，它可能会兴奋得吠叫。不过，做到不叫当然很难，狗跳到一旁，吞了几大口雪来克制自己。农场主在一处白色的草丛边停了下来，伸出手，仿佛变魔术一样，一条黑暗的通道出现在他们面前。你是个精灵吗？詹斯轻声说，声音在冰霜背后几乎无法辨识。

通道很狭窄，詹斯必须不靠人扶自己走过去。他这样做了，但走到厨房时，他倒了下去，躺在地上。邮件袋。这是他唯一说的话。我会……去取的。农场主瞥了一眼站在那里的一个女人，回答道。她点点头，似乎什么都明白了。厨房里光线阴暗，三个人在里面显得有些狭窄，特别是在女人跪到石头烤炉边开始吹气重新点火时。晚饭后的炉子还是温的。我们遇到了麻烦。男孩说着，朝烤炉挪近了一些，朝温暖挪近了一些，朝生命挪近了一些。女人看着他说：是的，否则你几乎不可能在这里。他看起来状况不好，身上湿了吗？她看着詹斯，然后看着男孩，问道。我们的船差点翻了，詹斯被抛到了海里。男孩说。这是詹斯。他朝邮差点了一下头，补充说。女人又看了看詹斯，继续吹炉子。男孩靠在墙上，辨认出墙里传来的模糊的声音。老鼠，毫无疑问。堆起来的石头之间有很大的空隙，其中一些用来存放小物品，包括孩子的乳牙，好能确保孩子长寿。男孩靠在墙上，看着那个女人生火。在这世界尽头的女人知道怎样把火从睡眠中唤醒，数百年来她们每天早上都会这样做。在外面的世界，伟大的人已经思考着人类和宇宙，发现了行星，创作出了无数诗行；皇帝、国王和将军摧毁了他们周围的生活。历史就这样在世上兴起并衰落，一个个年头汇聚成世纪，然而在这世界的尽头，在所有的时日，女人们都是在上帝和男人之前醒来，跪在壁炉边，向前晚贮存火种的干草吹气。在早晨让火重新燃起可能需要一个小时。她们一直吹气，直到流下汗水，从不放弃，因为，没有了火，被冰霜包围着的生命又会是什么呢？她们吹气，吹到疲惫，等到烟雾终于升起时，她们的眼睛变得明亮，或许与此同时，烟雾会冲向脸庞，她们的眼睛就会溢满泪水。烟让她们哭泣。在这里，哭泣是好事。孩子死去，梦想死去，光线变暗，光线消失，不会哭的人变成石头。她们吹着火星，流着泪，因为我们可以从死亡中唤醒火焰，却不能把人唤醒。

　　新燃起的火焰发出光芒，照亮了女人的脸，憔悴的脸，厚厚的皲裂的嘴唇。她必须不停眯着那双棕色的眼睛看着炉火的烟。火也照亮了橼子上的钉子。在秋天和深冬时节，在钉子上挂着的，在烟雾最浓的烟囱附近挂着的，是用亚麻袋子装着的肋腹肉、香肠和肉。不过现在什么都不剩了，除了空空的钉子。在最里面的横梁上有一块皮子，是春天时用来制作鞋子的。詹斯开始打寒战。那女人看着他，似乎有些分心，她的右脸映着火光，左脸在半明半暗中隐现。她既有年轻的活力，也有岁月的沉郁。接着她似乎醒悟过来，起身在詹斯旁边跪下来，把手放到他结冰的衣服下面，摸了摸那里有多冰冷。帮我把他的衣服脱掉。她说。他们开始剥下他身上仍然带着冰的衣服时，詹斯没有反对。三个孩子探出头来，六只眼睛好奇地圆睁着。回床上去。女人命令道，似乎尽管背对着孩子，却仍能看到他们。接着詹斯的衣服被完全脱光，他赤身裸体。这个大个子，很多年都没人见过他这个样子，只有塞尔瓦曾在那隐秘的起居室中，在夏天的夜色里三次看到过这样的他——粗壮的胳膊、强健的腿、肌肉发达的宽肩膀。现在他却像老人一样软弱无力。他们一起帮他挪进起居室。这里不像厨房那么暖和。农场主又出现了，詹斯喃喃自语，孩子们从床上抬起脸看着他，最小的一个开始咳嗽。先是突如其来的两声，就像是要咳出喉咙里的痰，接着咳嗽越来越重，一刻不停，以至于快要无法呼吸。妈妈！其余的孩子叫道。但那个女人已经放开了詹斯的胳膊，如果农场主没有抓住它，它就会像麻袋一样落到地上。女人把孩子抱在怀里，靠到肩上，孩子的脸是红的，但嘴唇发青。她低声说着什么，坚定地拍着孩子的背，咳嗽平息下来，孩子又能呼吸了，生命没有离开。女人轻轻放下孩子，转身面对来客。詹斯躺在那对夫妇的床上时，孩子的三双眼睛和狗的一双眼睛都紧紧盯着他看。你需要躺到他旁边。女人告诉男孩。我必须这样吗？男孩惊呼起来，几乎感到骇然。他需要贴身的温暖，这是消除他身上寒意的唯一方法。人们死于缺少温暖。女人斜视着男孩，仿佛期待着他的回应。男孩看着詹斯，他在被子下颤抖，眼睛紧闭，脸色苍白。接着男孩开始脱衣服。在这个国家，寒冷已经杀死了太多的人。这对夫妇走进厨房，孩子和狗仍然盯着男孩，最小的孩子又在咳嗽，兄弟姐妹坐了起来，但在咳嗽平息时躺了回去。男孩脱得只剩内裤，不能再脱了，不，绝对不能再脱，他得背对着詹斯躺下，因为谁也不知道梦会走向什么方向，一些梦对男性有明显的影响。想想吧，如果他梦见莱恩海泽，梦到他们像此刻他与邮差这般贴近，那该是怎样的羞辱啊，就像那天晚上他梦见了她，而后他不得不跑到地窖去，在死去的老鼠旁洗内裤。他一想到这点就觉得不太舒服，于是匆忙钻到被子里。在詹斯的身旁，他艰难地控制自己不去看床头板上放着的大约三十本书，而是伸出手臂环绕着那大个子的身体。他不由得喘了口气，因为感到寒冷，就像是在拥抱一具尸体。他没有动，只是一心要驱走这庞大身体里的寒意。他如此专心，几乎没听到孩子们充满活力的耳语，以及最小的孩子一直尽量抑制的咳嗽。起居室里不算黑，也不明亮，三盏油灯挂在墙上，灯光如此昏暗，让人想到老人最后的时光。山墙上的小窗户很黑，蒙着雪，几乎整个房子都披着同样的厚重披风。不过，房屋上堆积的雪越多，寒冷就越难长驱直入，将无情的冰、死亡的霜挡在外面。在下雪的冬季，这些挖到地下的房子通常比村庄里的木质建筑物更暖和，在那里一切都冻结了，除了水银、热血和性欲。男孩闭着眼，双臂环绕着大个子邮差，不时揉搓他的胸口，因为下面是他的心脏。你也记得，心脏无法忍受冰霜。不远处有一头牛在哞哞叫，谷仓可能就在厨房旁边。一声长长的哞叫，奶牛问：光明在哪里？春天在哪里？难道那里不曾有青草吗？它三心二意地嗅着干草，干草叶无法唤醒它对夏日草地的记忆。储备的干草剩得不多，然而牛得到了所剩下的最好的东西，羊不得不面对更糟的情况。牛再次发出哞哞的叫声，然后一切都沉默下去，除了厨房传来的微弱声响。孩子们几乎都睡不着。男孩听着，却什么都没听到，他感到难过，因为孩子的声音总是生命之光，他屏住呼吸想听得更清楚，而后听到压抑的咳嗽声，声音比之前更近。男孩转过头，看到了他们四个，三个孩子和一条狗，正坐在地上，就在床边，石头一样一动不动，安静地看着客人。八只眼睛，好奇地圆睁着，狗吐着长长的舌头。最大的孩子是个七八岁的女孩，有着深棕色的眼睛，女孩抱着妹妹，她因为一阵阵咳得喘不上气而发抖。大个子会死吗？小男孩问，他大概六岁，也有双棕色的眼睛。希望不会。男孩说。那就好，因为很难把他从这里运走，你必须帮妈妈和爸爸。谁也不许死。在又一阵咳嗽让她说不成话之前，年幼的女孩说道。她咳个不停，直到父亲走进来，把她抱在怀里，让她靠到肩上，稳稳地拍着她的背。咳嗽缓解了一些，她能睁开眼睛了，于是她久久地看着男孩，嘴唇几乎发紫。她也有双棕色的眼睛，让人想起夏天。

男孩还不能睡觉。他要吃东西，而且詹斯最好也吃点东西。温热的粥，煮成糊的鳕鱼头，与黑麦粉和牛奶混在一起。男孩吃得很快，他的身体需要食物，但是詹斯只是哼哼着，无法起来吃东西，他蜷成一团，又沉入睡眠，在那里寻找温暖、发出光和热的东西，寻找能够驱除入骨之寒、驱除大海冰冷之吻的东西。他沉入梦乡，梦的深处漫游着溺死的人，他们不断哼着他的名字。

外面在下雪，是晚上了，黑夜即将到来。

奶牛在哞叫，声音低沉而悠长。光明在哪里？它再次发问。奶牛的头脑里不会有太多想法，只有几句话在不断重复，然而奶牛询问的是重要的事情，通常而言，与它们坐在一起会感到宁静。没有变化的生活让它们快乐幸福，幸福是所有人不懈追寻的宝藏。现在孩子们在床上，他们今晚睡在同一张床上。这要感谢我们，男孩想。他们精力十足地窃窃私语，直到母亲开始给他们讲故事，讲的是总有好天气的地方，就连雨都是温暖的，差不多一切都是美好的，除了有个女巫和她的同伙想偷小孩干坏事，他们的脸因仇恨而涨红，眼睛喷着火，手臂修长，指甲像剃刀一样锋利。没有人可以在故事中死去。年纪更小的女孩说。母亲平静的声音在起居室里回荡，孩子们在倾听，狗在倾听，谷仓里的牛在倾听，农场主和男孩也在倾听，男孩听得张着嘴呼吸。故事结束了，没有人死去，这就是故事优于生活之处。灯熄灭了，黑暗占据了一切。狗躺下来，蜷成一个球，轻轻叫着，渴望睡觉。狗很少梦到难解的梦，它们只是梦见上好的肉块、蓝天、轻柔的手和奔跑。全家人和天气都没什么声响，但之后小女孩咳嗽起来。一开始压抑着，轻轻的，就好像在尽力憋住不咳，而这是场绝望的战斗。接着她咳了又咳，如此猛烈的咳嗽来自如此弱小的身体，真是不可思议。有人在黑暗中坐起来，说着什么，咳嗽一点点减弱，但是又过了很长时间才彻底沉默下来。农场主开始低声轻唱《我乐于跟随你》，声音没有丝毫犹疑，柔和得如同微温的水——

我乐于跟随你，

天父，为了你的荣耀。

有你的手与我相握，

我将永获救赎。

睡意缓缓而至，在积雪之下，这地下房子里的人缓缓入睡。

有你的手与我相握。我们的手已经伸出了几十年，但是无人伸手与之相握，不论是上帝还是魔鬼。

男孩在熟睡。他几乎赤身裸体地仰躺在陆路邮差高大的身旁，而到昨天为止他们还没说过什么话。他紧紧抱着那冰冷的身体，那来自大海之吻的寒冷深入骨髓，有时会带来死亡。没有人可以在故事中死去，但是厨房墙壁上藏着一年多前死去的小女孩的乳牙。男孩想起了妹妹。他记起她笑的样子，然后睡着了。

睡在维特拉斯特伦海岸的起居室里。

从远处看，这个地方就像绵延而没有生命的冰川。然而男孩在这里，一只狗在地板上呼吸，人们在床上呼吸，谷仓里有一头牛，在雪下某个地方是两座羊舍，里面有羊。事情就是这样：有时，你不径直走上前去，生活就不会显现出来，正因如此，我们永远不该从远处进行判断。

男孩在咖啡的香气中醒来，床上只有他自己。梦境从他身上升腾而起时他继续躺在那里，梦升到天国，在那里被天使浏览，不过希望天使们只是自娱自乐，不要把梦记下来，在最后一日宣读，那会是大多数人的耻辱。然后男孩坐起来环顾四周。詹斯坐在对面的床上，所以说他还活着，胸膛里那盏鲸油灯还在发光。他们四目相对，却什么都没说。言辞也可能如此不确定，它和你内心激荡的想法之间存在着一道鸿沟，这种距离往往会引起糟糕的误解，甚至会毁掉生命。这就是为什么有时候最好什么都不说，只依靠自己的眼睛。詹斯在翻检邮件袋。三个孩子大着胆子坐在能离他最近的地方，狗坐在他面前的地上，眼睛盯着邮差，仔细看着。他正在一个袋子里翻找，然后就像个害羞的魔术师拿出了一张干净的白纸，放在床上说：你们可以拿去。孩子们没有动，眼睛直盯着纸，他们以前从没见过这样一张干净的白纸。在这之前，他们只能在偶尔送到这里的信件边上写写画画，也许在角落里勾画几只小动物，然而此时他们有一整张纸，空空的页面，或许能把全部生活放在上面。而且翻过来还有另一面！不过他们太吃惊了，连谢谢都说不出来，于是狗走到詹斯身边，把鼻子伸进他的大手。好，好。邮差尴尬地说，男孩穿上了衣服。

给他们准备的是粥和咖啡。农场主什么都没说，大部分时间都低头看着大腿。他又矮又瘦。女人从谷仓走回来，直接从奶牛那里带来了热牛奶，奶牛在她身后哞叫：光明在哪里？春天在哪里？难道那里不曾有青草吗？男孩一边慢慢地吃，一边读着床头那些书的名字。保尔·梅尔斯特的《人类历史》，还有《维达林的讲道》《激情赞美诗》，四本古老的冰岛萨迦，几本诗集。①男孩放下碗，翻看了两本书，找出其中的诗歌——诗歌可以把世界放大。他在阅读时嘴唇翕动，之后抬起头，与女人的视线交会。这个女人如此坚定而独特地盯着他，让他感到害羞，于是把书放回原处走到门口。通道又矮又窄，外面被白雪映得十分明亮，刺得他眼睛痛，不得不眨了好长时间，才适应了外面的光线。天气近乎平静、清凉，云重重地压在世界上方，它们在山上各处歇着脚，几乎要坠落下来。大海是铅灰色的，正在沉重地呼吸。还下雪吗？詹斯在通道里问，而后走了出来，伸着懒腰，眯起眼睛。没有，没有一片雪花。男孩说时甚至带着胜利的喜悦，与此同时，第一片雪花从云中飘了下来。我最好什么都不说。男孩嘟囔着，而后走回昏暗的通道。

---

① 冰岛历史学家和议会议员保尔·梅尔斯特（Páll Melsteð，1812—1910）写了几本关于人类历史的教科书。《维达林的讲道》（*Vídalín's Sermons*），很受欢迎的供家庭阅读的布道文集，撰写者约恩·伯克尔松·维达林（Jón Þorkelsson Vídalín，1666—1720）是学者、布道者、拉丁诗人和斯考尔赫尔特教堂（Skálholt）主教。《激情赞美诗》（*Passion Hymns*）由诗人、牧师培图尔松（Hallgrímur Pétursson，1614—1674）撰写，在四旬斋期间传唱的极受欢迎的赞美诗集。

接着他们准备出发了。

他们的衣服是干的，女人用炉子和石头烤炉把它们烘干。她的名字叫玛利亚，与那据说给人类带来了自由的耶稣的母亲一样，尽管现在似乎不是特别自由。是谁再次给我们戴上了镣铐呢？但是耶稣的爱人也被命名为玛利亚，这是个相当出众的名字。她递给男孩一张带有折痕的纸，说：我们在斯雷图埃利的店铺存了点钱，他们那里有时卖书，我不知道下次去那里会是什么时候，你能帮我选三本你喜欢的书吗？最好是诗歌。你觉得我能选好吗？男孩问。我看到了你读书的样子。她简单地回答，用舌头舔了舔嘴唇。嘴唇生疼，就像被时间的粗砂纸摩擦过一样。她棕色的眼睛仍然盯着男孩的脸。选一些，她有点嘶哑地说，一些……与众不同的书，那种……那种文字并非在页面上静止不动，而是飞向天空，给我们翅膀，即使我们或许没有可供飞翔的天空。好的，玛利亚。男孩这样说，因为他想说出她的名字。一个很出众的名字。而农场主的名字是约恩，这个名字不那么出众，很常见，其实从很久以前就没人再起这样的名字了。不过这位约恩因为没叫更复杂的名字而感到高兴——它不会引起别人的关注，为此他永远感激。两人说再见并表示谢意时，他双手插兜，靠墙站着，尽可能远离那跳动的油灯。不过玛利亚接着点起了一盏煤油灯，或许是希望有尊严地告别，甚至是为那些孩子提供更好的光线，他们坐在那里热切地看着那张纸，这是如此重要的时刻，不该只在鲸油灯的昏暗灯光下度过。该怎样才能最好地使用这张纸呢？他们无法取得一致意见。写下韵文、诗歌，画些东西，或许每样都试试。他们的母亲建议。年纪更小的女孩开口想说些什么，但是咳嗽再次打断了她。詹斯在这对夫妇的床上放了点钱，说是住宿和吃饭的费用，夫妇两人把头扭向了一边，因为生活在贫穷中并不轻松容易。詹斯和男孩走到外面，但男孩觉得好像忘记了什么东西，又返身回去。孩子们正弯腰看着他们的那张纸，男孩出现时，他们立即陷入了沉默，他在纸上放了一枚一克朗硬币。这钱别随便浪费掉。海尔加曾对男孩说。他确实没有。

IV

他们上路了。出门走进雪地，风当然已经醒来，开始自娱自乐，改变雪堆的形状，转换地景，把他们周围的雪吹上天，让人和动物处境艰难。光明在哪里？春天在哪里？难道那里不曾有青草吗？男孩转过身看着农舍。谁知道呢，也许是最后一次。这草皮房子里有五条性命，不，六条，我们得把狗算进去。应该说七条，为什么不把牛算进去呢？七条性命。他们将遇到什么事情？生活将怎样对待那些深棕色的眼睛？那孩子的咳嗽是不是还很严重？男孩带着这些疑问和惧怕转头看去，农场已经看不见了。他们没走太远，但是风雪已经遮住了一切，农舍彻底隐没在风雪之中，他可能再见不到那些人了，还有那条狗、那头牛，虽然他其实没见到那头牛，只是听到了它坚持不懈的询问。他们向前跋涉，除了雪以外什么都看不到。詹斯在前面领路，男孩看着他的后背。一直向前，尽管什么都看不见，但是在这里容易找到路。一边是高山，一边是大海，中间就是正确的道路。不能往上，也不能往下。十千米，约恩说过，他说这话时费了点时间，特别是说"千"字的时候。与此同时他没有抬起头，而是把手插在口袋里，斜靠在阴影里，看起来显得脆弱。有些人是紧闭的贝壳，表面是灰色的，不起眼，容易判断，但是内部或许有发光的核心，很少有人知晓，有时根本无人知晓。但是，十千米，至少要三个小时，在这样的条件下，这样的天气里，四个小时都很有可能。袋子重重压在男孩肩上，詹斯背着两个邮件袋，似乎什么都没感觉到。他只是勇敢无畏地慢慢向前走，人们会被外表欺骗，这就是为什么身材高大壮实的男人显得不可战胜。男孩需要尽全力才不落到后面。有时他沉浸在自己的思绪中，一时间看不到詹斯。风又一次从北方吹来，把极地的寒冷吹到他们身上，吹过右手边耸立的山脉，雪被风吹过山顶，落到岸边勉强维系生活的少数农场上；吹过蹒跚前行的两个男人，走在前面的直视前方，走在后面的多数时候低着头，想着《奥赛罗》和《哈姆雷特》，念叨着这些作品中的话语。动一动嘴唇有好处，这样嘴唇就不会冻在一起。有些词语，能扩大世界，改变人类的景观。男孩对暴风雪说，不过接着他发现自己只想着莱恩海泽，想念她的灰色眼睛，然而很不妙，他更多的是想念她的双乳，他曾好好感受过的双乳，不过当然感受得还不够好。他本能地移动厚厚羊毛手套里的手掌，一个人该怎么去触摸双乳，该拿它们怎么办？面对重大的问题，人们总会不断想到自己的微不足道。男孩猛然撞到站着不动环顾四周的詹斯时，已经忘记了一切与词语的可能性相关的事情。我看到了什么？詹斯低声说。什么？我不知道，有东西在动。什么？该死，我怎么知道，模糊的影子之类的，只是瞥见了一下，然后它就消失了。他们都环顾四周，侧着头，试图以此保护眼睛并看得更清楚，他们凝视的目光迅速穿过雪花，望向狂风吹起的白雪。它……它是活的吗？男孩问，他突然犹豫了。呃，该死，詹斯轻声回答，别这么傻。有鬼不是我的错！詹斯没回答男孩最后这句评论，他们环顾四周，大海在雪后面的某个地方喘息。那里！男孩指着一个瞬间消失的影子说。嗨！詹斯大喊，不久后，一个声音冷冷地回应道：嗨！他们没有动，除了大海什么都看不见，他们等待着，男孩动了动嘴唇，但那声音又响了起来：你是活的还是死的？好问题。男孩低声说，但詹斯愤怒地喊了回去：该死的，我们当然活着！那个身影在靠近，缓慢而确切，是人的身影，尽管全身因雪变成了白色。冻得发红的脸猛然出现在他们面前，一双嘴唇在说：不必生气，我只是问问。不过你们是谁呢？邮差。詹斯回答。是的，现在我看到这些袋子了。那个男人仔细打量他们，看见了落满雪的袋子。你们走的不是常规路线呀。古特曼杜尔呢？

这个男人是来自海岸边的农场主，是约恩和玛利亚的邻居，他们的农场之间隔着三千米和数千吨雪。詹斯拿出了酒瓶。他们都喝了一口，包括男孩。农场主喝了相当大的一口，却还是感到沮丧——他刚失去了一个羊圈，正因如此他才在这样无情的风雪天出门。去年夏天他在一处悬崖的雪檐下建了个羊圈，这做法可能不怎么聪明，对此他愿意承认。羊圈里有四十只羊。你们在雪中走过来时听到有羊咩咩叫吗？没有。詹斯说。农场主又问了一次，因为让他受到伤害的不仅是失去羊圈，还有直截了当的羞辱。我应该去借约恩的狗。农场主绝望地说，阵阵强风从斜坡上吹过来，他几乎要被吹倒了。我们也许能帮你。男孩说。那很好。农场主感激地回答，情绪甚至也好了一些。他们在那里站成半圆，互相说了几句话，强劲逼人的风雪迫使他们低下头。农场主说：最好朝这个方向走，因为……他走了出去，手指着正前方。风切断了他要说的话语，他的轮廓在雪中立刻变得模糊，仿佛正在消融。等等！詹斯喊，他和男孩连忙跟在农场主后面，在雪地里艰难地往前走，但农场主已经消失在一片白茫茫之中，仿佛只是个幻觉。詹斯和男孩盯着对方，环视四周，几次喊出声来！你在那里吗？风精神抖擞地回答：是的，我在这里！他们等待，他们倾听，他们感到寒冷。他还活着吗？男孩犹豫地问。但詹斯在发抖，玛利亚没能把衣服彻底烤干，昨天的寒冷蔓延开来，就像栖息在他的骨头里，现在开始走向他的静脉和器官。我们必须继续走。詹斯终于说。这就是他们所做的——冲进大雪，选择一个方向，他们认为的方向，不过两侧分别是海和山，他们几乎不可能迷失方向。三小时后，他们到了渔村。

他们走进第一间渔民小屋，询问一匹马和一个叫乔纳斯的人住在哪里，这个人自称维特拉斯特伦的邮政局长。他在那边。渔民朝飘落的雪中指了一下，说道。哦，那里没有什么呀？詹斯说。他们回到屋外的白雪中。没有船出海，人们在等待，在木屋里闲荡，听着雪一点点堆积在建筑物上，风再把积雪吹落。春天近了，但生命比以往更深地埋藏在雪下面，无法完全肯定春天能不能把我们活着挖出来。詹斯和男孩转悠着寻找他们从未见过的一栋房子。乔纳斯对煤油并不吝啬，你看到灯光就会找到的。在他们走进的下一间渔民小屋里，那些乐观的渔民说道。他们指着外面的雪，说到了灯光，却盯着纸牌很少抬头，他们用手去指的样子和做法，就好像在这世间再没有什么比一盏灯更显而易见的了。

詹斯和男孩从教堂上面走过，却没有发觉。他们只是感到脚下隐约有点起伏，不够平整。我猜那是牛粪，男孩想，同时又否定了这种想法。这里不可能有这么多头牛，能在一个冬天弄出这样巨大的粪堆。牛粪和上帝在本质上是相关的，草从粪肥中长出来，变成绿色，让世界成为更光明的地方，牛粪在漫长的冬天维持我们的生命，上帝为我们做了同样的事。混淆粪土和上帝不可能是大罪过，然而，就像是受到了惩罚一样，男孩走在积雪上时，脚下突然只有空气，而空气从不曾托起过任何一个人。他恐惧地大喊，头朝下倒了下去。一分钟前他还站在詹斯旁边，接着就消失了。你掉到哪里了？你怎么样了？邮差朝雪里叫道。男孩蠕动着站起来，吐出嘴里的雪，咒骂着向外喊道：詹斯，你在哪里？我在这里，你在哪里？这里！男孩大叫道，想不出更好的回答。

哪里？

这里！

哪里？

这里！

什么，在哪里？该死的！

在这里，喂！

就是这样，他们找到了彼此，这世上两个迷失的灵魂，再次找到了对方，他们感到松了口气，却表现得像任何事都没发生一样。真蠢，让自己那样消失。詹斯沮丧地说，接着又自觉地加了一句，对不起。没关系。男孩惊讶地说。听到"对不起"这个词，男孩很高兴，这个词走过了如此漫长的路，如此真实，以至于可以用来建造许多房屋和许多桥梁，如此宏大，以至于可以横跨大陆，承受猛烈的风暴。然而，詹斯并不是在和男孩讲话，而是在对教堂讲话。事实上，他们正面对着一扇破窗户，看见了十字架上的耶稣，尽管模糊不清。教堂里昏暗不清，能让人辨认出的只有讲坛和小讲台，上面堆满了雪。这一天的讲道是白色的、寒冷的。这是个教堂。男孩说，好像有了重大发现。是的。詹斯只说了这一句。他是对的，这里有个教堂，在渔民小屋和小房子之间，一个草屋教堂，里面有十二个座位，考虑到有十二名使徒，这正合适，教堂都不该更大。维克的牧师每年来这里两次，谈论上帝，但从未在隆冬时节来过。在隆冬，只有雪在讲坛上做弥撒，另外还有来自屋顶的风。教堂勉强承受着来自东北的暴风雪，窗户经常破碎，屋顶被沉重的雪压得下陷。在冬天，这建筑物最像是就要被时间吞掉的失明老者。但是当然，上帝之路不可逾越。如果他们没有偶然跌跌撞撞地走到教堂上方，如果男孩没有头朝下摔下去，如果两人没有像无边世界里的迷失灵魂那样彼此呼唤，那么他们可能仍会在渔民小屋之间继续游荡，寻找那些渔民提到的灯光，每走一步，每过一分钟，都会感到邮件袋越来越沉重，人越来越冷，越来越累。詹斯的心将变得疲倦，冰霜的打击越来越重，冬天和白色会让他们迷路，他们会走出这人烟稀少的村庄，死在露天野地。但教堂让这个男孩跌倒了，詹斯和男孩互相呼喊，不久后就有个男人走上前来，而这不是别人，正是乔纳斯——维特拉斯特伦的邮政局长、渔村的负责人。我没听出你们的声音。他把他家的方向指给两人后说。那里离教堂不太远，乔纳斯往那里指时，他们看到了窗户里的灯光。没有信仰的人很少在没有帮助的情况下看到光明。嗯，我不觉得那声音属于这个村子，或是从维特拉斯特伦其他地方来的人，相信我，我认识他们每一个人，我确信，这是迷路的人，但谁会在这样的天气外出呢？我对妻子说，然后又立刻回答自己，你不认为这是邮差吗？欢迎！

他们开心地把袋子扔到地上，拍打并擦掉衣服上的雪。这是座两层的木头房子，在风中安逸地发出嘎吱声。就像在船上一样，乔纳斯说，就像在船上，我的小伙子们，请到客厅里来吧，这里温暖而明亮，就像在天堂！或许地狱里一样温暖而明亮，男孩想。客厅里的煤油灯在发光，一个壮实的女人坐在炉子旁边打哈欠。这是邮差，和我告诉你的一样，亲爱的。你们要去荒野，小伙子们。好吧好吧，她现在心情不太好，可怜的家伙，不是最好的表现！乔纳斯挥了挥手，詹斯和男孩不知道他说的是荒野还是女人，女人又打了个哈欠，满脸不高兴，她几乎没回应他们的问候，而是生硬地站起来走进厨房。是的是的，她丈夫说，现在你们要吃点东西了，你们自然是饿了冷了，这样的天气，人是又饿又冷，我会给你们提供光明、温暖和食物。顺便说一句，这是我亲爱的英吉伯约格。妻子离开他们时，乔纳斯说。

詹斯走过去，拿起一个袋子，从里面拿出要送到这里的邮件和邮包。他们开始吃东西，给自己补充营养，开心地在炉子边让身体暖和过来。与此同时，乔纳斯热情地翻检起邮件，他把报纸分类，仔细检查袋子里信件上写着的地址，念叨着收件人的名字。实际上只有六封信，其中一封宣告死亡，另一封宣告背叛。第三封：我想你，想你，想念你。第四封说到了呼吸困难和烧焦的粥。第五封：孩子们很难对付，西吉是懒鬼，我什么时候能收到你的信？第六封：如此热爱生活兴致高昂。乔纳斯明显感到自己的指尖在颤抖。

不过他们已经吃完了东西，身体已经暖和起来了，而詹斯想动身离开，在夜晚来临前抵达维克。在这种天气？乔纳斯惊呼道。他大吃一惊，正在讲的话说到一半就不得不停了下来，那大概是他们吃饭取暖时听他讲的第十个故事了。你是否如此确信，荒野和群山今天会关心做伴的人？乔纳斯个子矮，刚到詹斯胸口，但是经常踮起脚尖，虽然只是片刻而已，似乎这样做能增加他的身高，似乎是在对世界说：我其实有这么高。英吉伯约格又坐到炉子旁，他们站起来时她坐到了椅子上，现在对他们点了点头，因为他们在感谢她准备的食物，但她没看他们。她尽可能靠近炉子，吸收温暖，生命或许对温暖有点过于小气了。男孩暗暗看着她阴郁的表情。她的眼皮已经开始耷拉到她的大眼睛上。乔纳斯在说话，他说啊说，荒野是这样这样，山里是那样那样，他希望他们留下来过夜，在睡眠中躲过暴风雪。是的，是的，我们应该能找到可以谈论的事，这世界上有很多故事，我告诉你，在这世界最北端，有个女人需要弄到一点药，她丈夫牙痛得厉害，除了躺在床上什么都不能做，脸都肿了，对，也不能真的就躺在那里，周围也没有男人，男人们都在海上，他们的孩子还小，有十个，最大的十一二岁，最小的那个依次往下排，你明白的。天气阴沉，这对上山来说是最糟糕的，寒冷刺骨，一个还有乳汁的女人，希望你明白这是什么意思，一个还有乳汁的女人，在寒冷中表现得不会太好，她必须小心，在这隆冬时节进到山里会有多大的死亡危险，你知道的，至少要走十五个小时的路程去找医生，然后稍等一下，然后……但是，趁着乔纳斯犹豫不定，紧紧相连的文字之流临时中断的片刻，詹斯立即说：我们要走了，我们一定不能耽搁，马在哪里？

他们离开时，女人正在炉边打瞌睡。

V

你一定要相信我们所说的：这里的荒野在夏天可爱宜人，空中的沙锥鸟、草叶上的雨滴、绿意葱茏的两岸间静静流淌的溪水、一片片如同熟睡的狗的草丛，不知何故每种声音都趋于幽静。在宁静的夏日里，在阳光下，穿过荒野的人可能会觉得自己好像来到了天堂。在月光下也有平静的、梦幻般的冬夜，成千上万的星星在大地上方闪烁，如同古老的诗歌，但是，在詹斯和男孩离开渔村，感到脚下的地面渐渐越走越高时，这样的天气和这样的友好只属于另外一个世界，另外一个太阳系。男孩除了雪花以外往往什么也看不到，偶尔会看到自己的手臂和詹斯领着的那匹灰马的马屁股。在暴风中，在降雪中，风把雪吹到他们身上，他们眯起眼睛，不得不把头扭过去喘气，因为人需要呼吸，否则就会死去，存在的基础并不比这更复杂。这匹十岁的母马，对于那些把它从马厩里拖出来，让它远离干草走到外面进入暴风雪的男人，一点也不感激。有点阴沉，灰灰。乔纳斯说。这匹母马叫什么名字？我告诉你了，灰灰。她了解这里的荒野、山岭和天气，你应该顺从她，等到明天再走。但是詹斯什么都没说，只是把邮件袋绑到马身上，维特拉斯特伦的邮政局局长乔纳斯不得不看着他们离开，失去可以做伴的人让他不开心。现在他该怎么办，怎么打发时间呢？妻子在屋里睡觉，或许她宁愿与梦为伴，而不是与丈夫为伴。他站在那里，看着雪和风吞没人们和马匹。他站在那里，口中有太多不满，因此必须要张开嘴缓解压力。

我宁可被风雪四处驱赶，也不愿听他讲那些故事。詹斯告诉男孩，而后他们再没说什么，隔着那匹马和降雪，两人各自爬坡走向荒野。这片荒野有七百米高，是维特拉斯特伦和维克之间的主要路线，他们走了那么长时间的上坡路，或许可以认为他们走在通往天堂的路上。不过他们所在的当然不是通往天堂的路，而是崎岖不平的上山路，他们只能尽快下山，继续前进，直到抵达维克的牧师那里才能停留。他们或许也可以沿着岸边走，穿过令人昏眩的悬崖绝壁下面的岩石堆，但是那样海水肯定会溅到身上，把他们打湿，剩下的只有寒冷，或许会有沉重的冰雪块从悬崖边缘落下来，把他们砸死，让他们窒息。最好是穿越荒地，那该死的山口，没错。詹斯说。他们已经停下来歇了口气，在那里风多多少少被一块大石头挡住了，他们已经往前走了三个多小时，迎着白色怪物般在周围怒号的风。詹斯的胡子全白了，眉毛挂着冰，尽管那块岩石无法提供更好的庇护，但它挡住了风，刚好能让人自由地呼吸，嘴里不会灌满雪。詹斯把冰块从胡须和眉毛上敲下来，两人活动着面部冻得僵硬的肌肉，龇牙咧嘴让血液流动起来。灰灰看看他们，转过身去。她不喜欢我们。男孩说，接着他回想起乔纳斯告诉他们的话。那荒地，那该死的山口，比海边的路线好一点。他重复叙述了一遍，因为说说话会不错。詹斯说了句是的，同时望着风雪，希望男孩不再说话。一个人沉默时休息得最好，而且话语也已导致了太多误入歧途的情况。男孩看着他沉默的旅伴，话说到一半停了下来，想起了乔纳斯在那几分钟里讲给他们的关于努普尔的故事，就是那故事让詹斯给马套上了马鞍，装上了马勒。

我表亲，乔纳斯开始讲了起来，他抓住男孩的手臂，像要阻止他离开，我表亲，几年前和另外三个男人一起去寻找一个农场主，出发去了荒地——那该死的群山——再没回来。他们尽可能迅速出发，在他们还能站着迎接暴风雪的愤怒时出发，但是没有找到他，也没期待能找到他，他们以为他肯定已经走出了努普尔。走出？男孩问。是，摔下去了。男孩看着詹斯把马鞍从母马头上套过去。什么努普尔？他问。接下来的几秒钟里，乔纳斯无比吃惊：你不知道努普尔吗，小伙子？那你就要这样走向荒野吗？你们两个应该被关在屋里，直到天气平静下来，你们应该像疯子一样被锁起来。努普尔是这里的山，小伙子，这可不是别的山，是达姆斯的瞭望台，在夏日阳光下或冬季风暴中阴阴沉沉。那些想要在这样的暴风雪中从这里穿越荒野的人，那些爬上努普尔之后往东北走得太远，而不是及时直接向北转的人，是的，我的孩子，与我表亲去寻找的那位农场主一样，那些人也遭遇了同样的命运，还有另外三个人：他们走出了努普尔，然后摔下去了！在这样的暴风雪中你什么都看不到，我可以告诉你，既看不到你自己的，也看不到别人的屁股，一切都是白的，天地苍茫一片，何况还在刮风，就像现在这样。在这种时候，人们会失去方向，四处游荡，迷失道路，直到不知不觉走到悬崖边缘，然后摔下去。要跌多远呢？到海滩有七百米，自由落体，如果是在涨潮就会直跌入海，否则就是落在岩石上。男孩暂时闭上了眼睛。除非你降落在一处突出的岩石架上。乔纳斯说，男孩再次睁开了眼睛。农场主的情况就是那样，他从悬崖边缘冲了下去，落到了下面几米的岩石架上，落在了雪地里，羽绒般柔软的雪堆，没摔断骨头。得救了！男孩开心地说。男孩感到高兴，因为生活，不管其他方面如何，都应该是仁慈的，哪怕是在这里，在这世界的这个地方。得救了，是的，可以这样说，但最后也只是在那岩石上饿死或冻死。第二年春天，找鸟蛋的人在那里发现了他。鸟吃掉了他的一部分尸体，那有福之人，他带在身边的包裹却完好无损，那是来自维克的牧师的包裹，里面有一本法国故事的译本，还有一封写往丹麦的信，鸟儿对诗歌和这种垃圾不感兴趣，它们知道什么是最好的。乔纳斯说着，紧紧抓住男孩的手臂，男孩不得不用力挣开，跟着詹斯和母马走出了马厩。

詹斯，男孩在沉默之后说，我们需要小心那该死的努普尔！你听到了乔纳斯在马厩里讲的故事，关于……是的是的。詹斯说着迅速站起身，退回到暴风雪中，把灰灰拉到身后。

为什么要下这么多雪呢？这有什么意义呢？

他们继续艰难的征程。

在这种天气，冲风冒雪，只是向前，是唯一要做的事。不是向前就是放弃。向前，是的，但不能走太久，在某个位置他们必须转弯，在坚实的地面消失、悬崖出现之前。坠落七百米。在白茫茫的世界游荡，几乎连自己的手臂都看不到，却知道悬崖就在前面某个地方，这可毫不有趣。风把雪吹过山顶，吹过慢慢形成的雪檐，那大块的冰雪直到春天才会脱落，除非有人在什么都看不见的暴风雪中不小心撞上去。在这个世界上没有什么是我们能依靠的。神灵倾向于让我们失望，而且要你多次失望，但大地从不背叛，你可以放心闭上眼睛，把脚向前伸，大地会接受你。我会照顾你的。它说。正因如此，我们称大地为"母亲"。如果有人预计到大地会在迈出下一步时消失，雪会垮掉，取而代之的是空气、悬崖和跌落，那么攫住他或她的那种绝望几乎无法让他人理解。男孩跟在马和男人身后跋涉，显然荒野对他们毫不在意。乔纳斯说的对，荒野此时几乎不关心做伴的人。雪下得很密，风把雪吹成堆，尽管天气寒冷，随着他们不断往高处走，积雪表面也冻硬了，但是不会那么快就结实到能支撑人和马的程度。他们总是往雪里陷，有时只陷几厘米，这样走起来已经够困难、够令人沮丧的了。然而有时，他们的腿会完全消失在雪中，人坐在那里被雪卡住，不得不用尽力量把自己从雪中拽出来，先是一条腿，然后是另一条腿。不过人们几乎没什么好解释的。他们只有两条腿和直立的形态，仿佛他们的身体属于天堂与地狱之间那永恒拔河赛的一部分。他们也可以用手把自己从雪中弄出去。灰灰的情况就不同了，她有四条腿，相比体重显得太过苗条，当整个身体的重量压在这四条细腿上时，脚便很容易打滑，她就只能仰躺在那里，彻底陷在雪中。于是只好詹斯拉，男孩推，两个人都陷在雪里，跌跌撞撞。马挣扎着，这真的太难了，但他们还是以某种怪异的方式达到了目的，马被拽了起来，却在走几步后再次陷下去。狂风肆虐，现在好玩儿了，风在两个人和马匹周围嘶吼，灰灰已经不再对他们两个怀有敌意，太累了。互相敌对太奢侈了，人和动物都无法承受这样的奢侈。他们无法再承受任何东西，除了继续走下去，反抗，深入内心寻找力量，寻找坚持下去的理由，寻找能渴望生活的途径。两个人满身汗水，每次呼吸时汗水又冰冷地贴到皮肤上，让风可以轻易吹透他们的衣服把他们杀掉。

在荒地的山顶上有个避难所，我们要在那里停留，等待最糟糕的天气过去！詹斯叫道，他不得不大喊才能压过风声。但我们该在什么时候向北转？男孩喊了回去。听到上边有个小屋，他当然感到轻松，更何况是个避难所，而且是在这距离慈悲怜悯如此遥远的地方。不过男孩太害怕从努普尔摔下去了，也因为无法相信大地而深感不适，因此每当雪减少时，他都会吓得浑身僵硬。在我们跌下去之前。詹斯一边回答一边继续对抗着天气，从雪地里把母马往外拉，男孩推着马的腰，肌肉累得发抖。一个人可以坚持多久？男孩麻木地想着，把脸扭开不让风直接吹到。推啊推，蹬啊蹬，母马从雪里站起来时传出压抑的哼哼声。她自己踢着腿站了起来，男孩跌倒了，脸朝下摔到了雪中，趴在那里，觉得自己再也动不了了。这其实不可思议，就好像他只是趴在风下面一样。倒在雪地中，一切都安静了。很长时间以来，他第一次听到了自己的呼吸。这很好，很棒，所以这就是我呼吸的方式，他想，而以前他很少有这样的感觉。月光下的肩膀有什么意义？与这种感觉、这种宁静相比，言辞、知识又有什么意义？世界的暴力和无情就在它之上，但他绝对安全。

可是没有太久。

詹斯猛地把男孩从他柔软的"床上"拉了起来，把他从寂静中扯了出来，男孩又一次站在刺骨的风中、致命的暴风雪中、毁灭性的冰霜中。詹斯把他拽起来，像空袋子一样摇晃着。好了，好了，别晃了。男孩迷迷糊糊地说。但是詹斯没有停下，甚至摇得更厉害了，还说了些什么，或许是，人们和我在一起时不会死。但是人被疯狂地摇晃时很难理解词语，而且这也完全无法忍受。所有这一切，雪、山、风，绝对让人无法忍受，确实让人无法忍受，男孩因此充满愤怒，势必就要爆发。他挣脱开来，而后拳头在手套中握紧，向詹斯挥过去，两次，三次，四次。詹斯能够避开这样的击打，但是灰灰的大眼睛盯着两个男人，显然想到了一些不利于他们的事。接着男孩的愤怒退去了，和来时一样突然，而詹斯非常冷静地说：我们要往前走，你不能再躺下。不会，不会。男孩同样冷静地说，就好像两人正在街上闲聊，离危险、风暴和悬崖很远。他们继续前进。

黄昏肯定很快就会抛掉他们。夜晚肯定会在那里找到他们，至少周围的天空似乎变暗了一些，除非只是疲惫让一切显得更暗。他们不假思索地继续往前走，但是为什么这样做呢？在这里，世界无比简单，人失去了所有的悲伤、犹疑不定、内疚、羞愧。事实上再没有什么让男孩感到痛苦，当然，疲劳和对悬崖不变的恐惧除外。他坚定地推着母马，准备在大地消失时把自己往后抛。有两次，詹斯和灰灰看起来消失了，他在路上浑身僵硬，甚至感觉到自己仿佛能听见大海就在几百米以下，感觉到悬崖阴暗的拉力，但是接着风雪又让詹斯和马重新出现在他前面两三米的地方。斜坡变得越来越陡，他们径直走进了风雪，风越来越大，但不再直直吹来，而是来自侧面。风是改变了方向吗？不，母马知道路，她转身了！詹斯叫道。离开了悬崖，男孩想，他感到如此轻松，世界几乎不可能更好了，他是受到庇佑的。这世界的慈爱显然没有多少界限，因为詹斯暂时靠在灰灰身上，弓着身子对男孩喊道：我们可能在接近避难所！

避难所！

世间最美好的词语！

男孩感激地推着母马，这将第二次拯救他们的生命。

避难所。

多年前，好心人在高地上建起了一栋小屋，那些人关心邻里，尊重生命，不想让别人在冬天，甚至在夏天，死于这里恶劣的天气。这地方全年风暴肆虐，人们从不安全，甚至在六月天的阳光下也不安全。小屋建在天气最恶劣、希望最渺茫的荒野山顶。修建这座小屋是为了挽救生命，防止人们成为鬼魂。要想穿过这个山口而不增加鬼魂的数量，实在很难。与风暴抗衡不容易，与鬼魂相斗甚至更难。总是这样的，人是比自然界的力量更危险的敌人。他们两人继续跋涉，詹斯的模样已经让人认不出了，冰雪覆盖了他的脸，他需要频频敲掉鼻子和嘴上的冰，免得自己窒息。但他还是在这里感觉最好，他在这里成长，在这里发现了自己。在低地，他沉默寡言，不够老练，有点太爱喝酒了，或许是意志薄弱吧。但在这里，这近七百米高的地方，他被恶劣天气包围，一边是生，一边是死，他却感到自在，强壮有力。他或许累了，但还远没有被打垮。他累了，但如果有必要，他可以背起这个男孩，整晚整夜。只有在远离人类居住的地方，实际上是远离生命的地方，这个男人才会有豪情，这件事本身有点可悲。只有在山上，在面临致命的危险时，生命之光才会绽放，这样的人能不能找到幸福，能不能在低地生活，享受安静的时刻、亲切的话语、亲吻和温柔的眼睛？男孩看着詹斯，感受到他的力量和自信，并把自己的勇气和希望寄托到这个在风暴中变强大的男人身上。詹斯向前拉着母马，走在男孩和母马前面，蹚出一条小径，让马和男孩更容易跟在后面。不过一切事情都变得让人疲惫。他们已经至少在荒地上走了十个小时，而昨天也不轻松，大海几乎带走了詹斯，只是暂时释放了他。这差不多就像是邮差有时听到大海在风暴背后叫嚣：我知道你在那里，在某个时候你会下来找我！男孩绊了一跤，又跳了起来，母马垂下头，连续站了几分钟一动不动，风吹打他们，雪重击他们，他们的斗志趋于麻木，若非有那个避难所，男孩定会放弃。知道有个小屋，这好得无法描述，或许除了在生活的苦难中相信上帝和天堂，再没什么能与之相似。有信心的人永远不垮，有信心的人有自己的避难所。相信庇护之所的存在，这给人带来了不可估量的力量。但是这个避难所有多远？现在我们问的是多少分钟能到，而不是有多少米，用长度来衡量当然没有用，五百米意味着从十几分钟到四个小时。我们还要走半个小时还是六个小时？希望不是六个小时，因为那样人可能就会直接倒下，死去，放弃，融入白色，消失在寂静中。半小时，最多了。詹斯边喊着边靠近了男孩。男孩看到了邮差脸上的两个小黑点，那是他的眼睛，阴郁暗黑。他们两人又一次把母马从雪里往外拽，为了减轻马背上物品的重量，他们第一百次卸下邮件袋，自己拖着或背着沉重的袋子，直到再次把马从雪中拉出来，重新把袋子绑到马身上，希望她不要再次陷下去。这当然是荒谬的乐观主义，不过也许是合理的，因为那至高的权力者支持了他们，奖赏了他们的毅力，他们来到了这么高的地方，这么接近天空。在新落的雪下面，积雪形成了一层硬壳，尽管只是薄薄一层，最初只能承受人的重量。母马继续往下沉，被卡住的频率比之前翻了一倍，他们不得不趴下去敲碎雪地的硬壳，免得冰雪坚硬的边缘把马腿划伤。但是能够走在地面，不至于每一步都陷到雪中，真是美好得难以形容，他们感到由衷的快乐。风吹过这世间，飘雪变成了刮痛皮肤的冰粒。两人不得不低下头，就好像感到谦卑，但他们之前得到的安慰没有离弃他们，冰雪表面的硬度加强了，很快就能承受马和人的重量，现在他们需要的只是小心不受侧面吹来的无情的风干扰，免得偏离正确路线。男孩不时抬起头，确定母马仍在他前面，自己仍能看到詹斯，然后又在冰粒伤到眼睛前再次低头。终于，灰灰轻轻抬头嘶鸣。詹斯回头看了一眼，男孩看到他脸上的冰壳后面似乎有一丝微笑。这是避难所。他们得救了。所以这世界存在着公平。

他们有福了。那些好心人如此关心邻人的安全，因此在山顶建造了这个避难所，人们共同的庇护之地。它迎向天空，那里的风如此强劲，所以雪不会把小屋埋住或让人看不到它。当然，这里此刻完全只有白色，但他们清楚地看到了它，在铺天盖地的冰粒中间看到了它的山墙。在那里，在风雪背后，是带有小窗户的房屋正面，仿佛小屋正向风暴中张望，寻找迷失而恐惧的灵魂并向他们发出召唤。小屋当然不大，称之为棚屋其实更合适，然而它在这里就像是一座宫殿。他们终于来到山墙下，躲在那里歇了口气，感受着身上的倦意。疲惫如拳头一样击中了他们，他们喘息着，突然间一切都变暗了，就好像他们耗尽了最后一点力量才到达房子这里，这可以遮挡风雪的地方。一切都会很好，好得几乎不合理，他们会走进房子，躺下，慢慢吃掉携带的食物，听着暴风向房子猛冲，而他们的逃离让暴风感到愤怒无奈。现在他们需要走到拐角处，找到房门，投入它仁慈的怀抱。正在拐角等候的风立刻攫住了他们，想把他们抛到远处，但他们坚决反抗，因此风没能把他们从庇护所、幸福和休息中吹走。我们得救了！男孩窥见门框的轮廓时对着风发出了狂呼，他特别想拥抱詹斯和母马，用美丽的词语称赞他们。不，我们没有。詹斯说。他不需要多说什么，他们根本就没得救，风早已扯掉了小屋的门，把它彻底拽掉了。他们三个，两人一马，都盯着庇护所，那里面堆了一半冰雪。它已经变成了一个冰箱，无法拯救任何一个人，倒的确是存放肉类和死者的好地方。

他们回到房屋有遮蔽的那一边。情况就是这样。他们可以选择留在这里，试着等待最猛烈的暴风雪过去，同时可能会冻死，带着他们所有的回忆、对更好更温和的生活的梦想，还有他们负责的这些邮件，在山顶这个小屋里死去。否则他们就要继续前进，尽量活着到达村庄。但他们首先要吃些东西。吃下海尔加不到四十小时以前为他们准备的食物。冻肉中蕴藏着能量。他们咬着，咀嚼着，吸收着能量。灰灰把头伸到他们两人中间，吃了一点面包。两个人说了几句话，但灰灰沉默着，半闭着眼睛。风在吹，在号叫，他们身处这广阔地区唯一的避难所，勉强能遮盖住两个人一匹马的地方，只要伸出手就能感受到风的力量，那极地的风似乎让一切生命都恼怒不安。该死的。詹斯说着拿出酒瓶。

该死的：因为屋子的门被风吹掉了，里面满是冰和死亡。

该死的：因为风暴太厉害了，在空旷的地方几乎不可能站直身子，更别说走路了。但他们如果要去村里，就需要走路。

该死的：因为他们在七百米高的地方。

该死的：因为吃肉和遇到的困难让他口渴。口渴是旅程中最大的敌人。发现自己身处冬季，周围都是冻成冰的水，却仍然渴得要命，真是无法忍受。当然，用牙啃咬冰块也可以，但这只能带来暂时的轻松，却会大大加重寒意，而且让人像之前一样口渴。

该死的：因为他太冷了，这很不妙。他跳进大海后没有好好暖和过来，他的怯懦让寒冷侵入了身体，没有人能靠衣服抗拒根深蒂固的寒冷，唯一能做的就是不停活动，挣扎着穿过积雪和风。他坐的时间越长，寒冷就越难应付。再多坐半小时、四十分钟，他就死了，或者和死一样。

该死的：因为现在他不仅要对自己和邮件负责，还要对另一个人的马和那个蹲在他身边的男孩负责，那男孩正盯着黑暗，脸色因为寒冷疲惫而越发苍白。

该死的：因为在这七百米高的山顶，在寒冷、疲惫、干渴、责任之外，男孩张开嘴开始讲话了。那些话多的人不是好旅伴，他们放弃得太快。

男孩谈到他的妹妹。她名叫莉莉亚，无疑是个美丽的名字。应该说，她在世时名叫莉莉亚，她已经死了，这当然令人遗憾，不可否认，但谁没死呢？然后男孩开始谈起父亲，他也死了。他谈起母亲，她也死了。这些人真是太脆弱了。那么说没有人活着吗？最后他住了口，这还不错。不过接着又冒出了一个问题：你一个人住吗？我？詹斯好奇地问，就好像还有其他可能会回答的人。对，你。哦，不，我认为不是。你认为？男孩问。是，那怎么样呢？詹斯说道，语气并不是完全不友好。男孩已经失去了那么多，让人几乎不可能对他态度太差了。那么说你不是一个人住？男孩问。不是。那好啊。对此你懂什么？詹斯问。我认为，人们独自生活不好，我认为这样对他们不好，心脏需要为别人跳动，否则就会变冷。哦，那好吧。你父母和你住在一起吗？男孩问。那有什么重要的？詹斯问，此时他几乎不再为这个男孩的遭遇感到难过了。我不知道，我猜想，那意味着一切，那意味着有很多人还活着。我父亲和我住在一起。这样说时，詹斯对自己已经说了太多话感到不满，但是他又加了一句：还有我妹妹。于是情况就更糟了。所以你们家是三个人啊。男孩说，开心得可笑。你妹妹多大了？她的名字叫海拉。詹斯说，这只是因为他渴望说出这个名字，从中感受到温暖、纯真。海拉，这名字很美。男孩慢慢说。在这样的旅程中，说话的人应该留在低地。詹斯站起身，说道。他感到整个身体都冷得刺骨，却试着忽略这感觉，抓住缰绳，向外走到风中。

　　或者说是扑进风中。风太猛了，常识会要求人匍匐前进。

人比马有优势，因为人可以趴下来，把自己变成一条蛇，但詹斯不会把腰弯得那么低，他直立着迎接风暴，马跟在他身后。男孩艰难地跟在马的脚后跟后面，那里能为他稍微挡一下风。之前多亏有那狭小的遮风之处和食物，他疲惫的程度减轻了一些，但是现在疲惫又回来了，让他的腿加倍沉重。风在肆虐，寒冷漫过面庞，钻进衣服、肌肉、思想、记忆，一切都变得僵硬。不过并非所有事情都在与他们作对。这里的积雪很硬实，可以支撑他们和马匹。谁知道呢，或许他们能成功地下到村里，下到有人居住的地方，下到维克的牧师住宅和社区。

　　无论如何，生活还是简单的。人们把一只脚迈到另一只脚的前方，如此重复下去，最后都会到达目的地——如果有目的地的话。这是这世界的事实之一。但是对于那些在暴风雪中置身于高山荒地的人，这一事实与其他蠢话无异，他们无比疲惫、无比干渴，寒冷缓慢而笃定地逼近他们的心脏。你看，他们已经在这荒地走了上千年，在下面的世界，一代又一代的人来了又去，战争在世界各地爆发，国家成立又解体，幼崽跃到半空，落下时成了半盲的狗，有人拿着锋利的刀朝它们俯下身来。而在所有这些时刻，他们一直在遮住视线的暴风雪中向前跋涉，一匹母马和两个人，三个生灵正朝着一个似乎不断退后的地方前进。困难和绝望让他们团结在一起。一条结实的绳子连接着最前面的男人、中间的母马和走在后面的那个年轻人。

周围的夜色深了，但是绳子把他们连在了一起。路上他们发现了一个不错的挡风雪的地方。男孩叹了口气，但詹斯没有。相反，他挣扎了一阵之后，取出酒瓶，喝了一大口，然后交给男孩，母马在他们之间，没能得到什么。然后他们听着风从巨石间呼啸而过，等待着他们。她，你妹妹，海拉，多大？詹斯喝第二口时男孩问。也许是因为酒，让生活中太多东西变得丑陋的该死的酒，也许只是因为在这里，在风暴深处远离世人的地方，听到了海拉的名字，詹斯答道：她二十八岁。就好像这与男孩有关系一样。她从没结过婚？男孩问。什么？詹斯反感地说。她从没结过婚吗？男孩问。没有。啊？她永远不会结婚。是什么让你这么肯定呢？不可能说这样的话啊，谁也不知道未来会带来什么。男孩说。她是弱智。詹斯尖刻地说。真遗憾，对不起。男孩说，就好像海拉的存在是悲哀的，纯然令人失望的。遗憾什么，詹斯说，有什么对不起的，你他妈的对她知道什么？

男孩清了清嗓子，鼓起勇气问：那你父亲呢？他是个老人。詹斯说完，在男孩能站起来前就又出发了。

大地已经开始向下倾斜，他们的高度降低了，并且重新开始往雪里陷。风吹了这么久，男孩的头开始嗡嗡响，肺里发冷，他没有方向感，周围除了风和雪以外什么都没有。然而，他们脚下不再是裸露的大地和死气沉沉的岩石，而是一直梦想的充盈着绿色和飞虫的嗡鸣声的草丛和青草地。知道脚下有这些东西，难道不是一种安慰吗？难道它们不是见证了一个温和一些的世界吗？另外，雪越来越容易堆在一起，越来越松软，他们不得不再次把邮件袋从母马身上卸下来，为她开辟一条路，把袋子拖在身后。夜晚肯定在靠近，死亡肯定在靠近，那是个无形的存在，一直潜伏着，偷走宝石，贮藏垃圾，不会特意把鼻子转向任何东西，却派出了疲倦、寒冷、绝望、投降这四只野狗，它们会在令人什么都看不清的暴风中嗅出一切活着的生灵。下坡很快。詹斯说。他们又一次把马从沮丧的境地拉出来，而后休息了一下。詹斯把邮件袋重新固定到马背上，男孩注意到他的动作已经僵硬，越发无力了。灰灰沉重地呼吸着，有时詹斯会靠到她身上，仿佛只是意外之举。两个人继续往前走，高度迅速降低。灰灰在领路，男孩的每条腿都足有一百千克重，很快就要达到一百五十千克了，然后我就很难再走得动了，他想。但不久之后，他们辨认出了一栋房子。他们到了。

或者是几乎到了。

那实际上不是他们要找的房子。他们要找的是维克的牧师住宅，那里既是邮局也是邮差的临时寄宿处，喂马的干草、清水和对抗坏天气的避难所在那里等待他们。不是，不是。房子门口的农场主睡眼惺忪地说。在人们的居所，此时已是夜晚，而男孩和詹斯身处旷野，身处黑暗的暴风雪中，那里的时间并不一样。农场主眼中仍有睡意，他们注意到他瞳孔附近轻微的变化，梦境正从那里蒸发掉。他们的敲门声惊醒了狗，吠叫声传过昏暗的通道，叫醒了家人。然而，狗不会冒险跑到外面的暴风雪中，只是好奇地向两个人和马的方向嗅闻，几张脸的轮廓出现在黑暗通道的更深处。在夜里敲门是个重大消息，不应该在睡眠中错过这样的事件。我不是维克。农场主说，似笑非笑的，像是在回味这个想法。如果那样我又该是谁呢，牧师吗？他又加了一句，显然觉得很难不为此大笑。这太可笑了，绝对荒谬。他眼中的梦境已经消失，完全清醒过来了。

但是这两个男人和他们中间的母马似乎不觉得这特别有趣，或许上帝已经完全忘记了给他们幽默感。他们阴郁地看着农场主，男人叉开腿站着，仿佛害怕失去平衡一样。他们身上覆盖着冰雪，模样无法辨认，不过不管怎样农场主都不认识他们。他从未见过他们，但他的确认识那匹母马。是的，现在他认出了那匹马，那沉思的眼睛。这不是灰灰吗？他问。个子高大的那个人点了点头。所以你带了邮件过来。古特曼杜尔怎么了？他生病了。大个子回答，另一个人没有说话，他们两人都盯着仍然似笑非笑的农场主。你们应该去那里，他指着正北方说，就好像指给他们通向地狱的路。只有两千米，灰灰知道路。他补充说。可是两个人没有动，他们只是像死了一样站在那里盯着他。你们肯定渴了。通道里发出一个声音，那是他在这世间最熟悉的声音。是他妻子，没有她，他至多只是个可怜的雇工。两个人感激地接过了她递过来的牛奶，大口喝了下去，但母马甚至都没抬头，也许是出于礼貌，以免让人注意到她也口渴这一事实。我的约恩能带你们去。女人说，她的长发像阳光一样明亮，递上牛奶的那双手因为干活而粗糙，柔和而饱经风霜的脸上有些皱纹，就像从眼睛延伸出来的阳光。生活的磨难让一些人跪倒，却让另一些人变得更美。这个女人如此美丽，男孩看着她时忘记了自己，她的丈夫约恩有时会在明亮的月光下醒来，只是为了凝视她，惊叹主的恩典，然而他们已经在这里一起度过了十五个艰难的年头。这没必要，大个子说，非常感谢，如果马知道路，我们就不会有事的。农场叫什么名字？个子矮的那个问，他现在又能开口说话了，虽然听起来有点犹豫不定，而且被冻得声音变了样。黑农场。斯瓦图斯塔迪尔回答时面带微笑，或许是为了减弱名字中的黑暗。这个名字很美。男孩说，他们都惊讶地看着男孩。

很美？他们回到户外的风雪中时，詹斯尖刻而讥嘲地说。他们应该向北走，就好像他们的任务是找到冬天的源头，并在上面放一块巨大的石头。有时候，在这个国家几乎很难有真正的生活，寒冷封住了我们内心的某种东西，环境的苛刻让我们变得粗俗，限制了生活的欢乐，让我们看起来好像需要冒险去享受生活。马竖着耳朵吃力地从雪堆里走过去。是的，我觉得很美。男孩回答时直视着前方，尽可能在翻卷的大雪里集中注意力。接着他们抵达了教堂墓地，而在这之前他们越过了恰好在他们脚下拐了个弯的河流，却没有注意到它。雪和冰霜向我们隐藏了太多东西，实际上几乎隐藏了整个大地。谁会想到，在夏天，一条欢快的梦幻般的河流会在这里流过绿草丛生的河岸，北方的瓣蹼鹬在水面悠游，燕鸥在空中尖叫，鳟鱼在水深处张着嘴，岩高兰在阳光下发着暗光。牧师住宅是栋像样的木头房子，而不是斯瓦图斯塔迪尔家那种地下的房子。它矗立在那里，比他们高出很多，在黑暗的暴风雪中看不到屋顶。詹斯砰砰敲门，本能地砰砰敲门，因为寒冷已经开始准备啃咬他的心脏，就像是堤坝突然崩溃。他连续猛敲，用尽剩下的力量，好让敲门声传到里面。他又一次砰砰敲门，但是没有任何回应。也许家里没有发出吠叫的狗，该死。詹斯轻声说着，身体摇摇晃晃，把手臂放在母马身上，甚至在门犹犹豫豫地打开一半时，他都没有抬头去看。一个男人出现在门口，却不想把门完全打开，以免风雪扑到门内。邮差詹斯，他的同伴，还有马。詹斯这样说时没有抬头，他的声音空洞而平缓。那人回答了他，因为他的确是牧师本人，基亚尔坦牧师，法国人基亚尔坦。他说：邮件和同伴，我喜欢。主的仁慈是伟大的！

VI

如果事关生死，一个人可以笔挺地站立很长时间。求生的意志几乎不可估量，詹斯在征途中一直没有倒下，上坡走到七百米高的山顶，走过雪和冰，走过暴风，走向充满威胁的天空，然后走下山，每走一步都会陷入白雪，像在沙漠中一样饥渴，同时得把母马从绝望中拉出来。在此之前，始于达里尔的漫长邮政旅途已经让他疲惫不堪。在达里尔那天气温和的乡间，岁月让父亲弯下了腰，妹妹则是灿烂的夏日。詹斯什么时候来？她一天问三十次，一天问四十次。父亲忧心忡忡地看着那曾经吞下不止一名邮差的风暴。詹斯一直站着，只在最后一千米才靠到母马身上支撑自己，那时内心深处的冰冷海洋夺走了他的全部力量。但是他们已经到了房子这里，这当然不是最后的目的地，生活还没有那么慷慨，不过他们总算到了可以休息的地方。因此，他站不站得直并不完全重要，暂时放松也不一定会死。詹斯松开了马，抚摩着它，感谢它，缓慢但完全笔直地走进了房子，步入了宁静之中，接着就不成人形地瘫倒在地上，两条腿仿佛被人从下面打断了一样。该死，你的尊严在哪里？难道我不是比这更有人样吗？他想。在基亚尔坦意识到发生了什么之前，男孩已经走进房子，跪到了詹斯身旁。基亚尔坦原本真切地感到欣慰和感激，因为夜晚给他送来了同伴，但是其中一个躺在了地上，仿佛死了一样，绝对不适合交谈。基亚尔坦突然感到一阵愤怒，接着就恢复了镇定，想到了自己的责任。这些人很有可能带着邮件走过了荒野，而且是在这样的天气里。上帝帮助我们所有的人。基亚尔坦牧师大声说，然而并非出于本意。在他带着纯洁的信仰，真诚地相信人会得到上帝的帮助时，一个个日子不幸地过去了，如此遥远。詹斯想骂人，结果发出的只是模糊不清的哼哼声。不过他在陷入沉默之前还是尽力说出了一句：照顾好灰灰。那声音足以让男孩听见。风暴冲击着房子，门口的过道灌进来一些风。基亚尔坦低头看着那男人。他没能睡觉，这不新鲜。失眠对他来说太常见了，躺下时多累似乎并不重要，他一闭上眼睛就清醒了。他翻来覆去，默背祈祷词和古老的韵文，试图让头脑平静下来，吸引睡眠来到他身边，却往往没有结果。其他所有人都在睡觉时，他醒着，被剥夺了睡眠的救助，剥夺了上帝的怜悯。理当如此。他嘟囔着。他在房子里游荡，或者坐在书房里，在书中寻找同伴，写信、翻译、喝酒，以此排解孤独。这样的时刻当然也不错，但是如此独坐，一晚又一晚，一夜又一夜，一年又一年，真是太单调乏味了。独自走向衰老，离死亡越来越近。可是来访的人出现得如此突然，基亚尔坦被砸门声吓了一跳，瞬间想到是不是有什么不洁的东西来接他了。不要这么幼稚，他告诉自己，却犹豫地从书桌旁站了起来，走了出去，打开门。门外站着两个男人，他们带着来自人间的邮件，这是上帝的恩赐，结果却什么都不适合做，只能像头懒散的野兽一样躺在地板上。基亚尔坦真想咒骂，但他不敢，不过尽管如此，上帝仍然高于所有的风暴和人。他听到了一切，什么都不忘记，并在那最后一日收回属于他的一切，每个想法、每个字词、每次触摸、每个细节。在我们上方悬着这样一个上帝，这可能是单调乏味，彻底让人失望的。只要有更好的替换物，我们可能立刻会把他换走。

似乎没有人在他们到来时醒来。在这样的天气里，房子和上面的天空都在摇撼，砸门算不了什么。狂风席卷着大雪冲向房子，屋里的人睡得这么香，忘记了愤怒。狗在秋天老死了。我需要弄一条新的狗，它们从不会离弃，只会死去。基亚尔坦上楼去叫醒妻子时心想。他们各睡各的床，彼此之间不再有火花，生命熄灭了火焰，只有不变的平庸、与世界的距离和三个死去的孩子。但是第四个孩子活了下来，长成一名年轻人，正在哥本哈根学习，每封信都离父亲越来越远。基亚尔坦没想到要用亲吻唤醒妻子，尽管亲吻可以像夏天的花朵一样浮动到睡眠深处，让一切都暂时变得温和，生活也会平添些许轻松。他只是把手牢牢放到她的肩膀上，按一下，再按一下，说：有人来了，他们要倒下了，又冷又湿。无须更多。女人睁开了眼睛，她醒了。她叫安娜。

曾经她认为，生活会有所不同，会好很多。她年轻，与基亚尔坦结了婚，这也很好。奖学金，哥本哈根，巴黎之旅，柏林，交谈和话语放大了世界，让星星更明亮，很少有比他更雄辩、更英俊、更熠熠生辉的人了，他们在一起也曾有闪亮的日子，即使现在也不能说没有，但是在岁月的黑暗重压下日渐黯淡。他们曾计划暂时在维克生活，在世界的边界待几年，然而到现在已经有二十二年了，他们曾共有的火花大多已经熄灭，但安娜似乎总是期待生活中最好的东西，她那毫不退缩的乐观情绪有时会让基亚尔坦目瞪口呆。他会想：乐观主义与白痴之间，究竟有什么真正的区别呢？他看着安娜眨了眨眼，又立即注意到她嘴角不由自主的微笑。她看着站在门口的基亚尔坦，眯起了眼睛。

安娜周围变得越来越暗，她的视力在衰退，眼睛黯淡下去。起初，农场对面陡峭而壮观的山隐藏在了阴霾中。接着，房屋上方的玛尔丘山、教堂和教堂墓地开始消失。玛尔丘山是一千多年前爱尔兰僧侣们祝福过的山，是这一地区唯一的基督教圣山。有些时候，它看起来好像是由空气而非坚硬的石头构成，仿佛正在通往天堂。这是天主教时代的一座神圣山峰，渔民们仍然在危险时祈求它的保佑，在面临死亡的痛苦时向山呼告，它曾在黑暗的风暴中出现在很多人面前，拯救他们，就好像它到了海上去拯救恐慌而脆弱的人一样。就在一年多前，玛尔丘山从她的视野中消失了。去年夏天，农场周围的丛林开始消失，她几乎看不到鸟了，它们变成了歌。但她能辨别出最近旁的环境，如果人们静止不动，她能辨别出人的轮廓，可以从几米远的地方看到基亚尔坦的侧影。现在一定是夜晚了，她从这样的深度，从这深深的梦中走出。他的床在卧室外的狭小空间里，他们躺在一起已经是很多年前的事了，她几乎不再记得肉体的温暖是什么感受了。但她相信，她无法不相信，世界迟早会变亮，迷雾将从她的眼睛中消失，基亚尔坦周围的黑暗将会消散，某晚他会来和她躺在一起，肉体找到肉体，嘴唇找到嘴唇，灵魂找到灵魂。

她很快穿上衣服。木屋里很冷，但她仍然会裸睡，寒冷穿透了墙壁，但她很顽强，其他人身上裹着衣服和毯子在床上颤抖时，她却会裸睡。基亚尔坦凝视着她的身体，那小小的乳房曾是他的渴望，他曾为它们写过两首十四行诗，一边一首，那时他相信恩惠，相信自己和世界，那时它们圆润而挺实，而且那么温暖，而现在它们只是空袋子，她瘦削的身体已经老朽。基亚尔坦靠在门框上想：欢乐去了哪里？欲望去了哪里？

牧师和妻子到楼下时，男孩仍然跪在詹斯旁边。灰灰正站在外面朝里看，似乎在问：那我呢？正因如此，男孩才没想去关门，尽管雪和寒冷被吸进了房子。相反，他决定把詹斯移动到邻近前厅的房间，那显然是牧师的书房。书桌上堆满纸和书，几乎看不到书桌本身了。不幸的是，男孩在那时忘记了詹斯和灰灰，完全忘记了他累垮的旅伴，其中一个甚至被寒冷冻木了，处于危险中。男孩忘了他们，只是四下张望。房间相当小，书桌周围的空间不多，后面的书架上满是书，各式各样漂亮的装订，有些书是半旧的，就像老朽的人，其他书更好，有几本书很美，甚至美得绚丽，这里有美好的书籍和灰尘的气味。他深深吸了一口气。天堂或许不比这里大多少，住在这里一定是幸福的。

是的，这里有冻坏了的人。与牧师一起下楼梯的女子说。还有敞开的门。牧师加了一句。他快速走到门厅，要关门时却犹豫了，因为他看到了母马苍老的眼睛。某种东西触动了他，他内心深处有些东西在苏醒。我会叫人来照顾你的。他在关上门之前带着歉意对马喃喃低语道。男孩看着安娜一点点挪动脚步向他走来，心想：这是牧师的妻子，毫无疑问。她空空的双手向外伸出，仿佛害怕跌倒。仿佛在黑暗中行走时，害怕那世界尽头的桥梁。是的，还有一匹冻坏了的马。男孩听到牧师关上了门，于是说。马会得到照料的。基亚尔坦在楼梯竖井那里说，他正去叫农场雇工过来。雇工从楼梯上走下来，是个中年男子，矮墩墩的，但身体结实。他边下楼边穿衣服，脸上泛着一片睡意。他一言不发地出门照顾马，把灰灰带到有遮蔽的地方，给它水和干草，抚平它的焦虑不安。我是安娜。女人走到男孩身边时，对访客说。她的眼睛睁得大大的，像是对这世界感到惊骇，圆脸，小小的鼻子，乍看上去并不漂亮。她大睁的眼睛让她的样子几乎有些愚蠢，但是那双眼睛深处有些东西，让男孩感觉她好像不是在看他，而是看穿了他，在查看他的肾脏和心脏。男孩一动不动地站着，几乎不敢呼吸、眨眼或往旁边看。男孩吸入她温暖又温柔的气息，辨认出女人身后靠墙看着的牧师，他的表情难以理解。他们听到有人下楼走进房子的另一边。安娜带着歉意说：我视力特别差，只能在非常靠近别人时，才能辨认出他们脸部的细节特征，这些细节比大多数人意识到的能说明更多的问题。当然，很多人会觉得，一个弱视的老女人贴近朝自己的脸上看，会不舒服，但我更喜欢真实，而不是礼貌。顺便说一下，你不必为自己的脸感到羞耻。她补充说，然后跪到詹斯旁边，触摸他，去感受他有多冷，把手放在他衬衫下面，感觉他皮肤的温度，然后开始下命令。她说的是简洁的句子，只说那些需要说的话，因此一切都进行得迅速而又完美。没过多久，男孩已经坐在炉子旁，脱下了身上所有的衣服，穿上了干衣服，喝着温暖的咖啡，而詹斯则赤身裸体地睡在床上。詹斯在地上恢复了知觉，设法不用人搀扶就走到了卧室，但仅此而已。他躺在床上，几乎不省人事。加热后的石头放到了他被子下面，就像床上的温暖思绪。接着人们给他端来了狼鱼汤，又热又浓，或许有让人起死回生的功效。我都不能自己起来吃东西，真够可怜的。詹斯从女仆那里拿起碗，说道。他的声音听上去就好像来自海底，从汹涌的大海中升起。女仆依然坐在床边，凝视着夜晚和风暴给他们带来的大个子，他有浓密的金发、蓬乱的胡子、淡黑的眼睛和巨大的鼻子。她坐在那里，手静静地放在膝盖上。她已经给他脱下了冰凉的衣服，又冷又冰，花了很长时间通过摩擦为他的腿带来生命和热量，直到詹斯轻声抱怨，她那年轻又粗硬的双手抚摩着他的腿，恰巧在他腹股沟下面的位置。在那三四分钟里，他们两个独自待在房间，她可以去摸她想摸敢摸的东西。这个人几乎没有意识，摸一摸很难算什么罪过，感受生命也很难算什么罪过。她这样做完全出于好奇。詹斯也是冻透了，她的抚摩在相当长一段时间都没有明显的效果。人的欲望很多很多。詹斯喝完了汤，递给她空碗，说了谢谢，他们的目光相遇了一秒钟。我现在需要休息。他对站在门口的基亚尔坦说。基亚尔坦看着他，希望有机会和他说说话，听到来自外面世界的新闻。这世界已经忘记，或者已经抛弃了世界边缘的这个失眠牧师。但詹斯不仅仅是累，而是彻底筋疲力尽了，大海的寒冷留在他体内，吸走了他的力量。詹斯闭上了眼睛，试图忘记那个女人微微张开的嘴、双手的抚摩，没过一会儿他就做到了，虽然不是立刻，然后他平静下来，睡着了。这时已经入夜了。

伴随夜晚而来的，是睡眠，是梦境，是宁静，但是夜晚并没有让风减弱。风继续摇撼着房子，发出吱吱嘎嘎的声响。在半明半暗的四月夜晚，雪像白色幽灵一样旋转、飘浮。一家人都去睡觉了。回到了梦乡，又一次安睡。梦是生活的另一面，一切事物都至少有两面，比如月亮、石头、幸福、遗憾和背叛。安娜闭上了眼睛，闭上了变得黯淡的眼睛，沉入了梦境，在那里看到了玛尔丘山的每一片山谷、每一块巨石。她在梦里微笑。为什么看到这微笑时我不再觉得舒坦？有时，基亚尔坦毫无睡意地坐在妻子床边看着她时，心里会这样想。生活把我带到了何处？房间里有三张床，那位照顾过詹斯名叫雅各比娜的女仆，就睡在其中一张床上，在詹斯躺着的那张床的对面，因此她能看到他的头。在半明半暗中当然看不清，但已经足够了，她移动双手抚摸着自己。

男孩该去雇工的房间睡觉了，此时却仍然坐在牧师的书房里，疲倦得头晕目眩。基亚尔坦不想让他走。这位牧师所在的教区与世隔绝，只零零星星地住了三百多个人，这个世界在沉重的积雪下会一连冬眠几个月。在冬季，几乎不会有人来访，除非有人从很远或更远的农场前来，带来亲戚的遗体或贫民的遗骸，那遗体或许属于一位老人，几乎连名字都无法留下，更别提记忆了。不过情况都是一样的。基亚尔坦的雇工要给他们挖坟墓，凿开冰霜，那冰霜有时会延伸到不敬上帝的遥远地方，雇工很难不去诅咒死者偏要在一年的这种时候死去。除此之外，会来这里的只有代理邮差古特曼杜尔，虽然他带来了新闻、报纸和信件，但他自己却没什么要讲的，只沉浸在庸俗的抱怨中，对诗歌、深刻的思绪完全没有感觉，顶多能背几句诗和民谣，一般说来充其量是滑稽笑话的水平，更多时候是令人目瞪口呆、大失所望的打油诗。基亚尔坦曾试着和他谈论索伦·克尔恺郭尔，但那就跟晃悠着去羊圈和羊交谈一样，甚至还不如和羊交谈，因为公羊只知道嚼着干草期待母羊。克尔恺郭尔，一个危险的人。基亚尔坦对男孩说。男孩虽然累了，却控制不住自己伸手去一本接一本地拿书，并尝试着理解这位丹麦人的一本书的开篇。他为什么危险？男孩捧着书抬头问道。他威胁要改变我们，他让我们怀疑，迫使我们重新认识世界，而这样的人一直被认为是危险的。我们更喜欢赞同而非挑衅，空想而非激励，麻木而非奋发。这就是为什么人们选择民谣而不是诗篇，这就是为什么人们不会比羊有更多的质疑。但你显然不一样。你伸手去拿书，你看书。总是这样的，从一个人往哪里看、看什么，就可以了解这个人。我认为你的思想不会停留在鼻烟和淫猥的诗句上。基亚尔坦身子往后靠，若有所思地抬起头，如果他的眼睛能够穿透木头，他就会看到在他楼上的女仆，连同她的手和她的想法。男孩坐在角落里的一把椅子上，想起了维特拉斯特伦的玛利亚，想起她看着他时的样子，她对书的渴望。他时而试着读书，但他太疲劳了，眼前的字母分崩离析，词语失去了意义。基亚尔坦仔细啜饮他的威士忌，这是最后一瓶，已经喝了几个星期，不知道什么时候才能再进城，这个冬天似乎无休无止，人们连着几个星期难以从一个农场去往另一个农场，教区里可能有一半的居民会在没人知道的情况下死去。除了妻子和帮佣，再没有人陪伴他，而他们就是他们，他们的举止几乎没有什么料想不到的，体面的人，毫无疑问比他更好，是的，好很多倍。但他们头脑里没有诗歌，没有文化，顶多漠不关心地瞥过一两眼冰岛传奇，此外就只是几句韵文和扼杀灵魂的歌谣。白昼过去，黑夜降临，能听到的只有风的哀号、霜的叹息，偶尔还有一声低鸣，听起来仿佛来自相当遥远的地方；阴暗、邪恶，也许那是头北极熊，或是魔鬼在呼唤基亚尔坦的灵魂。我的生活并不美好，我做错了什么？基亚尔坦看着瓶子，心想。我喝得太多了，我忽略了上帝的话语，我诅咒生活，我想其他女人想得太不堪了，想得太多了。现在我又听到了那声音！他吃了一惊，心想。你也听到了吗？他问男孩。什么？外面的低鸣声。低鸣，外面？基亚尔坦指着他身后，说：是的，就在刚才，从那里传出来的。我只听到了风声。男孩说。只有风，嗯，这是对的，啊，年轻太好了，基亚尔坦说，我们纯洁地降生到主的呼吸中，但是大多数人一年年离他越来越远。我的灵魂是块黑色的石头，黑色的石头，年轻的朋友。他说着，不经意间就喝光了杯中酒，吞下了应该用两个小时喝完的酒。就是这样，这就是你失去注意力时发生的事，一瓶酒已经快喝完了，剩下的只够一杯底。世界是黑暗的地方。我一直在十分努力地浪费生命。他说。男孩坐得更直了，他看着牧师背后所有的书，什么都不理解。他和巴尔特把吉斯利那篇有关歌德和心痛的文章读了十遍之后，巴尔特说：拥有诗篇和知识的人是快乐的。

外面风正在吹，基亚尔坦在说话。能在另一个人身边大声说话真好，话语需要耳朵，倘若另一个人对生活有些了解，这就不会有伤害。我不理解，我什么都不懂。男孩反对说。是的是的，眼睛从不撒谎，不能说谎，你的回答意味着怀疑，有所怀疑的人正是走在通往某处的路上。你年轻，一切都还在前面，一切的错误，一切的胜利。现在好好看看我，你会知道哪条路你不该走……如果再有一点威士忌该多好。基亚尔坦的手拂过桌上的两堆纸：一堆是一个法国作家的翻译，另一堆是关于生活的故事片段。这个地方的生活片段，基亚尔坦告诉男孩，之后给男孩讲起了斯瓦图斯塔迪尔，讲起了幸福和亲吻，这用了些时间，而风暴和夜晚就压在房子上面。然后基亚尔坦叹了口气，要求男孩把寄给这个教区居民的所有邮件都交给他。我们看看这世界给我们送来了什么。他说着把邮件袋里的东西拿出来，把袋子倒空。这样就可以少背一个包了。看到吉斯利的包裹时，基亚尔坦的脸色明亮起来，他温柔地抚摩着它，几乎带着情欲。安娜睡在楼上的某个地方，她在梦境中完美地看到了多年未触碰过的东西。基亚尔坦小心地把包裹放在一边，检查邮件袋里倒出来的其他物品，有报纸、寄给教区居民的几个包裹，还有一个老朋友—— 一位身处东方的牧师写给基亚尔坦的信。以自我为中心的任性浑蛋。基亚尔坦咕哝着，忘记了男孩就在身边。他放到一旁的还有儿子的一封信，这封来信在他意料之外。看到两个牧师职位空缺的广告时，他有了精神，地点是斯泰恩格里姆斯峡湾的斯塔特尔和哈福迪，他的脊背和肩膀不自觉地挺直起来，接着又立即松懈下去，因为他发现两份申请的截止日期都在二十四小时之内。在世界尽头这里，消息要走过漫长而艰辛的路才能抵达目的地。他笨拙地站起来，走到窗前，外面正是夜晚，天气阴沉。现在去睡觉吧，他对夜色说，我要再和莫泊桑角斗一番，还要看看吉斯利的包裹。原谅我刚才喝了酒，我老了，开始习惯没完没了地炮制垃圾了，不是每件事都会按照应有的方向发展。男孩小心地站起来，不确定自己疲惫的双脚能不能支撑住身体。不过这双脚做到了，就要休息的想法给了它们力量。男孩在门口转过身，看着满是书的书架，那里尽是可以通向新世界、新天空的词语，然而基亚尔坦却凝视着夜色。从一个人看什么就可以了解他或她的感受。男孩累得麻木，忘记了羞怯。我觉得，男孩站在门口说，周围有这么多书的人不会不幸福。基亚尔坦转过身，长久地注视着男孩，却什么也没说。

　　詹斯第二天早上叫醒了男孩。

　　很难判断现在是几点钟。窗户上挡着小窗帘，而且结了冰，看不太清外面。男孩过了一阵子才完全清醒。詹斯说的是西格尔特医生之类的话。你说什么？男孩问。我不会再拖下去，让那家伙心满意足。我们要走了，坚持原计划。詹斯平静地说，但声音有力，毫无冰霜的痕迹。男孩穿上衣服，它们在夜里被烤干了。外面一点声音都没有，或许风暴已经减弱，或许风终于放弃了打击这片土地上的人们。农场帮工和一个女仆正在外面照料家畜。一些食物被端到了詹斯和男孩面前，他们吃东西时，牧师的妻子向女仆雅各比娜讲起儿子的信。他的名字是西格福斯。基亚尔坦不见人影。不知道是不是在睡觉。男孩吞下稀释了的酸奶时心想。他吃得有滋有味，因为需要营养，又喝下咖啡，用这热乎乎的饮品填补身体，他们前面是漫长的旅程和严寒。两个人什么都没说，男孩是太害羞了，詹斯则是因为最爱沉默，沉默是庇护，是和平。接着基亚尔坦从外面走了进来，跺着脚抖落了身上的雪，把早晨的寒气带进了屋。他倒了一杯热咖啡。如果没有咖啡，这里的定居点肯定会被人遗弃。他笑着说，样子好像很高兴。对了，你们今天不能走海路。他说着，停止了微笑。是这样吗？詹斯沉默着，让其他人等着他开口，然后说出了这几个字。不能，港口边上的礁石清晰可见。基亚尔坦已经去拜访过斯瓦图斯塔迪尔了。

安娜：哦，是这样。

基亚尔坦：确实，就是这样。当这些礁石从海里露出来时，你就不要再想着航行穿越达姆斯了。这将是个严重的错误。

詹斯：严重的错误？

基亚尔坦：严重的错误。没有人在这种时候航行，当然，除了那些对生活极其厌倦的人。

詹斯：是这样吗？

基亚尔坦：就是这样。

詹斯：确实。

基亚尔坦：那就这样了，没有其他方式。

詹斯：那我们就走路。

基亚尔坦：我很难赞同。

安娜：别走，别走，今天留在这里恢复体力吧，如果有必要，明天也别走。等到天气允许，小伙子们会开船把你们送过去。雅各比娜，给大家拿点好吃的。

安娜看着女仆的方向，她的一双眼睛好似两颗失去光泽的珍珠。男孩大口喝下咖啡来消除疲劳，他宁愿再多睡一阵子。詹斯垂头坐着，不过雅各比娜带着饼干和黄油回来时，他抬起头看着她。她个子很高，动作有力而优雅，棕色的眼睛与邮差四目相对。她把托盘放在他们中间，轻触了下詹斯稳稳放在桌上的手，仿佛是不小心。一只手这样触碰另一只手，是想说些什么，詹斯知道，却不敢回应。安娜没看到他们之间传递的信息。她那失去光泽的珍珠看不清多少东西，而基亚尔坦似乎沉浸在自己的思绪中。雅各比娜坐在桌旁，朝对面的詹斯说：已经够黑暗了，前景不好，我们会帮你度过这段时间，我们能做这样那样的事。她笑着，视线一直没有离开詹斯。詹斯避开了她的目光，似乎是缺少勇气，然后迅速直视前方：非常感谢你们给予的一切，但现在我们要走了。

说什么胡话。基亚尔坦说。

詹斯心意已决。他的大手握拢咖啡杯。这宽肩膀的男人，有着严肃的灰色眼睛、硕大的鼻子。雅各比娜放任自己久久地注视着詹斯，她的手搁在桌子上，掌心是对他赤裸身体的记忆。好吧，基亚尔坦叹了口气道，你们要走了。

安娜：这不明智。

詹斯：我对明智所知甚少。

安娜：但我觉得你知道的足够了。

詹斯：人们只是做必须做的事。

基亚尔坦：对此很难争论。

安娜：那不一定。不过，雅各比娜，你能给他们准备些吃的吗？

　　说实话，我真希望你们能留在这儿，基亚尔坦说，单调乏味不只给我一个人带来了痛苦，而且你一定要知道，这样恶劣的天气，在这种地方旅行可不是开玩笑的。这里仍是严冬。他揉了揉眼睛，就像要揉掉疲劳、永存的疲惫和失眠。他在黎明前终于小睡了两小时，沉沉地睡了一觉，直到突然被惊醒，就像心脏附近插上了一把冰冷的刀。不幸确定无疑，嚣张的罪过确定无疑。他在给吉斯利校长的一封信中这样写道，而且写的时候几乎在打瞌睡。我的灵魂覆盖着藤壶，很快将陷入更深的黑暗。情况就是这样。你读过这个挪威人——克努特·汉姆生的书吗？在一阵阵自我吹捧中，我在东方的同行写过关于他的文章。已经几个星期了，我一直很难睡着，睡不好。如果主是在惩罚我，我不会感到惊讶，我当然该受惩罚。不过与这邮差同行的男孩是谁呢？送他来这里的是上帝还是邪魔呢？你真该听到他说的话：我觉得周围有这么多书的人不会不幸福。亲爱的吉斯利，我们是如何对待我们的生活、对待我们自身的？我害怕我的安娜，我拥有她已经太久了，有时我发觉她的身体丑陋不堪，她那奇怪的乐观主义让她非蠢即圣，两者我显然都无法忍受。啊，我见过比我更好、更美的仆人，我的老朋友！

　　他们又吃了些东西。虽已饱腹，但还是往下吞。现在，吃吧。安娜说，她那双阴云笼罩的眼睛在房间里漫游。我不明白你们为什么要离开。基亚尔坦说，人们做必须做的事；一直如此，尽管这样当然没什么意义。

安娜：是的，没错。多少世纪以来，男人都是冲出去，匆匆忙忙地死去，留下他们的女人和孩子在穷苦中生活。他们忘记了人生是美好的，是应该首先关注的，或者是唯一应该关注的。

基亚尔坦：生活，当然充满了变化。

安娜：另一方面，我认为男人是不负责任的，他们关心的是自己，承担后果的则是我们女人和孩子。不过现在再多吃点吧，主希望我们所有人都好。

詹斯清了清嗓子，几乎带着歉意说道：我们会小心的，但我们必须恪守行程安排去送邮件，这就是我的工作。

而后他们做好了准备。

无论言辞还是智慧都阻止不了他们。他们与这家人握手告别，戴上帽子前，安娜伸手抚过他们的头，她必须踮起脚尖才能够到詹斯的头。农场雇工要陪他们走，不过先把他们带到马舍，灰灰一看见詹斯和男孩就站了起来，好像完全准备好和这些人一起走了，风暴和考验已经把他们联结到了一起。可是，不幸的是，詹斯说：你必须留在这儿，但两天后我们就回来接你。相比人，詹斯通常更愿意对马说话。马当然一个字也听不懂，也就永远不会回答，但它们长着大眼睛，有时好像包含了世界的真相。男孩张开双臂抱住了母马的大脑袋，她眨了眨眼。

天气平静，只有一点小雪。雪花在他们身边飘舞，承受着他们之间的静默——说话真的没有用。雪下得不密，他们能看到海湾周围的山脉。左边的玛尔丘山，高度不超过四百米，但一些地方非常陡峭，越往顶部越收窄，看起来像把巨大的剑。右边矗立着四座相邻的山，外形相似，被黑色的沟壑分隔开来，山顶呈圆形，似乎充满愤怒，仿佛有四个巨人把头猛撞在地上，变成了石头。男孩听着雪花间的寂静，享受着它，但不幸的是时间不长。农场雇工想说点什么，他很健谈。这是像样的山，小伙子们。他说着向右边挥动手臂，然后讲了一个流传了四百多年的关于牧师的故事。

雇工说：这故事写在牧师记录中，基亚尔坦今年冬天给我们读过，被人遗忘已久的故事，是他从他那堆难理解的书中挖出来的。嗯，至少它有点意思。那个牧师因这四座山感到非常烦恼，我们有时称这些山为"头山"，在一个夏日的早晨，他和另外四个人一起早早离开农场，去为它们献祭。他爬上第一座山，身上拴了根绳子吊下去，带着圣水和主的话语，把水洒在悬崖上，向我们所称的"额头"祈福，回来时脸上却带着奇怪的表情。他直奔下个山头，速度之快，让他的同伴难以跟随。他下去了，而后很长一段时间，周遭一片寂静，阳光照耀，微风吹拂。小伙子们，给我放一把好刀下来。他们终于听到他非常平静的呼喊，于是，他们把刀绑在一根绳子上，放下去。没过多久，他拽了拽绳子，他们把刀子收上来，上面沾满鲜血。雇工停住了，在落雪从天堂带到大地的沉默中等待着，在天堂的沉默中等待着。沾满鲜血，怎么会？男孩终于不太情愿地问，却又知道这问题无法回避。是的，我的孩子，一把血淋淋的刀出现了。他们当然吓了一跳，于是向牧师大喊，却没回音。他们开始拽绳子，起初只是决定往上拽，接着疯狂地往上拽，而且必须非常用力，就好像牧师突然变成了一千吨重，或者说就好像有什么东西在往回拽，不过最后他被拉到了悬崖边，他们吓得太厉害了，结果一下松开了手，牧师摔了下去，落到下面数百米深的岩石上，粉身碎骨。詹斯和男孩没说什么，只是继续走在雪花之间，沉默着。农场雇工用更阴郁的声音补充道：牧师已经割断了自己的脖子，从一边耳朵到另一边，脖子张着大口子，就像来自地狱的痴笑。

雪越下越密，挡住了很多个世纪以前杀死牧师的高山。我想他们只是把那可怜的家伙扔下去了。詹斯唐突地说。可能是这样。农场雇工大笑着回答，上半身因大笑抽搐着，还像马一样嘶叫着，不过为了继续说话很快就止住了笑。是的，小伙子们。他说。他又嘶叫了两声，接着设法抑制住笑声，开始谈论基亚尔坦牧师大人和安娜。他们早就不在一起睡觉了，他把时间花在卧室外面的一个小房间里，我说的是他睡觉时，不过他很少睡觉，这可怜的人。她，亲爱的她，温柔又开朗，像美丽的夏日一样甜。我敢说，她对周围的一切都有很好的影响。因为她，用人喜欢为他们工作。但那个男人，一连几天都别想从他那里听到一个字。说实话，我相信他对那些该死的旧书比对生活本身更感兴趣。雇工说完吐了口痰。不碰安娜，对女佣们不感兴趣，甚至对雅各比娜也没兴趣，可是一个男人到死也不可能不时常看着她，你们知道的，小伙子们！他又嘶叫了几次，又说了些关于雅各比娜的话，但到那时几乎跟不上他们了。农场主开始谈论女佣时，詹斯加快了速度，男孩跟上了他的步伐，而那嘶叫的人不得不小跑着追上去。现在怎样现在怎样？他在男孩身边气喘吁吁地说。不过虽然我们有时迟钝，他喘匀了气后继续说，而且基亚尔坦就像只无能的老公羊一样脾气暴躁，但我们确实正好住在教堂墓地旁边，总是有些东西的。人们有时带来尸体。小伙子们，死亡不让任何事阻止它，死神开始行动时，任何祈祷都没用！那没错。今年冬天从北方海岸来过六个人，你知道，那是在北方的无福之地。他们六个人，已经不成人样，受了地狱之苦。有个男人死在了某个农舍，每个海湾或小峡湾里都有一两个这样的，在冬天，人们几乎不可能从一个农场前往另一个农场，夏天也几乎不可能，许多人蹲在他们的农场，哪里都去不了，什么都不知道，从来听不到任何消息，他们自己也几乎什么都不是，于是在冬天死去就成了一些人的惯例，这自然是该禁止的。因为活着的人必须把遗体送到教堂墓地，虽然有些人不喜欢被这样的麻烦搅得乱七八糟。只要天气够冷，就会把尸体一连存放几个月，我觉得这样做再明智不过了。死者躺在那里几乎不会带来什么麻烦。不过死去的那个人曾着重强调一定要被埋葬在神圣的地方，人们不敢不这样做，只能确保做到这点。所以男人被召集到一起，把他运到这里。我不知道你对这地方有多熟悉，但在那更北的地方，要找到五六个年龄合适的男人运尸体，可能需要一段时间，甚至需要一个星期。最后那几个人在农舍集合了，但当他们就要离开时，暴风雪来了，持续了三天。风雪完全平息前，他们就已经消耗掉了这家人的食物储备，然后上路了。冒着风险，走了越过冰川的近路。勇敢的人，或者是天真的人，我必须这么说，要知道，再没有什么比明朗天空下的冰川更美丽了，但也没有什么比黑暗风暴中的冰川更可怕了。在冰川上面，又一场风暴袭来，但他们已经爬到了太高的地方，没有回头的机会。几个小时里，他们抬着棺材挣扎着前进，顽强执拗，他们以前见识过这一切，可最后不得不放弃，再也无法往前走了。但他们绝对不能把尸体留在冰川上，于是砍下了头，带着它继续前进，而把身体留在后面，因为灵魂在头颅中，每个人自然都知道。两天后，他们到了维克，满脸风霜，疲惫不堪。这是老艾纳尔。他们说完，把头颅递给基亚尔坦。我告诉你们，这是要记住的事。这地方就是这样，现在该清楚会遭遇什么了吧，小伙子们，只要坚持这条路线就好，不要放弃。在好天气里，只需要两个小时就可以穿越荒野，径直走到定居点。在夏天，就算是三个小时吧，你要停下来吃浆果，听鸟叫，但美好的日子似乎正从这世上迅速消失，你明白我的意思。上帝与你同在，小伙子们！

　　前面的荒野很宽阔，但没有昨天他们逃离的荒野那么高。这片荒野远离天空之蓝，更接近大地，对人来说没那么危险，不会那么接近夜晚。在夏天是可爱的荒野，一些地方生长着厚厚的植被，葱茏的绿色在阴郁的山脉间蔓延。它也被称为绿色荒野。上次有人死在那里至少是五十年前，一个农场主和一个十几岁的男孩子。基亚尔坦曾在夜里给男孩讲过，那两个人在令人不安的天气里徒步走上荒野，几天后被人在雪堆里发现了，农场主的手臂环绕着那个少年，抱得紧紧的，无疑满怀内疚，因为尽管少年的母亲恳求丈夫不要在不确定的天气下带他出门，他却一意孤行。但詹斯和男孩应该没有真正的危险，或者说詹斯没有，他有过深切的体验，曾在更差的天气中，穿越过更凶猛的荒野，而且活着回来了，或许并不是因为他有方向感——只是一般，而是因为他的实力、耐力和执拗。

　　地面的高度略微抬升，雪更大了，他们偶尔看到山的轮廓，像暗黑的阴影。不过积雪层够结实，可以通过，他们很少深陷进去。男孩整理了邮件袋，里面几乎装满了信件和报纸，他们每迈出一步，那些新闻都变得更旧。男孩还没开始喘，还没觉得怎么样，只是因为睡眠不足而感到疲倦。雪在他们周围堆起来，从地面到天空连绵不绝，雪把天和地连到一起，它们之间不再有区别，一切都融合在一起，他们可以期待遇到在永恒中奔忙的天使。时间在他们周围流逝，几秒钟，几分钟，然后是几小时。他们的双腿本能地移动，不知道有什么不同，再没有什么涌入脑海，每走一步双腿都会短暂地相遇。哦，是你，左脚对右脚说，很高兴能有同伴。

詹斯走在前面。

这自然而然，更强壮的人打头阵，蹚出条路来，足迹迅速被雪覆盖，只需要几分钟，就好像它们从来不曾存在。詹斯背着更重的邮件袋，却感觉不到重量。他想把两个袋子都背着，但男孩不听。等你累了就我拿。詹斯直截了当而又平静地说，但是男孩轻声发誓，自言自语，留心不要转为反面。大话，说得太大了，超过了自身的限度，现在他们越走越高，状况越来越差，如果能摆脱掉袋子就相当不错了。男孩低下头，试图想到些不寻常的东西，意义宏大的东西，以此耗掉时间忘记疲劳，让思想控制身体，而非相反。你不一样。基亚尔坦曾说，他这么说是在表示称赞。这对吗？他不是应该能想出一些不寻常的、意义宏大的东西吗？而且他应该不停思考，不能让思想因为缺少焦点而时断时续。他开始想到诗歌，起初很顺利，可是接着他就想到了莱恩海泽，只想到莱恩海泽。想到她在旅店靠近他时他所感受到的热度，只有人身上才会有的温暖、紧实、柔软的组合，这世上最好、最危险的东西——

　　　　靠近我，我们不会再感到寒冷。

　　　　靠近我，我们的孤独将会消解。

　　　　靠近我，万物尽皆美丽。

　　　　靠近我，我将不再畏惧死亡。

　　　　靠近我，我会背叛一切。

　　地面不再抬高，他们已经到了荒野的最高处，高出低洼地区五千米左右。只要坚持走比较直的路线，尽管男孩不明白，詹斯在这影响视线的风暴中是怎么做到这点的，不过只要风不把雪卷起来就不太危险。这里没有鸟，没有狐狸，几乎连田鼠都没有，只有他们两个，还有雪，或许还有个死去的农场主，怀中抱着十几岁的少年。农场主用身体罩住少年，把那年轻而冰冷的身体贴到自己身上，喃喃低语：原谅我，你能原谅我吗？他想把那年轻的生命抓得足够紧，但他们都死了，远离亲人。死去是寒冷的。农场主突然走到男孩旁边说，那个少年沉默地依偎在农场主身旁，他们在雪地里轻快地走着，身后没留下一个脚印。是我的错。他们的身影消散时，农场主说。

接着风开始吹，这是当然的。

平静只是暂时的，只够引诱他们进一步深入荒野。最初是温柔的阵风，带着歉意低语着：不，不，我们不想带来任何伤害，就这样走下去吧，你绝对安全，不用在意我们。风卷起雪，仿佛柔软的舞蹈变得越来越僵硬，一点一点变得更快、更狂野，直到他们再也分辨不出风吹起的雪和天上飘落的雪。这情况已经太熟悉了。该死的。男孩暗自咒骂，但詹斯继续向前跋涉，从不回头。他们之间相距十到十五米，而这距离在渐渐增加。他不是多好的人。男孩嘟囔道，他感到害怕，同时却骄傲到了愚蠢的程度，不想开口叫喊，只是试图加快速度，结果却绊了一跤，就好像有人绊倒了他。他躺在雪地里，抬头看见詹斯消失在风暴中，或者消失在风暴背后。农场主和少年却回来了，就站在他身旁，覆盖着冰霜的眼睛向下看着他。三个比两个好多了。农场主说。我不会死在这里，该死的。雪地里的男孩带着愤愤的嘶嘶声嚷道。他试图挣扎着站起来，不想碰到那两个人，但这很困难。他们就站在他身旁，死者被生命的温暖所吸引。农场主已经近得不能再近了，右臂无力地垂在身侧，看上去前端好像少了点什么，但左臂伸到男孩体内，盲蛇一样一路摸索着寻找活的心脏。我们没那么糟，他边说边搜寻着，天气好的时候荒野是美好的。我应该活下去。男孩喘息着，拼命扭动着身体想挣脱那冰冷的死者的手。你想怎么样？詹斯咆哮着，一只手穿过农场主的胸膛伸了出来，是要抓住我的手还是要死在那雪地里？

　　事情就是这样。他们开始下坡。在平静的天气里，他们很快就会俯视着低地，八到十个农场沿着达姆斯岸边排列着，里面住着五六十个或六七十个来来去去的人，来来去去。他们会从另一侧看到峡湾切入陆地，那是深而古老的伤口。与他们相邻的是不长的山谷，然后是荒地，甚至还有更多的荒地，里面有白色的羊骨头、死者、梦幻般的湖泊和可爱的草丛。他们会瞥见坐落在那边草地上的独立农场，尽管位置都尽可能地靠近海岸线，但仍有一些背后是耸立的悬崖。农场之间的路很远，而且那些道路除了仲夏时节外很少能通行，人们通常忙于沉重的工作，哪里都去不了。他们拼命为牲畜收集干草，在条件允许时去钓鱼，如果有人割断绳索，他们就会被淹死。詹斯时不时地摇着右手，好像天渐渐变冷了一样。我们有摔下去的危险吗？男孩喊道。他觉得前方某个地方就是悬崖绝壁，而他的感觉也不无根据。等到摔下去我们就会知道了！詹斯喊了回去，这是他在很长时间里说的第一句话，或者说是他在穿越生死帮男孩站起来后两人的第一次交流，就是这样，令人担心的问题和逃避。冰岛人生活的缩影——我们完全没能力对他人表达我们的感受：不要靠近我的心。

两个人向前走，又向下走。

远离山中的危险，接近海上的死亡。

高度降低了，风力却基本没有减弱，不过雪变得更软，更难立足。詹斯似乎对走的路有信心，路线不太复杂，只要强风向身后斜着吹过去，他们就是在朝正确的方向前进。但那是什么该死的方向？男孩大喊，却没得到回答，他朝着或许已经失去了耳朵，已经又一次在前面走远的詹斯喊道。不管男孩怎么用力追赶，与詹斯之间的距离都至少有十五米、二十米，而且还在逐渐增加。他们难道不能在某个农场找到一艘船，让别人划船把他们送过达姆斯吗？当然，在这种天气里，这不是个值得推崇的想法。海洋带着恶意，彻底瞎了眼，但詹斯付的是现金，这里有些人活了很久却从未见过现金，更不用说拥有这样非凡的东西了。在最糟糕的情况下，他们可以住到某个人那里，等待最恶劣的风暴过去，然而现在他们实际上正在逐步远离朗吉峡湾，延长海上的航程。离开维克是个坏主意，继续在陆上这样走是愚蠢的，他们正在靠近的东西只是冰川，在这些地方主导一切的冰川。它在风暴背后等待着他们，高高耸起充斥半空的冰川，离它过近的人会失去上帝。或许詹斯试图做的就是这一点，失去上帝，否则为什么要这样跋涉？陷入空的雪洞，开辟走出去的道路，失去男孩，失而复得。男孩累得满身是汗，跌进了一处雪洞。等他设法把自己从雪中挖出来时，詹斯已经走了。

是的，很好。

这一定会发生。

刚好完美。

但愿他会被雪埋葬，魔鬼会在第一时间得到他的尸体。男孩环顾四周，但是在风吹起的雪中，在飘落的雪中什么都看不到，除了疲倦什么都不知道，正因如此，就算他站在一栋房子旁边，他也会全然不知。我只是要继续前进，试着在黄昏前找到一个农场。男孩心想，同时饿得发慌。现在如果能进海尔加的厨房该多好啊！然后，十分出乎意料的是，他感到了遗憾，甚至是相当遗憾，这感觉如此出乎意料，几乎令他震惊。他不得不停下来，站着不动，直面袭来的风。他一路走到这里，与一个可怕的同伴划着小艇穿过阴郁的峡湾，越过两片荒野，接着在令人看不见道路的漫天风雪中迷失方向，而在风雪后面是不信神灵的冰川，难道他必须经历了这一切才会发现：他在盖尔普特的房子里几乎感觉很好，至少好得能让他感受到遗憾？为失去那尚未在永恒中消失的东西而遗憾，这对他来说是全新的体验。这新涌起的遗憾更易承受，其中有光明。但是遗憾什么呢？那些人，完全相容的三人组，安全，住在那栋房子里会带来的可能性？自从父亲去世后，他就失去了全部生活，从不知道自己要去哪里，但他的梦想就是这样：离开。其中蕴含着希望，以及让自己直立不倒的理由。离开鱼、艰苦、储备干草，不间断、无益的日常劳作，在人们倒下之前就让人崩溃的不断折磨，那折磨从他们的眼睛中夺走光芒，从他们的触摸中夺走热量。在一切太晚之前离开。他现在已经在一栋房子里生活了三个星期，那里所有的规则都或多或少地颠倒过来了，到他返回时他应该开始接受教育了，如果他能返回的话。男孩迎风搏斗，让自己稳稳站住，他试图抓住这一切，回顾过去的几个星期，他读到的书，有过的对话，他们态度中独特、近乎危险的漫不经心。他住进那房子的第一天早上看到的外国船长，盖尔普特的情人；浴缸里的盖尔普特——上了点年纪，却又完全不同；与海尔加和科尔本一起度过的早晨，三个多星期的新生活。现在他们之间隔了无数座山峰，他在该死的暴风雪中迷了路，可能更接近死亡而不是生命，直到现在，他才意识到那时自己感觉很好……或者是几乎很好。现在意识到这一点，可能太晚了，因为他突然从眼角瞥见一个巨大的白色生物飞速接近他，朝他伸出爪子，紧紧钳在他的一侧肩膀上。你在这里瞎晃悠什么啊？詹斯粗暴地说。试图处理这该死的生活！男孩喊。你得死了才能处理它。詹斯嚷道，猛拉着男孩，命令他跟着，然后他们到了避难所。

VII

詹斯找到了一处建筑物，门仍然在，四壁和屋顶完好。这是无法形容的奢侈。只需打开门，走进去或跌进去，关上门，就能彻底得到庇护。要为在这里盖了这栋建筑的人颁发一枚奖章，如果再加上一扇门屏蔽这恶劣的天气就更好了。能正常呼吸，不需要小心地吞下空气以免雪落到口中，感觉真是美好得无法形容。再次听到人的呼吸声，实在令人惊喜。詹斯直直站着，但男孩跪在地上，跌跌撞撞摔进来的人当然是他。这栋建筑不大，只容得下二十只惊恐地瞪大眼睛看着两人的绵羊。他们已经刮掉身上的雪和冰，对那些羊连看都没看一眼，就好像不知道四十只眼睛正盯着他们。羊吓坏了，甚至不敢咩咩叫。没有人来过这里，当然农场里的人除外，对屈指可数的那几个人，这些动物就像了解自己的鼻子一样了解他们，因此来了两个新人是天大的消息。恐惧和好奇在四十只紧盯的眼睛中闪耀，最后一只羊再也忍不住了，纯粹是无法控制自己，开口咩了一声。咩的一声，一声惊叹，而后其他同伴自然不得不同样跟着叫起来。几秒钟后，噪声震耳欲聋。二十只咩咩叫的羊，就像是一场可怕的灾难。它们伸着脖子，激烈地咩咩大叫，叫声压过了风声。它们尽可能挤到了羊圈最远的地方，而在它们身后，孤独地立于群羊之外、永远脾气暴躁的，是只体形壮实、沉默如石的公羊。它最初表现出来的样子，就好像对母羊与风暴带来的访客都没兴趣，可是它最终被群羊的歇斯底里打动，张开大嘴叫了起来。起初它是轻轻地自己叫，但是很快就完全失控了，以其深沉、单调、乖戾的咩咩声加入了充满恐慌、大声哀叫的合唱团。詹斯朝它们的方向迈了一步，简短粗暴地说：闭上你们的嘴！无须更多。它们全都闭嘴了，包括那只公羊，它的下颌沉下去，嘴巴在恐惧中半张着，头上的大角可悲地变得异常沉重。即使你有角，独自一个也从来不好。羊圈里一片死寂，只有一只羊传出了一声充满恐惧的叫声，这纯属意外，之后便陷入全然静默。如果用正确的方式说出来，那么有影响力的话语就会是这个样子。但是，风当然不会考虑这建筑物中说了什么话，只是继续发着怒。二十只绵羊和一只公羊盯着詹斯。男孩看着这个群体，说了声该死的，然后就让自己跌进了角落的一堆干草，打算在那里待上十年。

若不是詹斯开始走过这狭小空间所能允许的最后几步，怒气冲冲而吓人地摘下帽子和手套，把它们放在一块岩石上，男孩可能很快就睡着了。他在基亚尔坦那里熬夜熬到那么晚，实在太疲惫了，过去两天里的远足和辛劳让他筋疲力尽。男孩对这个詹斯有什么了解？他假装打瞌睡，但是眼睛微微睁开，看着大个子邮差冲来冲去。看到他握紧拳头，婴儿脑袋一样大的拳头，男孩感到一丝恐惧。绵羊一直盯着邮差，但是公羊低下头，思考着现在用角顶顶人会很有趣。接着，绵羊开始反刍。在这个世界上，没有多少事情会比看羊嚼食更让人放松了。男孩看着，然后闭上眼睛，开始哼哼，声音温柔至极，几乎无声无息，起初是几个音符，很快变成迷人而又略带悲伤的旋律，是他们在这个世界的最后一夜里贝内迪特吹响的号声，之后他们把船划出海滩，划向巴尔特的死亡。安德雷娅站在岸边，看着他们远去。此时她在做什么？巴尔特在哪里？那些死去的人去了哪里？他们是否有可能来到那个地方？是否有一个新的黎明在那里等待我们？在所有风暴、生命、死亡背后，是否有一个新的黎明、一条闪光的地平线、一段脆弱的旋律，可以减轻过世后的痛苦？男孩处于沉睡之中，就像沉入温暖又宁静的深深湖泊，接着他的右腿被人踢打，笼罩着他的睡眠被打破了，他又回到了昏暗的羊棚里，外面风在悲鸣。詹斯握紧拳头俯视着他。怎么了？男孩嘟囔着。詹斯弯下腰，像拉起谷壳一样把他拉到身边。男孩感受到了詹斯结着冰的胡须的寒冷，看到大鼻子上的小小静脉，直视着那双生气的灰色眼睛。他让自己的手臂松松地垂在身体两侧，他不敢不这样做，这个邮差可能疯了。羊在观看，它们已经停止了咀嚼。你在做什么？詹斯用低沉但充满威胁的声音问。

男孩：我刚刚睡着了，实际上只是打了个盹儿。

詹斯的手握得更紧了：我不是那个意思，你怎么这么蠢？也许你觉得我蠢？

男孩：我不知道……我的意思是，不是你，不，根本不是，但有时就好像我很蠢，我的意思是，有时候……

詹斯：你想让我打你吗？

男孩：最好不要。

詹斯：那么回答我！

男孩：回答什么，我的意思是，我不知道该怎么回答。还有，你为什么这么生气？

詹斯把男孩拎得高高的，脚都在微薄的空气中悬了起来，但是一只绵羊轻轻叫了两声——短促的羊叫声，或许是说"看看啊"。然后詹斯放下了男孩，很突然，男孩跌倒在干草堆上，滚到了一边。他抬头看时，詹斯已经往后退了几步，低着头站在那里，深吸了一口气，说：我的表现怎么样？

男孩坐起来，不解地重复道：你的表现怎么样？

詹斯：在船上。

男孩很惊讶：你是什么意思？

詹斯：我的懦弱、无力，你为什么没和任何人提过？

我到底为什么要那样做呢？男孩惊讶地问，不过也松了口气，我该提什么？事情就那样发生了，人是不一样的，为什么要提呢？他们看着对方，中间隔了两三米的距离，还有四十二只眼睛在看着他们。我没有恰如其分地感谢你所做的。詹斯直接而冷静地说。这没必要。男孩说，他觉得现在站起来安全了。

男孩：而且你也救了我的性命。实际上救了我三次。

性命？詹斯说，就好像他以前从来没有听过这个神秘的词。是的，这不可避免，你躺在雪地上，这不是救不救的问题，只是让你站起来。而且，你躺在那里，是因为我没注意到你。不过我想说的是，为了我刚才提到的事感谢你，我为自己的行为道歉，我两次让你落在后面，这是可耻的，但现在我们必须分开。什么？男孩惊呼道。他想，或许是风的号叫扭曲了詹斯所说的话。分开？是的，因为就应该这样：詹斯朝一个方向走，男孩朝另一个方向，这就是所谓的离别，在此之前，他们应该互相告别。

詹斯：当然，我会拿走你那个袋子。

男孩：我不明白。

詹斯：我会帮你找到这个建筑所属的农场，等风暴消退时你回去把灰灰还给乔纳斯，把船还给奥古斯特和玛尔塔，找个人跟着你，至少跟你穿过荒野。你可以自己划船，是不是？

是的。男孩只说了这些。这真是种解脱，不用在这荒谬的天气里继续前进，不用再陪同邮差一起，虽然"陪同"这个词根本不适合詹斯。就算他不得不在这个农场停留一两天，不管这是个什么农场，或许他会无聊得难以忍受，不过或许不会，人永远都不会知道陌生的房子里会有什么在等待他，平庸或冒险，或许是明亮的眼睛和诗歌，即使是单调乏味和庸常，又有谁在乎呢，两天的单调乏味不足以杀掉一个人。詹斯把两个袋子都放在肩上，这个大个子有些平静，他看着那些绵羊和那只公羊，它们全都盯着两个人，仿佛等待着一些迫在眉睫的事情、一些不言而喻的东西。为什么？男孩问。邮差的冷静消失了。我要走路。他唐突地回答，同时严肃地看着男孩，好像在提出挑战：要么什么都别说，要么提出抗议。

男孩：走路。你的意思是一直走到朗吉峡湾吗？

詹斯：是的。

男孩：那是很长的路。

詹斯：三天，长吗？

男孩：一条船可以缩短两天。

詹斯：两天，那算什么？

男孩：你不需要坚持你的送信计划吗？

詹斯：我需要活下去。

男孩犹豫了：一次乘船旅行应该不会那么糟，我们可以找条更大的船，等到风暴平息。这里的每个农场都有船。

詹斯：海是不必要的。我们是陆地动物。

男孩：那我们就忘掉大海吧。

詹斯：什么"我们"？

男孩：哦，我们两个。

詹斯：你一个人，我一个人，所以这里没有"我们"。现在，走吧。你能自己找到农场，我不可能跟一个讲这么多话的人在一起。

绵羊和公羊看着他们，急促地呼吸，呼出白气。我会跟着你。男孩说。这么说完全出乎意料，非常荒谬，为什么要跟随一个惧怕大海、或许疯狂的邮差，走进这场风暴，绕过峡湾，穿越荒地和峡谷呢？各个农场之间相距几十千米，这样走不仅毫无好处，还有诸多弊端。然而，对于有些人来说，不假思索地做出事关生死的决定也是自然的。虽然这不理智，但他们或许不容易腐朽。情感对生命是有害的，可以轻易让生命窒息。詹斯什么都没说，所以男孩加了一句：我不会成为负担，但我不能保证一直沉默，而且，跟你说话是这么有趣。

就这样了。

詹斯笑了起来。

当然，不算大笑，声音不大，时间也不长，但他笑了。笑得自然而然，只是由于太久不笑而略显生硬。羊立即停止了咀嚼，不久之后，其中五只羊分开后腿开始小便。两个人看着这些羊，然后就轮到他们小便。在一间房子里做这件事真的不一样，弯下腰站在糟糕的天气里就是另一回事了，人会冻得打哆嗦，或许尿液溅到身上会湿漉漉的，寒意很快就会从意想不到的空隙渗进去。两个男人并肩站着小便，有时会感到团结。有那么一两个片刻，他们身上有种共性，从而让他们说出一些在其他情况下或许永远不会说的话。

詹斯：我需要思考。

男孩：你需要思考？

詹斯：这方面，最好是旅行、走路。

男孩：有些人觉得思考时坐下来更好。

詹斯：我对这样的事不太有信心，其中有些不自然的东西。唯一理智的事是走路，最好走很多天。

男孩：那你为什么需要思考？

但是，他们已经结束了小便，尿液的气味几乎立刻就消散了，带走了他们片刻的意气相投。这是我的事。詹斯说着摇落最后一滴尿。当然。男孩承认，又补充说他也需要思考。我不知道我为什么活着，真的。詹斯瞥了男孩一眼，微微摇了摇头，拿出些食物，递给男孩一部分，然后把袋子扛到肩上，朝门口走去。等一下。男孩说着爬进了羊圈，羊群蜷缩在一个角落，吓坏了。你在那里干什么呢？詹斯不耐烦地问。男孩什么都没说，只是打开圈着公羊的栅栏，抓住它的角把它拖到绵羊中间，又把其中一只绵羊推过去，把栅栏关上，带着喜悦的表情走回到詹斯身边。看到那只公羊站在羊群中，显得受了极大侮辱时，男孩轻轻笑出了声。你为什么这么做？詹斯说着手指搭在了门闩上。惊喜是健康的。男孩说。他们走出屋子，暴风雪扑面而来。

　　两个思考者在这样的天气里旅行。一个人必须用尽全力才能继续前进，才能从一个地方走到另一个地方，不死在半路，这可不是件小事，这意味着关于一切的思考、应对生活的尝试，肯定都是史诗的素材。两个寻找自我的人，在雪和风中跋涉。他们找到的会是黄金，还是沉闷的石头？起初，他们走在海岸上方，后来不得不往下走，更加靠近大海，在有的地方一路下到海边。这可能是危险的，不是因为冲上陆地的冰冷的蓝色波浪，而是因为海边高堤上的积雪。潮水冲进雪堆，留下了一些空洞，在一定程度上形成了洞穴，这意味着很多吨雪几乎能在稀薄的空气中悬挂几个星期，并在最轻微的干扰下坍塌，当地人称这些积雪为"陷阱"。在白天，有羊群走在前面，人们可以轻易避开"陷阱"，但是詹斯和男孩现在当然看不到任何东西，也没有意识到这种危险。不过，在风暴的声音消退，只留下独特的静默时，詹斯意识到了危险。他停下来，环顾四周，聆听着，然后抓住男孩的肩膀，悄悄向他解释了危险：他们头上挂着几吨雪，一个字都不要说，一个字就能葬送我们。

　　两人离开海滩时备感轻松。他们停下来站了一会儿，似乎是在思索他们还活着这一怪异事实，而后继续前进，没有注意到他们已经走过了一些农场。埋在雪中的草地农场，光线好时都难看到，何况是在阴暗的风暴中。人和动物在雪下呼吸，就像等待鸟鸣和阳光的草。两人边走边思考。但是一个普通人控制自己的想法并不容易，它们可以比任何绵羊都不守规矩，只要抓得不那么紧就会跑开，并消失在远处，或者消散如烟。事实上，男孩头脑里几乎全是纯粹的荒唐想法。他记忆中的一两个形象，捕鱼站里发生的事，站在他和巴尔特中间欢笑着的安德雷娅，沉默的培图尔，他们守着钓线时为了对抗寒冷而背诵下流诗句的培图尔，雅尼友好的脸，古特伦为男孩和巴尔特送上的舞步（或许只是特别献给巴尔特的），那些夜晚——男孩觉得他将永远无法入睡，因为他当时所想的是爱情。他也想到了巴尔特，这太好了，让他很长一段时间忘却了自我，走路也变得更加容易，就好像巴尔特走在他身边。在他身边，不冷，没死，没有严厉的责备，只有生命的温热，从他身上涌出了能量，这能量似乎可以让生活变得更加轻松，可以排除一切困难。男孩想念着巴尔特，想念着他。死去的人永远不会回来，我们已经失去了他，宇宙中没有任何力量能带给我们逝去生命的温暖、嗓音、手的动作、幽默的感觉。构成生命使之确凿存在的所有细节，全部消失在永恒之中，只在心中留下一个深深的伤口，时间逐渐将那伤口变成肿胀的疤痕。然而，死去的人永远不会完全离开我们，这是让人既安慰又痛苦的悖论，死去的人既近且远。你死了，但你仍在这里。男孩嘟囔道。巴尔特微笑着，走路更容易了。寒风吹向他的身体，导致他差点跌倒，但这没关系。我要传递他们的信息，巴尔特说，他们正在看着你，他们希望，他们相信，所以你知道你该做什么。不，男孩真诚地说，那恰恰是我不知道的，这真痛苦，告诉我，我该做什么？然而巴尔特并不在那里，男孩只是在对落下的雪说话，冰川就在风暴背后，如同一切的尽头一样庞大。雪从地面盘旋而起，鞭打他们的脸。如果他们打算活得比这个夜晚更长，就必须找到躲避之处，但是它在哪里呢？詹斯不喜欢挖雪洞，不喜欢在敌人内部打造的栖身之所。如此危险的躲避场所，只不过是个死亡陷阱而已。他们一起艰难地往前走，两个男人，两个活着的生灵，过于恶劣的天气中的两条生命。男孩真想把身体的重量压到詹斯的手臂上。你照顾他。海尔加说。而詹斯回答：好的。如果一个人不忠于词语，那么词语有多少价值呢？而人自己有多少价值呢？谁决定我们是生还是死，是死在无遮无碍的暴风雪中，还是冻死在海上，消失在寂寞中？出于某些原因，詹斯迎着风暴坚持前进。脸上冻结的冰让他看不清多少东西，可他们却找到了一个农场。它几乎完全埋在雪中，早已荒废了。但它是庇护所，甚至是不错的庇护所。他们找到了休息的地方，吃了点东西，男孩喃喃自语，背诵了一首诗，想象着曾经住在这里的人，然后他们哆嗦着睡着了。在破败的农场睡着了，或者说是打着盹。那曾在这里燃烧的生命发生了什么？为什么人们的时间全都蒸发掉，彻底消失了？有没有人把那一切记下来，所有的事情——孩子们的欢笑、亲吻？夜晚过去了。接着早上到了，他们还活着。然而，只是如此，男孩嘟囔着在詹斯身后爬出避难所，寒冷让他的身体如此僵硬，好像他已经五十岁了。

VIII

两人眨了眨眼睛，环顾四周。这是一个春日的清晨，春天的光线有时刺眼，有时柔和，然而现在几乎隐匿了踪影。它在天空泼洒下的雪花间碎片般飘飘落落。他们又一次出发了。他们看不到冰川，却能感觉到它的存在。它就在右边，在落雪后面向外延伸。冰川当然只是一大堆古老的雪，成百上千年前的雪，但它改变了整个环境。当夏日阳光照耀到冰川上时，一切都迅速生长，乡野很像是受到了保佑，于是人们宁可死也不愿离开。

你确定是这条路吗？男孩在第一个避风处问，他们已经出发很长时间了，身体已经从僵硬中恢复过来，有时甚至不那么冷了。还是一样的汗水、一样的风、一样的飞雪。你确定吗？

男孩问。但实际上，他这样问也只是为了说点什么。相互交谈的人不会那么听任世界摆布。詹斯直视前方，沉默着，把冰块从胡须上敲打下来。是的是的。他终于说。

男孩：知道路就好。

詹斯：我们向东北走，然后向西北走。

男孩：我们什么时候转弯？

詹斯：在该转弯的时候。

知道路就好。男孩又说了一遍，因为能用少数直接的词语表达自己的想法也很好。没有废话，没有轻率的空话，只有事实。男孩坐在詹斯旁边，从此成长。成为一个男人，就是知道自己的前进方向，无须费太多话语。女人会被这样的男人吸引。事情就是这样而已。接着男孩当然想起了莱恩海泽，他对此无能为力，然而她是福里特里克的女儿，这不可能是好事，完全不是。好吧，很好，她要坐船去哥本哈根了，要在高楼和人群中迷失自己，还有她那冷冷的眼睛。还有她的身体，那紧绷的弦，还有她挺实的双乳。但他以前还从来没被亲吻过，然后她吻了他，用湿润、柔软的双唇。

他怎么可能忘记呢？

哪怕只是能摸摸她的乳房，一个男人触摸到从不能给人看的东西时，必然要发生些事情。

男孩默默地凝视着半空。在黑暗的风暴中，在苦寒中，感到下面硬挺起来。这是好事，让人暖和了一些。他忘却了自己。然后事情就不再那么美好了。实际上，它是可耻的。什么都不说也不好，世界就不那么有趣了。在沉默中有一种风险就是，人们会开始想起最好不要去想的东西。你知道什么诗吗？他问。不知道。詹斯说时并没有抬头。那我们该唱歌吗？男孩问。不。詹斯说。但你一定知道一些诗，也许知道比亚尔尼的诗，一个像你这样的人……不知道。詹斯说。乔纳斯呢？[①]不知道。那我们不该说说话吗？不。詹斯说。为什么不呢？那为什么要说话呢？詹斯反问。好吧，我们两个在远离人类居住区的暴风雪中，在艰难的条件下徒步走了二十六个或二十八个小时，而且还有很长的路要走。詹斯什么都没说。说话会让人感觉不那么孤独。男孩说。詹斯什么都没说。你在想什么？男孩问。我正在休息。你思考过很多吗？男孩问。思考，为什么？你说过你需要思考，记得吧，而我……思考，对，不要说话。思考和说话有时会同行。男孩说。几乎不会。詹斯说。互相增进。男孩说。不。詹斯说。她叫什么名字？男孩问。谁？女人。什么女人？你在想的那个。谁说是个女人？那就是男人？你让人觉得累。我是说，你想要连日在暴风和雪中行走以

---

① 比亚尔尼指诗人托拉伦森（Bjarni Thorarensen，1786—1841），乔纳斯指诗人哈德格里姆松（Jónas Hallgrímsson，1807—1845），两人都是冰岛浪漫主义的主要倡导者。

便思考，那你想的一定是某个女人！詹斯沉默着。那好吧，男孩说，我要自己背几首诗，如果声音很大，你就原谅我吧。我只是发现这样更好，这样我对词语的感觉更好。这有什么意思？詹斯暴躁地问。但男孩什么都没说就开始背诵，在雪和暴风中，在一个不喜欢词语的人身旁。两首乔纳斯的诗，两首斯坦格里姆·索尔施泰因松的诗，两首克里斯蒂安的诗。[①]男孩背得很动听，詹斯也没反对，他只是退后一步，往旁边看去，仿佛要逃走。在关于花朵、爱情、遗憾、清晰和黑暗的无数言语之后，男孩开始背诵来自赫拉蒂尔的欧拉夫的一首诗。古书说，在风暴中背女人的诗是不好的预兆。《爱的回报我永不要求》。男孩说着，把他冰冷的手套放到饱经风霜的胸口，背了下去：

> 爱的回报我永不要求，
>
> ——疑问和希望充满年轻的思绪。
>
> 日常的挣扎，艰辛的任务，
>
> 让我成了小丑，榨干我的生命而去。

---

① 斯坦格里姆·索尔施泰因松（Steingrímur Thorsteinsson，1831—1913），翻译了《一千零一夜》和安徒生童话。克里斯蒂安（Kristján Jónsson Fjallaskáld，1842—1869），被誉为"山中的诗人"，冰岛浪漫主义后期诗人的典型代表。

在沉默和喧嚣中你被告知，

欲望的确隐于无底的深渊。

枯萎的花，我从不曾摊开手展示，

苍白冰冷的唇，从未向你呈现。

我对你的爱，永无休止，

没有爱，生无异于死。

失去爱的源泉，爱的气息，

受伤的心谁都无法救治。[1]

IX

　　容忍诗歌并不总是那么容易，诗能把一个人带往意想不到的方向。我被赋予了翅膀，但何处是我能飞翔的天空？玛利亚家里没有欧拉夫的诗集，男孩背到第二节时心想，维特拉斯特伦的那位玛利亚，不过要在斯雷图埃利找到这本诗集，基本上是不可能的。男孩早已忘记了詹斯。现在他背的是乔纳斯的一首诗，他沉浸在诗里，几乎再也注意不到风暴。他自顾自大声

---

[1] 原诗出自欧拉夫（Ólöf）的诗集第二卷，也题为《几曲小调》（*Nokkur Smákvæði*; Bókaverzlun Odds Björnssonar，Akureyri 1913）。

背着这首诗，就像诵读魔法咒语，看到了另一个世界。没有你，什么都不甜蜜。诗歌杀死人，它给你翅膀，你扑扇着翅膀，感受到羁绊。诗引导你进入另一个世界，然后把你推回到风暴中，回到死气沉沉的平淡世界。没有爱，生无异于死。出于某种原因，男孩重复了最后的诗句，然后詹斯站了起来。没有爱，生无异于死。詹斯站起身，冲出去，走进风暴，或者说冲进了风暴之中，离开了。接着男孩脱离了诗歌的力量，赶紧跟在詹斯后面，以免迷路。

詹斯向前冲，迎击雪和风，正面迎击。他改变了方向，走向西北。没有爱，生无异于死。迎击暴风雪，就好像那是他与死亡交战时必须征服的对手。詹斯向暴风雪进击，而暴风雪在他周围咆哮，嘲讽地狂笑。它讥笑他，詹斯·古特扬松，这个男人，他的人生，他的软弱和背叛。失去爱的源泉、爱的气息，受伤的心谁都无法救治。回来的路上在这里停一下。他在一星期前准备朝荒野出发时，塞尔瓦对他说，他们站在农场外面，两人都没怎么睡觉。她眼前的邮件袋在强烈的光线下十分清晰，那是强烈的光，时光之刃，生命之刀。好的。詹斯当然这样回答。你会想我吗？会。什么时候想我？永远都想。永远，这是个美丽的词，那你回来时会做什么？我会吻你。詹斯说。他出发走向荒野。爱的回报我永不要求。我爱过我丈夫，那个野兽。他们躺在一起时，她说。你那时年轻。詹斯说。是的，但我会爱上那样一个人，这不奇怪吗？他打我，但我仍然爱他，直到我开始恨他。我记得他曾经英俊善良，他只是面对生活时不够坚强，这让他变成了野兽和可怜虫。我以为我不会再爱了。塞尔瓦在黑暗的起居室中说。或许他们都要对黑暗感恩，在黑暗中，人们更容易说出这样的话，听到这样的话，接受这样的话。当然，詹斯什么都没说，只是用双臂环抱着她，让双臂去表达。你知道我爱你。她说，接着用吻封住了他的嘴，让他来不及开口。不过我要让所有人知道，我仍爱你，没有你的爱，生同于死。你回来时会做什么？我会吻你。但她是否希望听到不同的答复呢？要知道，一个吻又是什么呢？难道她不是想要一个人的一生吗？难道她不是想要他能给出的全部吗？他所有的日子，所有的力量，所有的软弱——而他却想要一个吻！詹斯奋力向前，风暴在咆哮，嘲讽地大笑，因为尽管他一心希望只想着塞尔瓦，只想着她，她的声音、亲吻、她锁骨上的小窝、她长长的腿、她的温暖，但他还想到了身在维克的女仆雅各比娜。他无法控制自己。她揉着他冰冷的双腿时，他并没有睡着，他很清醒，却没有阻止她，尽管她的手悄悄向上挪，摸到了她绝对不该碰的东西。他无法阻止她，不想阻止她。

在战争中背叛国家和国王的人会被射杀，但我们该怎么对待那些背叛自己、背叛生命本身的人呢？

为什么他从不曾建议塞尔瓦和他一起走，认真、坚定地提出建议呢？相反，他只是在夏天的日光下，几乎若无其事地轻描淡写，接受只说了一半的答案。他害怕什么呢？怕自己的软弱？怕自己一点都不比她丈夫——那个野兽更好？她是否也同样害怕，怕他软弱，怕他最终会跟以前的丈夫一样，打她、羞辱她？或许我和那浑蛋一样坏透了。詹斯跺着脚疯狂地走过积雪，心想。他张开嘴，尖叫起来。

大声尖叫，毫无疑问。它在他心中回响，他在尖叫声中颤抖，但男孩并没有听到，他只听到了风声。詹斯的身影早就消失了，那浑蛋消失在风暴中，又一次只留下他一个人。该死的疯狂的畜生，混账邮差，我的脑袋肯定出了毛病，才会想继续追在他后面，而不是像他建议的那样往回走。男孩拼命往前赶，摔倒了两次，每次都放任自己高声呼唤着那疯子邮差，然而回应他的只有风。男孩陷到雪里，有一次滑下了斜坡，滚了很长一段距离，终于停下来时已经不知道自己在什么位置，也根本不知道朝哪个方向走最明智，因此他其实等于哪里都没去，只是随意往前走。他侧着头，试图在四下张望时保护眼睛，他往雪花中看去，不过当然除了雪以外什么都看不到。该死的浑蛋，他心想。他咒骂詹斯，但很快就放弃了，他没力气再骂，只是继续往前走。其实根本不算往前走，情况没那么好。他只是在这个世界上独自游荡，风摇晃着他，推搡着他。他最初与詹斯失散时，两人正在上坡，已经走了很长一段时间，所以继续这样走可能是最安全的。但是男孩爬得越高，走得就越困难。有时他被困在雪中，手臂以下的身体甚至全陷到了雪里，要用很长时间才能挣脱出来，他失去了越来越少的宝贵体力。然后他滚下坡，滚了很长一段距离，又不敢往回走，实际上现在是继续下坡了，但他试图一直朝西北方向走——他所认为的西北方向。然后他连这想法也放弃了，只想着活下去，而这也是个极好的目标。他被风吹得偏离了路线，只寻找最容易走的路，避开雪堆，开始往雪里陷时就往后退，试着往别处走，可是他很快就再也做不到这点了。他磕磕绊绊，雪没过了膝盖，他无法再站起来。但他往前爬了爬，试图找到可以躲避风雪的地方。他找到了，或许不算避风的地方，不完全是，不过并没有完全暴露在风雪中。他在那里躺了下来。太棒了。

风在他上方肆虐，但男孩不再在意。

然而这里无比寂寞，就好像他孤独地生活在这个世界上，每个人都又一次死去了，一切美好的东西都死去了，一切希望都枯萎了。他也感到有什么东西从心中涌出来，涌到了他的脖颈，那是一行眼泪，它现在到了那么高的地方，而且还想继续向上涌，找个出口。眼泪从心脏涌出，充斥他的胸腔、咽喉。为了安慰自己，他开始轻哼童年记忆深处的一首摇篮曲，一首古老的民歌，非常简单而柔弱的曲调，四节歌中包含着千年的慰藉和梦想。他父母经常压低声音哼唱这几句歌，那忧伤的旋律伴随他入眠，深入他的梦境。男孩低声哼唱着，把柔弱的旋律送到风暴中。他低声哼唱，直到歌声传到他母亲那里，她伸手接住这段旋律，一路跟着它来到男孩身边。所以这就是你所在的地方，我亲爱的。说着，她轻轻托起他，把他带走。要去哪里，他并不知道，他只希望能走出这场风暴，远离这被称为生活的寂寞。

X

别人可能会认为有人在照料你。詹斯说。他从暴风雪中突然冒出来，把男孩拽了起来，叫醒他，摇晃他。不要睡觉。詹斯说。嗯，睡觉真好。男孩说。没错，但你就再也不会醒了。为什么我要醒来？男孩问，詹斯什么都没说，也不需要说。男孩醒了，又一次感受到了风暴、寒冷，他的母亲离开了。

詹斯俯身站在男孩身旁，脸色如此冰冷，看上去更像是来自地狱的使者，而不是个活着的人。我认为地狱那里很热。詹斯说。不，地狱是寒冷的，是冰的迷宫。男孩说。你这种想法是从哪里来的？我不知道你怎么会有地狱很热的想法，这不是《圣经》中说的吗？詹斯问。即使如此，《圣经》也不是在冰岛这里写的。男孩说。对的，不是。詹斯回答，接着又补充说：有人在照料你。你是什么意思？男孩问。对于不得不重新回到寒冷和生活中，他感到有点恼火，之前的宁静是如此甜蜜，而且妈妈还和他在一起。

是的，詹斯把男孩留在了身后，不管不顾地向前跋涉，却在高高的山腰处恢复了理智，在那里他发现自己孤身一人。你走得太快了，我试过喊你。男孩说。我失败了。詹斯直截了当地说。你怎么了？男孩问。我应该照顾你，我答应过，即使我什么都没答应，也没有人会在这样的天气里把别人留在后面。你只是走得对我来说太快了，这不是失败。男孩说。我又一次把你甩在后面，就是这样。那么，为什么呢？男孩问。詹斯没回答，他在山腰时，愤怒就已经离他而去，但是男孩已经消失了。这个发现并不美好，它让人轻视自己。在这样的天气里找到一个人几乎不可能，甚至毫无希望。然而在这个国家生活也一样没有希望，可我们已经在这里徘徊了上千年。詹斯拿出号角吹起来，返身往回走，路上又吹了几次。估计男孩很快就向风和陡峭的山坡屈服了，詹斯在搜寻时这样想着。他马上就要放弃了，这样做毫无意义。詹斯开始感到疲倦，失去了方向感，精力迅速减弱，但是接着他发现前方有个身影。他觉得那是男孩，于是大声喊着朝他走去，却看到那身影往后退去，而且退得很快。他咒骂起来。他几乎跟不上那个身影，然后脚下一绊，差点摔到正在雪地里睡觉的男孩身上。

我睡觉了吗？

像个婴儿。

该死。

没错。

一个身影？看起来是什么样子？男孩拿着詹斯递给他的冻猪血布丁，问道。

詹斯：没看见。

男孩：它在做什么？

詹斯：是个幻影，只是天气造成的。

男孩：你觉得，那是不是一个人？

詹斯：幻影，我说了。

男孩：是那东西把你引到我这里的？

詹斯：我不该提到它。

男孩：那肯定是个人。你知道，我怀疑它是不是活的。

詹斯：你不吃完猪血布丁吗？

男孩：詹斯，它难道就没有一点点可能是活的吗？

詹斯：死人不会四处徘徊。根本没这种可能。

男孩：我不知道我们在哪里，只知道我们远离一切活着的东西，在山上某个很遥远的地方，在这无比可怕的天气里，天色阴沉，暴风雪持续好多天了，这意味着没有人在外面四处走动，可是有个人出现在你面前，给你领路，把你带到我这里，然后消失了。不论那是个活人还是死人，都够奇怪的。死去的人很少想拯救生命，而是恰恰相反。他们把生命召唤到自己身边。那么这个身影在做什么呢？还是它就那样消失了，你现在看到它了吗？它看起来是什么样子？

男孩朝周围看了看，啃咬着猪血布丁，詹斯蹲坐着。在这几乎不算庇护处的庇护处几乎不可能有其他东西，风摇晃着他，像摇晃沙滩上的卵石，詹斯摇了摇头。

男孩：你是想说不对吗？

詹斯：如果你愿意这么理解。

男孩：那到底是什么不对？

詹斯：你需要对一切都谈论一番吗？

男孩：不。

詹斯：那不是我听到的。

男孩：我没说那么多话。但有时，人需要深深思考事情，是不是这样？

詹斯：为什么？

男孩：哦，我想是为了得出结论。你知道，两个人在一起，在一场黑暗的风暴中彻底迷了路，出现在他们面前的是个似乎想拯救生命的鬼魂。这是不是互相交谈的充分理由呢？

詹斯：现在我们该继续走了，而你不是用言语走路。

言语是有益的，言语帮助我们活下去。男孩觉得受了侮辱，于是说。

詹斯：这我听不明白。把你的布丁吃完，我们要走了。

男孩：有些言语带给我们幸福快乐。

詹斯：在所有人里面，我不得不与你一起走到尽头。

男孩：有些言语给我们带来不快。说实话，我觉得言语是世界上的另一个奇迹。

詹斯：你肯定在某一时刻被人打过。

男孩：打人的人之所以打人，通常是因为要掩盖自己的渺小和无能。

詹斯：现在我们要走了，除非你决定让我们聊天到死。

不，男孩不想这样做。但是，在他们继续往下走，进入未知世界、进入暴风雪之前，他需要让自己摆脱负担。你这话是什么意思？詹斯问。我需要出恭。出恭？你需要拉屎，屎就是屎，漂亮的词语不会改变这一点。詹斯说。但它们改变了你。男孩说，并且开始做那件被诸多名字所指称的事情，如此多的名称，但是在这该死的寒冷、被大风和风吹起的雪包围的环境中，不论采用什么词语，这件事都不那么舒适。男孩试图尽量少露出点皮肤，但事情不顺利，他的衣服冻硬了，手指冻木了，一摘下手套，就伸不直，露出屁股感受到冷风时，简直喘不过气来。突如其来的一阵风把他击倒了，他倒在那里，裤脚围在脚踝周围，詹斯大笑起来。男孩爬起来，蹲得更稳了些，背着风，急着想结束。如果风像往常那样突然停下，男孩肯定会往后倒，哪怕屎还挂在屁股上，那样詹斯简直会一路笑到地狱里去。那就希望他不会从地狱里回来吧，男孩闷闷不乐地想。他终于设法把屎挤了个干净，又大又硬，像石头一样，然后尽可能迅速地提上裤子。

风是透明的，它只是运动着的空气，是匆匆而过、没有任何地方可去的空气。风吹起时，没有显而易见的原因。这就该死的让人很难坚持自己的路径，最终只能屈从于这种透明的现象，本来有个目标，却只得漫无目标。现在稍微吹向西方的风，缓慢而笃定地驱赶着他们向北走，深入山中。男孩脑海里曾闪过这个念头：我们是在往北走，而不是西北。但他宁愿不去深究，他没有这种力量，也毫不在乎他们要去哪里。他太累了，因此没什么意见。他只是跟在詹斯后面，把信任寄托到这个不喜欢言语的人身上。詹斯试图继续顺风而行，为他们找到更容易的路，虽然在这里没什么是容易的，他们只有两个选择，难走的或不可征服的。他选了前者，不为别的，只因对男孩没有足够的信心，他本人已经觉得无所谓，不在意走哪条路了。赶着在事先确定的时间里送邮件，这太荒谬了；把守时和对一个人的怨恨看得重于生命本身，也太荒谬了。有意义的只是继续前进，但是具体走到哪里并没有关系，只要能活着走出去，摆脱这一切，找到个庇护所，等待风暴的愤怒平息，把邮件交出去，不给自己和这个男孩的生命带来危险，然后回家。海拉已经开始期盼他，每天都要问父亲三十次詹斯是不是要来了。但首先他必须在塞尔瓦那里停留一下，走出那一步，说出需要说的话，在某一节点，人可能一定要说点什么，要敞开心扉，否则可能就会失去生命，失去幸福，任自己坠入孤独的境地。但他该说什么呢？能说吗？为什么人们之间的一切必须如此复杂？他边想边继续往前走，寒冷侵袭着他们，让他们完全迷失了方向，这毫无疑问，但没关系。有几次，詹斯觉得他看到有个身影出现了，于是就跟着它，尽管这意味着改变了些方向。他几乎是自动这样做的，就算那是个死人又有什么关系呢？活着的人并没有证明对他多么好，生活太昏暗了，为什么不信任死者呢？他们在背叛生命时获得了什么？那个身影把他们引到了避难所。不错的避难所。一路上最好的一个。能够避开风，避开寒冷的、扑面而来的雪，真是太好了，因此他们感到激动，笨拙地想表达感情。他们看着对方，满面风霜，身上一片白色。詹斯的头都已经不能动了，胡子紧紧地冻在衣服上，冻在嘴上，他们看着彼此心想，真是一流的家伙！

一派胡言啊，詹斯在费力挣脱身上覆盖着的冰霜盔甲之前心想。

他们紧挨着坐在一起，切实地感觉到对方的存在。本来对詹斯来说，这么靠近另一个人会让他不舒服，完全无法容忍。

然而他没有动，男孩则觉得这样很好，他曾用胳膊搂着这个大块头躺在维特拉斯特伦的一张床上。生命寻找生命，这是自然而然的，因此男孩与詹斯靠得更近了，像条小狗。詹斯看着男孩。你冷吗？他问，听起来不是过分苛刻，只有一点点。男孩挪开了。我把你抛在后面是错误的。男孩挪得离他足够远时，詹斯说。你回来了。男孩说。如果你死了，那就不算什么借口了。詹斯说。他们再次陷入了沉默，男孩不敢开口，因为害怕破坏两人偶然享有的美好，而后詹斯说：我从没告诉任何人。什么？男孩问，他几乎被这意想不到的亲近吓坏了，不敢肯定他想听到更多的话。

詹斯：我见过、听过一些事，让我特别关注。我到过荒原，见过一些事，听过一些事。我见过七月夜晚的群山，它们就像睡着的鸟。我听到过它们唱歌。但是山不唱歌，这是荒谬的。

男孩不敢看詹斯，他没说话，直到确信邮差暂时不会说出更多的话，才犹犹豫豫地开口说：我也听到过它们唱歌——群山。这让我害怕。詹斯说。又一次沉默。男孩终于问道：你为什么害怕呢？听山唱歌是不健康的。它们不是鸟，鸟小，会飞，山很大，不飞。詹斯回答。再一次沉默。你从来没有告诉过别人吗？男孩终于问道。你疯了吗？詹斯说。一次也没有吗？对她呢？男孩问。没有，虽然这不关你的事。再一次沉默。终于，男孩说：她需要知道你是谁。就好像她不知道似的。詹斯说。但是你没有告诉她有关山的歌唱。男孩说。那样她就会认为我软弱了，我就知道告诉你是个错误。这不是个错误。男孩说。现在我们吃东西吧。詹斯说完，拿出剩下的食物。他们默默地吃着，给自己补充营养，此时群山没有为他们歌唱。然后詹斯站起身。我们要继续跟随那个身影吗？男孩问。什么身影？你看到的那个，我们一直在跟着的。你看到什么了吗？男孩问。我没跟着什么。詹斯说。但是我们有两次朝它转过去，而一改变路线，它就消失了。男孩说。我们没跟随任何身影，你要相信自己，不要相信别人，更别说一个该死的身影，我们现在要走了。我后脑勺上没长眼睛，你需要跟上我的步伐。我们不确定是否能走回到文明世界，你要意识到这点，但是人总要反击，即使没有出路。做人就是这样的。

有个明确的目标何其幸运。许多人度过一生，却谈不到有多少目标。他们不知为何跋涉，生活在一个个偶然事件之中，这里一个亲吻，那里一滴眼泪，一只手的触摸，孤独、背叛相伴，但从来不知道缘由，不知道去什么地方。生活里没有目标的人当然可以有幸福的时刻，但这些时刻太随机了，令人不安，它们属于运气，而不是结果。现在男孩终于有了一个清晰而无比简单的目标：不要失去詹斯。他在天昏地暗、凛冽刺骨的寒风中茫然奔走，忍受着寒冷、饥饿、干渴，此时最好还是能一直看到这个大块头男人，这个似乎永不疲倦的男人，他听到群山像鸟儿一样唱歌，他让男孩坐在身旁，对他说出动听的话，这些话从他嘴里说出来太奇怪了，但没过多久他就变得有些野蛮，现在从不会回头看看男孩是否还在，只顾自己往前走，既不向左看也不向右看，他或许知道他们在朝哪里走，或许不知道。但只要他们还在走，就还活着，而在这地狱中，活着就真的不一般了。但是现在几点钟了呢？

夜晚会到来吗？深夜呢？黎明有没有可能再来？

在这样的恶劣天气下，时间是不是也在匆匆往前赶路？是不是会比人还要走得更远？时间会不会也迷了路，正在茫然奔走？那么他们最终会在何处结束呢？毫无疑问，就在这个世界背后，男孩想，在这里，风暴永远不会平息，天气永远不会变暖，雪永远不会停住。他两次试着吃雪解渴，但是吃过雪后反而更渴了。他甚至试着自言自语，背诵一些诗句。因为人的一生中总会有些时候，若想有自己的方向，只能借助一些特定的诗行，一些字句以令人无法理解的方式，在深处蕴含着最核心的本质，那是理解本身、道路本身、满足本身，即使诗人本人或许已经迷失，整个悲惨的一生都攥在邪恶的巨怪手中。然而这些诗句在男孩冰冷的唇边碎成了片段，在男孩脑海里也碎成了片段，他无法保持思想的连贯，他想起了安德雷娅，接着安德雷娅变成了《失乐园》里的诗句，诗句变成了科尔本在早餐桌旁咀嚼的嘴，科尔本船长变成了一只摇摇摆摆走在农场周围的乌鸦，而那个农场就是男孩在父亲淹死后像个局外人一样生活的地方，乌鸦变成了盖尔普特的头发，头发变成了关于莱恩海泽的湿乎乎的梦，莱恩海泽变成了垂死的老鼠。

詹斯再一次不见了。

被暴雪吞没。男孩孤身一人。他又一次忘记了自我，在一首诗中失去了自我，与此同时詹斯也消失了。

男孩停下来，不再挣扎着向前，只是站立不动，他强迫自己站立，虽然倒下的诱惑如此诱人。他站立不动，闭上了眼睛。现在我闭上了眼睛，如果我注定要活下去，他乐观地想着，那么重新睁开眼睛时，詹斯将站在我面前。男孩站立着，两脚分开，以免被风吹倒。闭上眼睛，就好像给他找了个躲避风雪的地方，这感觉好得不可思议。风当然还在冷冷地对着他吹，但已不再与他有关。风已经变得遥远，不再有威胁。像这样睡过去太容易了，容易到了危险的地步。睁开你的眼睛，男孩命令自己，而这就是他所做的。他睁开眼睛，看到一个女人站在他面前，他们之间只有一臂之遥。她生得高而挺拔，头上没戴帽子，长长的黑发在她头上脸上飞扬，了无生气的眼睛穿过他的头骨，钻进他的思想深处。然后，她转身离开，逆风而行，他跟上。不假思索地跟着她。他无法抗拒，其他什么都不敢做。跟随一个有着冰冷眼睛的死去的女人，看着她毫不费力地从风雪中走过，目不转睛。他不敢眨眼，害怕她会消失，或者转过身那样看他，带着冰冷的眼睛钻进他的头骨，他仍能感到她最初看着他时的那种寒冷。只不过他不可能一直睁大眼睛不眨眼，不可能一直盯着暴风雪，总要间或往旁边看看。有一次他就这样眨了眨眼，迅速往旁边看了看，回过头，此时那个女人已经和詹斯合并了，就走在他前面。

他们上一次蜷缩在能遮风的地方，吃下东西，体面地呼吸，不受风雪侵扰，已经是很长时间以前的事了。究竟是多少个小时，男孩并不知道，但是他的身体，每个细胞，都让他觉得时间太长了。正因如此，当詹斯终于在一个有遮蔽的地方停下来时，男孩感到无与伦比的宽慰和感激，甚至想象着拥抱邮差，当然他不会这样做。谁会拥抱詹斯那样的人？不会，永远不会。但是这个空间如此狭小，他们不得不向对方转过身，面对面站得很近，就像亲密的朋友一样。如果不想让雪打到脸上，就不得不这样做。若说魔鬼在这世间创造过什么，除了钱，就是山中狂风席卷的雪。你还活着。詹斯郑重声明，或者说，嘟囔出了这样的话，他的胡子彻底被冻住了，他说话很困难。我想是的。男孩回答。他面部的肌肉都冻得麻木了，因此声音一样不清晰，寒冷和尴尬的感受让他发抖，然后他问道：你觉得她是在把我们引向地狱还是世界尽头？他这样问，是想让自己平静下来，免得去承受拥抱詹斯会带来的羞辱。什么，谁？詹斯和胡子上的冰进行了一番争斗后，问道。

男孩：我们一直跟着的那个女人。

詹斯：你到底在说什么？男孩看着邮差把冰柱从胡子上刮下来。詹斯的表情一片空白，让人窘迫恼火，灰色的眼睛严肃而冰冷。我宁愿割断胳膊，也绝不会拥抱这个浑蛋，男孩想。他突然感到内心充满了厌恶，绝对抑制不住、喷薄而出的强烈感觉，同时也让他兴奋，彻底不受束缚。你这该死的软蛋。他骂道。詹斯继续用他拿出来的钝刀子刮胡子上的冰。

男孩：你听到我说什么了吗？

詹斯继续刮冰：什么？

男孩试图提高声音，虽然这很难，他冻得麻木了，而且，一切声音在这风中都显得微弱：你是个该死的软蛋，我说！一个该死的软蛋，一个可恨的软蛋！

是的，是的。邮差只这样回答，好像男孩指出的是再明显不过的事情，不值得对此做出反应。在若干个片刻里，厌恶和愤恨在男孩心中涌起，他的双臂抽搐着，仿佛准备挥出一拳，但是这感觉渐渐退去了。在这样的天气，在这个地方，愤恨是没用的。我是说那个女人。男孩说时几乎是冷静的。什么女人？邮差问道。他手中的刀仍未放下。

男孩：哦，我们自然而然跟着的那个人，你看到过其他人吗？这地方并没有多少人。

一个女人。詹斯说着放下了握着刀的手。一个女人。他重复道，仿佛是要记住什么。

男孩：你会不会坚持说你没看见过她？我指的是，那个身影，其实是个女人。

詹斯又开始刮冰：身影，是的。在这种情况下，很难说究竟什么是人们真正看见的，什么是人们认为自己看见的。

男孩：人们看见所看见的。

詹斯：你不太懂。

男孩：不懂，但我眼睛好，而且在这该死的地狱里，一个穿得很少没戴帽子的女人不可能被人轻易忽视。

詹斯：累了的人，寒冷、饥饿、疲惫不堪的人，会看到很多东西。我以前跟别人在一起时迷过路，我不得不用力阻止他们，不然他们会跟着自己认为看到的某个人冲进暴风雪。

男孩：是的，死人，我的意思是，鬼，有时会试图引诱活人。我读过关于鬼的故事和逸闻。

詹斯：我唯一见过的鬼是活着的人。

男孩：所以你没看见她？

詹斯：我并非总能确定我所看见的。

男孩：但是我们跟着她走了很长时间。

詹斯：我对此一无所知。我之前看见过一个身影，确实见过两三次，或许是块大石头，我觉得很有可能。你现在看到什么了吗？

男孩朝暴风雪中看了看：没有，现在看不到。

詹斯：那就对了。

男孩：但总是时不时地出现！当然，并不清楚，在这天气里不可能看得清楚。

詹斯：我说什么了。

男孩：但是我与你走散时，清楚地看见了她。

詹斯：你又与我走散了吗？

男孩：我闭上眼睛，再睁开眼睛，她就站在我正前方，离得不像你现在这么近，但也不会超过一臂之遥。

詹斯：你与我走散了吗？

男孩：什么？是的，有段时间。然后，突然，她就站在我面前，向我示意，或者我认为她向我示意，之后就走开了。我跟着她，就这样找到了你。你没看到她吗？

詹斯：在这种天气里你不能相信任何东西。天气让你迷乱。

男孩：我看见她了，那不只是胡说八道。

詹斯：如果你硬要这么说的话。

男孩：而且她肯定是死人。

詹斯：如果你硬要这么说的话。

男孩：一个死去的女人在山上要做什么呢？她和我们在一

起想要什么？我的意思是，什么时候死人想过要帮助活着的人？我的意思是，帮助他们活下去。我看见了她，就像我现在清晰地看到你一样。她的眼睛是我见过最冷的，我看见过很多不同的眼睛。我见过死人的眼睛，而她的眼睛更冷。也许她是死神本身！

詹斯：主啊，你怎么能这么说。

他们靠到覆盖着冰的巨石形成的挡风处。他们自觉地想要站得离对方更远，但是雪像摸过来的冷冰冰的手一样，击打着他们的脸。他们如果要站在这里，在这该死的岩石的掩护下，就需要互相靠得近一些，近到超出他们能忍受的限度。他们感受着彼此的气息，男孩看见邮差胡子上方的每一条静脉——纤细的、小小的红色静脉，就像冰霜之下的红色小溪。与另一个人站得如此亲近，真是痛苦。很痛苦。身体上的痛苦。就好像他们这样做需要牺牲一些东西，这带来了刺痛和刺激。两个人被恶意的命运结合在一起，抛进了一段荒谬的旅程。你要跨越两片难走的荒地，海尔加说过，此外只是乘船旅行，那就是你的责任了，还有，在陆地上要信任詹斯。好吧。信任这个试图把他抛在后面的人，这个人现在就像只愤怒的公牛一样瞪着他。男孩太了解这样的男人了。他们顽固刻板、不懂变通。如此顽固刻板，乃至封闭了所有的温柔、玩笑和漫不经心；如此顽固刻板、不懂变通，本能地试图征服所处的环境；如此顽固刻板，乃至糟蹋了生活；如此顽固刻板，乃至扼杀了生命。

男孩：我才不在乎你的男人气概。盖尔普特是对的。

詹斯：你觉得我们在世界尽头吗？

男孩：任何一个与你为伴的人都已来到了世界的尽头。

詹斯：你是什么意思？

男孩：我们到底在哪里？

詹斯：你听。

男孩：听？听什么？听这天气，听你的气喘吁吁？

詹斯：听。你听到了什么？

男孩：该死的风暴，还有什么？！

不，詹斯说，朝这个方向听。他指的方向是男孩想象中的北方。地狱和世界的尽头。男孩自言自语道，然后把帽子推到耳朵上面，斜着头侧耳倾听着。起初他只听到呻吟着徘徊的风、呼啸的雪，但是就在要把帽子往下拉到冻得冰凉的耳朵上时，他分辨出了风雪背后某种遥远的声音。起初他听不太清，就像是带着怀疑，但是一旦听出那个声音，声音就越来越大，那是低沉的重重的撞击声。他急忙把帽子戴在耳朵上。

詹斯：这是北极海。

男孩：北极海？

詹斯：但你可以将之称为世界的尽头和死亡。言语对海洋没有影响。

男孩：我们偏离了路线。见鬼，我们到底偏离了多远！

他们朝对方侧过头。在远处的某个地方，大海的声音在悬崖峭壁上回荡。我们不应该转身吗？男孩脱口而出，心中的恐惧越积越深。如果你对生活如此厌倦，当然应该。詹斯说。

男孩：真该死。

詹斯：你害怕吗？

男孩：见鬼，下地狱吧！

詹斯：那只是大海。你出过海。

男孩对邮差挥着拳头：我才不在乎你的男人气概！谁不害怕这种声音，谁就愚蠢透顶。谁不怕在这样的天气从悬崖跌下去，谁就是个愚蠢的笨蛋，是比蚯蚓还缺乏想象力的家伙。我唾弃你的男人气概，唾弃你。牧师的妻子说男人是不负责任的，说承担后果的是女人和孩子，我现在明白她是什么意思了。她的意思是说，男人气概不仅是荒谬的，也是危险的，因为男人只考虑自己，考虑面子。对你来说，重要的就是表现得强壮、勇敢、无所畏惧，表现给人看。对你来说，最后看起来不错，要比生活本身更重要！

詹斯已经直起身，他比男孩高出很多：男子气概意味着勇气。永不放弃！永不屈服！

男孩：有时候像你这样的男人只是胆小鬼，他们不敢停下来。我父亲在可怕的天气里淹死了。尽管天气看起来不妙，但他们还是出海了，其他人则留在了家里。培图尔认识那个领头的。伟大的人，培图尔说，永远那么无所畏惧。你真该看看培图尔谈到那个人时的眼睛，在描述他的勇气时眼睛放光，可那个人却不敢向风暴屈服，不敢向危险屈服。他们六个人全都死了。你知道有多少孩子失去了父亲吗？有多少家庭因为领队的男子气概而破碎？有多少人需要被送到各处的农场养大，再也不会看到任何一个有重要意义的人，因为他们都死了？想想吧，独自停留在这该死的世界，只因为那个领队有如此该死的男子气概。你这该诅咒的男子气概窒息了一切闪亮、敏感、美丽的东西，扼杀了生命本身，我唾弃你的男子气概，整个粪堆都该堆在上面。现在我要往回走了。我不再往前走了。

男孩喊出最后这些话。唾沫从嘴里飞向詹斯，落在他的鼻子上，瞬间就冻住了。詹斯不会动摇，他只是接受了所有这些话语，这劈头盖脸的责备，而后平静地说：你绝对不能往回走。我当然要这样。男孩大声说。他生气极了，拼命想打邮差。在那里，除了死亡什么都没有。他指向暴风雪中发出低沉声音的方向，说道，我打算再活得长一点，还有些未完成的事情。再见，放开我，或许魔鬼会带走你、吞噬你！

詹斯抓住了男孩的手臂：魔鬼迟早会把我带走，但是如果你往回走，就死定了。

男孩：生与死，对你有什么影响？

詹斯：你什么都不做，只是提问。你是否总是这样，永远在问——你认为有什么答案吗？

男孩：放开我，不然我会打你。

不行，詹斯说，我们要向北走，走向世界的尽头，如果你要这么称呼那地方。我不打算死。就像你知道的，虽然这不关你的事。我父亲老了，离不开我。海拉也离不开我。他们需要我，如果我回不去了，他们都要依靠教区。他们将被安排到陌生人那里生活，而且不是在一个地方。你不知道海拉是什么样。她一丁点想法都没有。在她面前，一切都能变得更好，虽然她只是个可怜的人，如果没人照顾，她就会弄得自己一身屎尿。在一些地方，像她这样的人会像狗一样被拴在农场门前，或是被关在小屋里，吃的东西都是扔过去的，而且只有些碎渣。她会很脏，没有人给她梳头。现在父亲每天早上给她梳头，那时她会闭上眼睛，你从来没见过那样的场面。詹斯什么时候来？头几个月里她会一直这样问，每天问很多次，问得太多了，人们会厌烦她、踢打她。甚至等不到对她发怒，她就会开始哭了。然后她会不再找我，只是因为她会忘记我，忘记我们的父亲，忘记一切，然后她会相信生活就该如此，一直就是如此，被绑在门前，被关进一个小房间，肮脏污秽，被人殴打。你可以做你想做的事，做你觉得正确的事。我要走到风中，向北走了。如果你想活着，就跟着我，我强烈建议你这样做。我唯一知道该怎么做才对的事情，就是在远离人类的地方从风暴中幸存下来。你要选择哪条路呢？

XI

生活变化多端，其荒唐矛盾，多数言语均无法表达。用言语描述生活，还不如吹口哨，吹出随意又有趣的音符，更为明智合理。

詹斯先是说出了一切，诉说他心中所珍视的，诉说他的恐惧、他前行的动力，于是男孩所有的愤怒都烟消云散了。詹斯又说：我们应当正靠近一处海湾，会在那里发现一间小屋。供我们栖身的屋子？男孩疑惑地问。于是两人离开巨石的遮蔽，投身到带着敌意的风、苦寒的飞雪之中，男孩被风吹得走了两三米才站稳，差点又与詹斯失散。

他们向北进发，跟跄前行，什么都看不见，尤其是那个女人，或许那根本不是个女人，而是疲倦、饥渴造成的幻觉。詹斯说得对，人的思想很神秘，甚于深海，你永远都说不清它能创造出什么。当然，男孩没看见死去的女人！死人不会在山间闲荡，不论是在夏日骄阳之下，还是在严酷寒冬之际。虽然现在应已入春，可是严格地说，冰岛这里永远没有春天。我们不理解春的愉悦，在这里，冬天过去了，接着就是勉强开始的夏天，中间没有过渡。死人哪里都不会去，他们只是静静地躺在地下，肉体腐烂，尸骨化作尘土，随着时间推移变成肥料，蔬菜受益于此，同时吸收阳光和雨露，鲜活地生长。所以说，万物皆有目的，或者说，我们要不时这样提醒自己。

两人脚下的地面开始向下倾斜。北极海的咆哮变成了近处的尖声呼喊。该死的。男孩大叫道。但詹斯仍朝着那声音前进，只听它越来越响。男孩心想，这声音必出自有罪者的灵魂，谁知道呢，也许大多数死者消失在海里，上千年来，他们一直在此发出这样的呼号，以期求得安慰或遗忘。他们感到一股潮气自冰冷的海水中传来，一阵寒意将詹斯包裹，仿佛寒冷与恐惧霎时侵入骨髓。他停下脚步，太突然了，男孩撞到了他身上。一时间，两人站在坡上，对于接下来会发生什么心中没数，只感受到那雷鸣般的咆哮带来的恐惧。之后，詹斯继续前行，不久他们便望见了形似房屋的轮廓。

农舍！男孩叫道，一手抓住浑身结冰的邮差。农舍，该死的。他声音嘶哑地说，接着不禁大笑，同时伸开了手。这农舍当然埋在雪里，却不似之前那座农舍，那座农舍里的农场主害怕词语，而女人渴望读书，家里的小女儿咳得非常厉害，命悬一线。她现在感觉怎么样了呢？不知道他们是否在那张纸上涂满了诗句、图画和词语，然后每天把纸拿出来，从头到尾看上好几遍？他们中又会不会有哪个人把这张纸带在身边，很长时间以后，乃至数十年之后，又拿出来细看呢？或许那时众人皆已逝去，唯有那人捧起纸，以残年之眼细看，为它流泪，因它欢笑，思念它或记住它。

农舍自积雪中耸起，饱经风霜，半遮半掩，罕见地没被积雪覆没。风势很猛，但再大的飞雪也无法将屋子完全埋住。可这破门在哪儿？！男孩吼道。他们找来找去，没看到哪处像门，难以进入农舍。我不知道！詹斯喊着回应男孩。这时他们听见狗不停地叫，接着又从农舍里传来尖锐的嗓音：喂，是谁在外头？他们朝着人声和狗吠走去，詹斯高声回应着，里面又传出了声音，更响、更近了些，但没有那么尖细了。你们是活人还是死人——闭嘴，内勒曼！狗不再叫了，詹斯大声应答，半路被积雪困住了，雪又软又滑，撑不住了，靠近屋子太难了。该死的，再找不到你这鬼门，我们就要死了。

一名男子在门口等他们，他留着胡子，蓬乱的头发已显稀疏。詹斯和男孩走近时，他向过道里退去。两人几乎是跌进了屋子。狗又开始叫。闭嘴！那人猛然怒道。狗噤了声，之后低声吠叫起来。他身躯庞大，套着一件深色外套。你们是？那人一边问，一边打量着两人。这走廊又窄又昏暗，他们挣扎着站稳脚，突然从暴风雪里逃出来，让他们有些头晕目眩，身上又满是霜雪，几乎不成人形。詹斯抖抖身体，喘着气，嘴里进出几个字：詹斯……邮差，我是……邮差。

男孩跌靠在土墙上，累得眼冒金星。我从没想过会有邮差来访。那人说。我是比亚德尼，内斯的农场主。他补充道。接着他抓了抓狗的鼻子，温和却有力，狗随之停止咆哮，退到了走廊里面。

比亚德尼带他们来到起居室，一家人都等着他们，眼中满是好奇。屋子中间放着一个小火炉。比亚德尼说：你们得把这身衣服脱掉。男孩开始往下脱冻得硬邦邦的外衣，但毫无力气。詹斯踌躇了一会儿，或许是希望有人来帮忙。帮人脱衣服是女人的工作，这是人之常情。男人从田里或海上回到家，满身疲惫，又湿又冷，一屁股坐在铺上，只需要休息，女人则过来为他们脱下衣服，照料他们，待男人睡觉时烘干衣服。女人睡得晚，起得却比所有人都早，时刻准备着干活——在男人仍然酣睡之时，在男人阅读、学习书写时，在男人接受教育并占了上风时。权力总会产生不公，虽然生活美好，人类却不完美。不脱下衣服，你会生病的。比亚德尼劝道，他嗓音低沉有力，犹如屋外咆哮的暴风雪中传来的声音。他们身上穿着土布衣服，站在炉边瑟瑟发抖，此时终于能好好看看四周的样子了。大狗立在暗处角落打量他们，已不见了先前的凶悍。男孩望过去，它还轻轻摇了摇尾巴。四个孩子盯着来客看。两个男孩，两个女孩，最小的不超过两岁，最大的是个女孩，十一二岁的样子，飞快地跑进厨房去了。一名男子坐着，他身材魁梧，似牛般壮实，嘴唇丰厚，方脸盘，长着一双小眼睛，而那最小的孩子就坐在他腿上。他放下孩子，直直地站起来，头几乎碰到天花板。他往来客这边走，只迈了两步就过来了，然后伸出宽大的手掌：哈加提，这儿的农场雇工。他和詹斯握手，两人身材高，块头大，起居室都不够站了。火炉没产生多少热度，但也有点暖意，有时又熊熊燃烧，在忍得住的冷与无法忍受的冷之间划出了界限。两个到访者搓着手，靠近温暖之源，想先把体内最深的寒冷驱散，再从包里拿其他衣服出来，虽然衣服又冷又湿，但总比没有强。最小的孩子离陌生人远远的，顺着泥地爬，迅速爬到了大狗那边，抱着它站了起来。那狗站定，调整到合适的姿势，舔了舔孩子的脸，随即把身体蜷了起来。比亚德尼说：稍后你们就能享用海鸟和咖啡了。外面风声呼啸，他必须提高些嗓门，客人才听得见。随后，床铺上的一堆破布挪动了一下，一名老妇人支着肘坐起来。她的头部皮肤因年迈而皱缩，脸上满是银发，像是发了霉。咖啡。她尖声道。还没等她躺回到那堆破布堆里，比亚德尼就大声对她叫道：听见了，妈妈，会给您上咖啡的。

　　这家人端上了海鸟，他们狼吞虎咽，就着淡咖啡灌下去，同时尽量控制自己，多少保留些礼仪。女孩一趟一趟地往外跑，取回雪化成水。他们并排坐着，对着食物半弓下身体，身子冻得直发抖，暴风雪的声响填补了屋内的沉默，倒让他们感到欣慰。这一家人的眼睛不曾离开过他们，他们每嚼一下，每喝一口，都被看在眼里，除了那名老妇。比亚德尼帮女孩把几勺咖啡喂到老妇嘴里，结果流到下巴上的和喂到嘴里的差不多。随后，她又躺了回去，因为高兴嘴里不知呻吟着什么，接着又陷入沉默和暮年的迷雾。海鸟肉咸得连腐臭味都尝不出来了，他们啃了好一会儿之后，比亚德尼才说：我们这儿已经十五个星期没人来过了。是十六个星期。哈加提嘟囔道。比亚德尼接着说：是，十五或十六个星期，差一个星期有什么重要呢？沉默了好一会儿后，他又说：不过我们这里从没来过邮差。说句实话，我不明白你们俩是怎么跑到这儿来的，退一步说，你们为什么来？魔鬼一脚把他们踢过来的。哈加提说完张着嘴大笑起来，牙龈和黄牙一览无遗。老妇咿咿呀呀地哼叫着，比亚德尼望了望母亲，又看看哈加提，脸上的表情难以捉摸。我们困在暴风雪中，詹斯说，彼此走散了。是我走丢了，男孩说，偏离路线很远，还好他及时找到了我，真及时。那种情况下，我也没什么选择，詹斯说，在暴风雪里长途跋涉，对路线也不确定，真是很累人的。男孩又说：是啊，然后……但他看见詹斯脸上的表情，立刻闭上了嘴。

比亚德尼：是啊？

孩子们和农场工人盯着他们看，除了那个最小的孩子，他倚着大狗睡着了。男孩同詹斯迅速交换了一下眼神，又望向两边——仿佛第一次意识到，而且也是同时意识到明显的事实：女主人并不在场。

比亚德尼：然后什么？

詹斯挺直身体，陡然比男孩高大了两倍。这孩子认为，深山里，有位女人接近我们，引导我们来到这里。男孩固执地说：不是我认为。她救了我。就这么简单。然后，她把我们带了过来。

比亚德尼清了清嗓子。一个女人？长什么样子？他问道。男孩答道：要我说嘛，高个子，没错，个子很高，眼睛又黑又亮，头发又黑又长，瘦瘦的，对……还有……他用手挠了挠又脏又油的头发，一心回忆女人的相貌，丝毫没有留意到周围的变化，起居室的气氛已经无比压抑了。詹斯的肩膀沉了下去，仿佛人变小了一样。

哈加提：真见鬼。

年长些的孩子，七八岁的样子，一头红发，好像有些累了，慢慢躺在床上。他一动不动地躺了一会儿，而后瘦小孱弱的身躯开始微微颤动。比亚德尼长久地望着孩子，伸出双手，接着又停住，把手缩了回去，搭在空空的膝盖上。

一股飓风刮过，农场仿佛也颤抖起来，让人没了声响。风渐渐平息下来，一切也慢慢平息下来，所有的幸福与不幸、痛苦与愉悦都慢慢平息下来。突然传来了一阵哭泣声，声音细微而又压抑，要仔细些才能听到。年长一些的女孩悄悄站了起来，走到弟弟身边，拥住了他颤抖的身体。女孩一句话都没说，好像只是无意中把手放在那里——我们必须让我们疲累不堪的躯体在某处休息。她甚至没看这个弟弟，而是偏过头去看最小的弟弟，看着他和狗狗睡在一起温暖安心的样子，但手臂环绕着那颤抖着哭泣的身体，说：弟弟，你不是一个人，我也在这里，我不会离开你。如果是在世界上的其他地方，或许说话的人会加上一句我爱你。但是在这世界的尽头，这样的话人们无法说出口，即使怀抱也不能表达这珍贵的词语。几盏油灯燃烧着，发出了柔和的光，却也在各处留下了阴影，世界仿佛被黑暗撕裂了。比亚德尼眼睛下面一圈青黑，女孩也是，她正用她沉默的臂膀、温暖的手掌安慰弟弟。她太瘦了，眼睛似乎占据了大半张脸。家里的其他人都垂着头，人们不想说话时就会这样垂着头，不管谁先开口，话语都只会唤起空气中弥漫的恐惧或痛苦。

比亚德尼将手慢慢握成拳头，张了张嘴，想说点什么，但他先是大声清了清喉咙，除了老太太以外，所有人都注意到了他。大狗机敏地抬起头，竖起耳朵，它身旁最小的孩子也嗯嗯啊啊地低语呜咽起来，不过大狗用舌头舔了舔孩子的头发，孩子就又慢慢睡沉了。

之前你说有个女人，在这种天气里，在山上那里，我觉得很可疑，人到那里有什么要做的？这场风暴已经持续十天了，没有人出去走动，那些去很远的地方冒险的人和死人没什么两样……你说，她很高？最后这几个字，最后这个问题，比亚德尼几乎是恶狠狠地从嘴里吐出来的，就好像问这些话让他很痛苦，好像他害怕问题的答案，而这个家里所有人，除了最小的和最老的，都盯着他们这些外来者。男孩注视着狗和那个孩子，他们互相陪伴，互相温暖，拥有他们的快乐时光，不管这个世界如何变化。

比亚德尼平静地说：我的意思是，那是一个女人吗？

男孩在刻骨的寒冷中微微发抖：是的，她很高。

比亚德尼：黑头发，头发多？

男孩：是的。

比亚德尼：你有没有看到她的脸？不，这很难……

詹斯：在这样的天气里，又是在高处的荒野中，很难看清楚。人们经常看到不存在的东西，那只是想象、幻景。

男孩迅速说道：我清楚地看见了她，还有她的脸，在她救我的时候。

比亚德尼：救你？

哈加提：怎么会这样？

男孩：我当时迷路了，找不到詹斯，疲惫不堪，而她就站在我旁边。

比亚德尼：你看到她的眼睛了吗？还有她的鼻子，鼻梁是不是有点弯曲，是驼峰鼻吗？

男孩：我很清楚地看到了她，但没怎么留意她的外表，这事也确实是，很不真实。但她确实是驼峰鼻，对。

比亚德尼近乎漠然地说：那她的眼睛呢？

哈加提简短地问：眼睛就像钻进了你的身体？

有那么一会儿，男孩回想着女人的眼睛，那眼睛带着死亡的冰冷。他说：是的，眼睛就像穿透了我的身体。

哈加提：该死的魔鬼。

比亚德尼面色苍白：这绝对不是合适的词。

爸爸。小女孩盯着她的父亲叫道。爸爸。她又叫了一次，带着恳求和哀怨。之后就悄无声息了。比亚德尼站起来，又坐下，试图对她微笑，而后看着蜷缩着躺在床上的儿子和女儿。你们的眼泪会打湿床单的，我的小可怜。他轻轻地说，声音特别小，仿佛是隔着风暴在听他讲话。然后他让女孩把萨卡里亚斯抱上床，放到斯泰诺尔夫旁边。你和贝塔一起躺下吧，现在最好睡觉吧。他说。之后他又加了一句：我们无能为力。这也许是在解释，也许是在安慰，无用的安慰。然后女孩站了起来，用她十二岁的手揉着她沧桑的眼睛。这个女孩叫索拉，她把小萨卡里亚斯从狗身边抱起来，那只狗忧愁地轻声呜咽。这是内勒曼。比亚德尼指着那条狗说。就像冰岛事务部部长[①]一样？詹斯问道。哈加提大笑起来，比亚德尼也憨笑着：能培养出这样优雅而有权势的男人也不错。四个人看着这只狗，取笑它的名字。但孩子的思想并不能像他们一样迅速地远离痛苦，在索拉躺下之后，贝塔爬了起来，用红红的眼睛看着父亲，问道：是母亲把这些人带回来的，对吗？比亚德尼向女儿摆出了近乎恐怖的脸色，狗的名字带来的幽默气氛消失无形。

去睡觉吧，亲爱的，这样最好了。哈加提平静温柔地说。贝塔乖乖地躺到姐姐旁边，但马上又爬了起来，问道：你们觉得她还在外面吗？我们不应该为她留着门吗？她一定很冷。她死了，所以她不冷，她只是死了。索拉边说边把贝塔拉回来。贝塔接着问道：但是，如果她之前和这些男人在外面，现在为什么不进来和我们在一起呢？索拉转过身，没再回答。爸爸。她说。爸爸？她问。我们对此无能为力。比亚德尼说。但也许她没死！贝塔突然尖叫道，再次爬了起来。她大声喊着，最小的男孩醒了，开始哭，狗轻轻地哀叫，斯泰诺尔夫的手臂把小男孩圈起来，于是他又睡着了。我很害怕，爸爸。索拉说。没关系，我在这儿呢。我知道。她回答说。

---

① 约翰内斯·马格鲁斯·瓦尔德玛尔·内勒曼（1831—1906），丹麦法学家和政治学家，于1875—1896年担任冰岛事务部部长。

他们肯定还想再喝点咖啡。哈加提说。回答他的是长久的沉默。狂风在吹，房子在风中晃动。比亚德尼不假思索地叫哈加提赶快再煮壶咖啡来，没有任何问题，即便比平时的量多两倍都完全没有问题。他对此完全没意见，尽管咖啡快要喝完了，这些人来时，家里的咖啡就只剩下十天的量了。当然他差一点就要对哈加提喊一声，咖啡煮淡一点，但出于面子还是没喊出来。男孩实在没忍住，打了个哈欠，睡意很浓了，却不得不继续忍着。比亚德尼清了清嗓子，吐了口痰，起身去看看孩子。孩子们哭着哭着就能更快入睡，身处这个世界总有办法找到慰藉。哈加提把咖啡拿了过来，步子踉跄。他们喝着淡淡的咖啡，说着不错不错，比亚德尼在座位上轻轻摇晃着，问了问詹斯他的邮差工作怎么样，却似乎并没有在听，尽管詹斯说的每件事在这个地方都是重大新闻。他打断了邮差的话，詹斯也停了下来，好像早有预料。她十天前就死了，比亚德尼说，就是风暴来临的那天，因此我们哪里都不能去。把一口棺材运过这边的荒地需要太多人手了。怎么会这样？詹斯平静地问。她冬天时身体一直不太好。比亚德尼盯着咖啡壶回答道。

哈加提：然后她开始把尿布放在衬衫下面。

比亚德尼扫了他一眼：别再说你那些废话。

哈加提：这不是废话。

比亚德尼：不是这个原因。我说她冬天都过得不好。

什么尿布？男孩问。

小不点的，哈加提回答说，那些尿布都太潮了，他很冷，小可怜，然后奥斯塔就把他的尿布放在她的衬衫下面，用体温烘干。之后，她身体变得更糟了。

比亚德尼：我已经说过不许你提这个。

哈加提：他们睡着了。而且，我只是告诉这些男人她有多么好。她是最纯净的珍珠。他看着詹斯和男孩，说道。

床铺上那堆破布动了起来，老妇人撑起胳膊肘，"哦哦哦，哦哟哟"地哀叫。比亚德尼低声责备着，轻轻站起来，不情不愿地走到床边，把母亲的毯子拿起来，小便的气味顿时充满了整个房间。她继续"哦哦哦"地哀叫。

衰老实在太残忍可怕了，哈加提说，愿主保佑我远离衰老！

在比亚德尼照顾他哀叫的母亲时，疲惫终于压垮了男孩，世界在他眼前变暗了。现在我能睡觉了。詹斯在他旁边说，声音仿佛离得很远。他们俩睡一张床，一张窄床。该死的，你的个子太大了。男孩抱怨道。你身上的东西就不能扔掉点吗？这些东西你真的都用得上？男孩抱怨道。闭嘴！詹斯怒道。随后哈加提熄灭了火炉。她为什么来找你们？房间中央的比亚德尼问，黑暗中他只是个模糊的剪影，手里拿着他们又湿又臭的衣服。比亚德尼躺下时，男孩闻到了他身上的臭味，但因为空间小，男孩没有其他选择，只低头看着地板。也许是为了救我们，詹斯在男孩身后说，如果你看不见那个人，却仍然能感觉到他或她的存在，那么他或她的声音会发生怎样的变化啊，这真是奇怪。我不会把它放在她身边。哈加提坐在床边嘀咕。他脱下衣服，大块头的白色躯体在黑暗中闪着微光。他赤身裸体地坐在那里，一动不动，尽管在炉子灭了之后，寒冷的空气侵袭着他们。

比亚德尼：死人不爬山，从来不爬山。

哈加提：我这么多年经历了一些事，认识了一些人，他们都见识并经历过某些事情。那么所有的那些故事呢？它们都一文不值吗？

比亚德尼：故事不是现实。

哈加提：哦，那它们到底是什么？

比亚德尼：我不知道。

哈加提：但是你住在博格时见证过一两件事。我们听到外面有人来时，你也并不是一脸无动于衷。

比亚德尼：这不一样。再说了，谁会想到这种天气能有客人呀？你真的看到什么东西了吗？是不是只是太累了，眼花了？

詹斯：那可能只是什么东西吧。

男孩：我看到了一个女人，清清楚楚。

比亚德尼：我真不明白。

哈加提：该死，也就上帝能明白吧。

随后夜幕降临。

哈加提有一百来千克重，他费力地爬上床，一躺下就打起呼噜。那些没什么想法的人从不会被环境困扰，总能马上沉入梦乡，好似受到了祝福一样。詹斯也睡着了。比亚德尼也一样，不过他先辗转反侧了好一会儿，嘟囔了几句，还叹了口气，但他现在睡着了，三人的呼噜声穿插在起居室的冰冷空气中。老妇在梦中发出几声低低的呜咽，男孩紧贴着床架蜷缩着，感受着詹斯每次吸气时对他的推挤。他想，我一定睡不着了。他躺在那里，处于绝望的边缘，渴望睡眠，渴望休息，渴望逃离。我一定睡不着了。他喃喃道，但还是睡着了。接着他醒了，似乎听到了一个声音，房间仍然被阴影吞噬，每个人都还睡着。男孩慢吞吞地想，应该只是天气原因，但他突然又听到了那个声音。似乎从走廊传来。是狗吗？他张开眼，但是发现内勒曼还在原处，于是立刻合上了眼。他脑中喊着该死，心里十分害怕，相信此时沿着走廊走来的就是她，睁着她那死气沉沉的眼睛。他竖着耳朵，却没再听到什么，于是把眼睛微微睁开一条缝儿，却捕捉到小萨卡里亚斯的侧影，这孩子已经坐起身来，谨慎地环顾四周，好像在判断这世界究竟是好是坏。狗发出温和的哀鸣，萨卡里亚斯下了床，飞快地爬过去，狗站起来，围着孩子蜷起身，舔了舔自己的毛发，然后他们两个都睡着了——一个小男孩，一只大狗，所以这世界或许还存在慈悲吧。风暴还没有平息吗？它没再那样狂吹房子了吧。男孩微笑起来，抵着床架。他之前还想着，天气永远都不会转晴了，只要世界还是这副模样，他和詹斯就只能这样被驱赶着，在黑暗中，在风暴中，从一个农庄赶往下一个农庄，永不停歇。他想，也许春天已经来了。他感觉到睡意再次渐渐涌来，还带着满满的一袋美梦。他听到比亚德尼发出一声模糊、近似压抑的声音，于是又把眼睛微微睁开一条缝儿。他看到农场主扭动着身体，男孩心想，他一定在做噩梦，然后就匆匆合上了眼，怕把睡意再吓跑。

除了老妇外，起居室中就只剩男孩和詹斯了。男孩突然醒来，猛地站起，但是因为刚醒，头脑还是昏昏沉沉的。詹斯裸露着胸部，站在火炉旁取暖。风暴已经停了。大个子说。的确，屋顶不再有风吹过，就连羊皮纸窗户上的积雪也被清除掉了，日光缓缓照进来，一片平和，但是北极海的咆哮声清晰地传来，几乎压过了外面孩子的声音。那好吧。男孩说，接着开始找起衣服。詹斯也找了起来。两个半裸的男人找着衣服，最后发现衣服在厨房的石炉上。年长的女孩索拉正坐在那里看着他们。男孩皮肤白皙，体形消瘦，詹斯汗毛浓密，身体结实。他们的衣服差不多干了，女孩熬了一种草粥，但他们还没来得及打招呼，她就跑掉了，好像害怕他们两个。男孩对詹斯说：

都怪你，长得太丑了。他们在客厅喝粥，喝完就静静坐着，听外面生活的声音，平静的声音。詹斯说：该死，我真想喝咖啡。老妇笑出声来。她坐在一边，脸正对着他们，因此两人可以清楚地看到时间在一个人身上留下的痕迹。她的嘴张得大大的，里面没有一颗牙，黑洞洞的。她在笑。男孩惊讶地轻声说。不，她在哭。詹斯说。的确，她哭了，消瘦的身躯如同尸体一般，几乎无声地颤抖着，但是没有眼泪流出，泪水都已经干了。现在又来了，妈妈——他们甚至没注意到比亚德尼边说边走了进来，哭是没用的。但是老妇没停下来，或许正是因为这没什么用吧。你会有咖啡的。比亚德尼大声说着便抽身去煮咖啡，留下他们继续在那儿喝粥。

咖啡是她唯一的慰藉。比亚德尼回来后说。两人没有挪动身体，只是低着头，一直听着这单一而又痛苦的声音，两人已经麻木。那甚至是唯一能让她活着的东西。农场主补充道，他的双手没什么动作，垂在两侧。虽然有时我也不太确定你们会不会称之为生活。可以理解这样的生活吗？处于最美年华的女人死了，而这具尸体活着。或许，只是咖啡在维持着她体内的生命气息，而这一点马上就会得到证实了：这里的咖啡最多还能撑四五天。当然，现在还足够。他迅速补充道，然后跑到厨房去拿那黑色的饮品。我们要喝完他们所有的咖啡吗？男孩轻声问。也没别的选择了。詹斯答道。再说，这儿也没剩多少食物了。男孩说道，看詹斯没作答，他又补充道：你看到他们的眼袋了吗？你知道那意味着什么吗？！詹斯叹了口气。没错，男孩说，他们在挨饿。我听说过北部地区的情况，春天来时，剩下的东西已经没多少了，只有咸海鸟；人们得了坏血病，卧床不起，正当年的人，有些甚至还得被送往别的农庄、地区，才能再站起来。给他们吃几天正常的食物，他们就能自己回家了。这一定是世界尽头。男孩喊道，接着比亚德尼端着咖啡走进来。

为了更好地享受咖啡，他们一时间都避免交谈。比亚德尼轻轻叹了口气。他上次允许自己煮这样浓的咖啡已经是很久以前了，事隔好几个星期，那味道无可比拟。美味入口即能感受到，快乐紧随而至，他只需吧唧吧唧嘴，就能感受到咖啡的芳香。

你觉得我们活在世界尽头吗？比亚德尼问道，大家皆知他的问题指向谁，但他的目光却没固定在那个人身上。男孩感觉自己的脸越来越烫。我听到你说的了。比亚德尼直截了当地说道，而男孩闭口不言。老妇发出非常非常轻柔的笑声，它似乎来自遥远的地方，沉落到一片童真之地、一片绿色的生命家园，这里每个人都好好活着，也没有理由再去哭泣。哪怕是最迷茫痛苦的人也有美好的梦。

男孩：是的，这没错啊……这里离一切都有点远，翻过几座山，再过一个小海湾，就是北极海了。

比亚德尼：北极海没什么问题啊。

男孩：但是当你站在山上，听到大海的喧嚣，就会想到世界的尽头，想到一切终结、荒野初现的地方。条条大路都远离这里。

比亚德尼：没有路通向这里？

男孩不好意思地笑了，带些歉意：这么说也许不对。

比亚德尼：没关系。但是在这里也很好啊，海上有很多鱼，崖上有很多鸟，我们还有五十只羊，这里很安静，没人可以摆布你。住在这里的人是自由的。这一点很重要。世界尽头？那是什么？对你来说是世界尽头，对我来说却是家。

男孩：就你们两人出海吗？

比亚德尼：再来一个人就碍事了。哈加提不仅抵得上两个人，甚至完全能当三个人用。但是之前都只有我出海。不需要去很远的地方。

詹斯：没有奶牛吗？

比亚德尼：没有。很久之前，我们有一头，但是她在这里感觉很无趣，结果就不产奶了。母牛是社会性动物。有时她一站一整天，冲着山脉哞哞叫。我想宰了这畜生，但因为孩子求饶，就饶了她。我把她带到斯托鲁维客，卖掉了。在那儿她有许多同伴。

男孩：你饶过了奶牛，真是善良，我是说，为了你的孩子。

比亚德尼耸耸肩：杀了她，我可能会得到更多。

男孩：你没想过再养一头吗，或养两头？

比亚德尼：谁能养得起两头奶牛？我去哪儿给这些畜生找干草？羊奶又是必备的。如果春天再晚点到，我们能吃的肯定就不多了，但是没人会挨饿，两周不到，就是餐桌少点花样，三周下来，也没人会饿死。

但是，男孩难以自控地喊道：你这里几乎不会有什么客人！

比亚德尼：是的，是的，上次是在十月，现在有了你们两个。

詹斯：客人不多，真是太好了。

外面，狗吠了几声，一个孩子在大笑，比亚德尼转过身去，好几秒钟都不知道怎么放自己的胳膊才对，而时间在不断流逝。他说：只有等五月份有船在此停靠时，才能见到人。他们从这儿买鸡蛋和水，船上也有外国人，我们能从他们手中换来种种有用的东西，孩子们会得到巧克力，还有奥斯塔……是的。他停下来，盯着空气，然后给詹斯递去烟草。很棒。詹斯说。是的，很棒。比亚德尼说。但是……男孩插嘴说。詹斯轻声咒骂，而男孩说：十个月里什么消息都不知道，有时候日子一定过得很艰难，根本不知道到底有什么事件正在发生！

比亚德尼：为什么我们要知道有什么事件正在发生呢？再说了，谁身上的事呢？远方的消息怎么能帮助人们呢？

狗又开始吠起来。内勒曼这个小杂种。比亚德尼骂道。两人好奇地盯着他，他补充道：这也没什么关系。你看起来也一个顶两个啊，就像哈加提。比亚德尼对詹斯说道。詹斯耸耸肩。

比亚德尼：我也总是很顶用。我们三个应该顶六个人，只少不多，应该够了。

詹斯：够了？够做什么？

比亚德尼：够把奥斯塔带到斯雷图埃利。

就是说她在这里？男孩问道，本能地四处看看，好像期待她出现一样。

比亚德尼：我本来想再等等的，等晚些时候，在春天，用船把她运过去。必须有好天气才行，坐船去斯雷图埃利也挺远。但是现在我不能再等了。

为什么不能呢？男孩问道。他就是管不住自己，他本不想提问，可没等他反应过来，问题便脱口而出。然而，比亚德尼似乎很喜欢这个问题。我昨晚做了噩梦，他匆匆说道，似乎要把令他不适的东西尽快说出来，梦到了奥斯塔，她来找我。忽视某些梦是不明智的。梦到死者不好，即使是奥斯塔……她是个很好的妻子，没有她，在这儿活着很艰难。失去了老婆，男人的命也就剩一半了，只有半条命的男人能做什么呢？当时让她回到这里时，她并不是很开心，但也接受了。久而久之，我们有了这些孩子，还有个夭折了。孩子们都很想她。她总是不停地忙来忙去。

外面传来哈加提的声音。他粗重的嗓音透过孩子的嬉笑声和狗的吠叫声传了进来。听起来他正和孩子们一起，玩得很开心。世界的尽头是什么呢？男孩想。

她在黑夜里向你走来。詹斯冷静地说，他知道何时该开口说话，何时该保持缄默，以及该说什么不该说什么。是的。比亚德尼说。她想被安葬到墓地，这就是她来找你的原因。

詹斯：你有雪橇吗？

比亚德尼：只有个雪橇架，几年前我用它把我父亲送了回来。他端详了男孩好长一段时间。他的眼睛是浅蓝色的，闪烁着坚定的光，头发是深色的，胡子已开始发灰。这段时间里，我想叫你留在这儿，帮忙照看羊群和我母亲，孩子们可以自己照顾自己，索拉也会帮忙看着他们。不会超过三四天，这得看天气。我会付给你报酬。那男孩避开了他的凝视，眼睛盯着地板，心里想：什么报酬？我可以在我斯雷图埃利的商店账户上给你留些东西。比亚德尼说。他似乎读出了男孩的心思。

在这里休息休息该多好。

不用再那么艰难地前行。天气恶劣，还有那该死的山，一想到要再次出发，男孩就几乎筋疲力尽了，更别说拖着一具尸体赶路。照顾五十只羊不成问题，还有那个叫索拉的小女孩帮忙照顾兄弟姐妹，男孩只需要让他们开心，帮他们解脱。但是那个老妇人可怎么办？当然，他能帮她换睡衣和衣服，虽然她身上有股味道，但他之前也闻过这样的味道，倒也不至于把人臭死吧。不过他还担心一件事：她的手指，弯得像爪子一样。

比亚德尼说：照管我的老母亲并不难，还有些可以给你读的材料。

男孩惊讶地问：读的材料？

比亚德尼略带歉意地说：几本杂志，《史基尼尔》《伊登》。我猜那些邮件袋里可能还有一些。那儿有《哥本哈根冰岛社会新公报》，是我父亲的。我猜你应该喜欢看书，就让这些杂志跟你一起在这里待几天吧。我们还有赞美诗，不过我猜你们这些小家伙肯定不会感兴趣。噢，还有些诗歌，也有《尼亚尔斯萨迦》《格雷提尔萨迦》。都是我父亲的。他想过与后者一同下葬，但我当然没满足他的愿望。因为我真的不信人到了阴间还能看书。书是用来看的，否则就没用了，而没用就不好了。

男孩问：他看过很多书吗？

比亚德尼回答：他从来没有离开过书，即使上了年纪。有段时间他有三十多本书，还抄了一大堆手稿，为此花了好长时间，甚至不休息，这很费灯油，我母亲总是要加灯油。而房子烧了之后，这些东西都没了。他们就搬到了这里。

男孩问：书都被烧了？

比亚德尼说：是的，还有农具、狗、衣服，都烧光了，父亲扑到了火里，倒不是为了那条可怜的狗，虽然那狗很好。他是为了他的书，可最后也就只救回来这两本萨迦。

男孩说：如果《尼亚尔斯萨迦》也烧了可能一样合适。①

比亚德尼：那场浓烟之后，他就再也没恢复过来，几年后就死去了。是那些可恶的书杀了他，母亲总是这样说。

男孩问：你读书吗？

比亚德尼：这不是个好习惯。

男孩：但你还是读了。

比亚德尼：我们要走了。这样的平静不会持续多久，下一场暴风雪很快就来了。

现在可是春天，该死的。男孩这样说时几乎带着控诉的语气。

詹斯：她在哪儿？

比亚德尼：外面的熏腊室。

外面的熏腊室？男孩大声说道，詹斯看着他，脸上写满了让他闭嘴的表情。

比亚德尼：我也不愿意把她留在外面。而且雪有可能会把她埋掉。但这是唯一的方法。

---

① 中世纪冰岛《尼亚尔斯萨迦》，有时也被称为"被烧死的尼亚尔斯萨迦"，因为名为尼亚尔斯的英雄和他的家人一起被活活烧死在房子里，因此男孩才这样说。

詹斯：那么，我们走吧。我们要在暴风雪到来之前爬上山。我要带上哈加提和男孩。

比亚德尼摇了摇头：他不行，这是成年男人的事。

詹斯：他没有看起来那么可怜。他是个坚强的小家伙，可以经受住考验。只是话太多。但是你的家在这里，孩子们已经没有妈妈了。

比亚德尼坐了下来，别人都站起来了，他还坐着。坐在那里，看起来一下老了十岁。男孩脸上的疲惫突然一扫而光，他准备好挑战大山了。尽管有十座山，而且够险峻。

天空渐白，透出光亮，四月的太阳在云层背后燃烧，显露出天空的痕迹。北极海向外延伸，看不到尽头，仿佛永恒本身，它深沉地呼吸着，海浪拍打撞击着下面的悬崖。詹斯避免往下看，但男孩发现了峭壁边上的绞盘，这意味着人们要在这里将船放下去，如果海浪太大，有危险，就用它把船拉起来。该死的苦活，他一边想一边四处张望有没有船，可是除了雪什么都没看到。詹斯整理了邮件袋，一共有十五个，每个十千克重的样子。那些是给比亚德尼的杂志：《史基尼尔》《伊登》。那只狗跑来跑去，然后在比亚德尼旁边停了下来，热情地看着他，伸着舌头晃来晃去。是的是的。他友好地说，那只狗在雪里蹲坐下来，看上去就像在等待被授予勋章。孩子和哈加提离得很远，他们在堆雪人，一家人个个都充满活力。哈加提向前滚雪球，越滚越大，另一只手臂抱着最小的男孩，像抱了个麻袋。

　　孩子们不敢走近这些来客，只是远远地看着他们。斯泰诺尔夫啃着他的羊毛手套，哈加提抱着萨卡里亚斯，之后把他交给索拉，说：我们要走了。你们全都进屋去。比亚德尼对小女孩说。但是爸爸，外面简直太美太棒了！斯泰诺尔夫说。是吗？比亚德尼说着环顾四周，仿佛才意识到这点。我想和哈加提一起去外面玩。贝塔说，她的眼睛就没离开过詹斯和小男孩。到访的人只停留了很短的时间，很少会再回来，她不太可能再有机会看到这些人了。比亚德尼语气严厉，甚至是斥责地说：他们要把你妈妈带走。贝塔收回了目光，看着爸爸，问道：带到哪儿去？去墓地，一定是。她姐姐说。不！她不能去，去了就再也回不来了！她说。我的宝贝，妈妈已经走了。比亚德尼犹豫了一下，才慢慢地说。我想见妈妈。斯泰诺尔夫把手套从嘴里拿了下来说道。接着，最小的那个开始大哭，也许是因为天气太冷，也许不是。进去。比亚德尼严厉地说。小女孩和哭泣的小男孩往回走，其他人不情愿地跟在后面。他们走向熏腊房时，比亚德尼对哈加提说：注意少喝点酒。哈加提说：我猜你会监视我。他们肩并肩走着，大个子工人旁边的比亚德尼看起来衰老又虚弱。

比亚德尼：我留下来。

哈加提：你说什么？

比亚德尼：就这样吧，我留下来陪孩子们。他们已经很难受了。

哈加提：该死。

这小屋子几乎快被埋在雪下面了，但很显然，他们经常出来铲雪，当天早晨刚刚铲过雪。比亚德尼打开门，他们都闻到了烟的味道。他走进去，拉出一个简易的雪橇，棺材就在雪橇上面，是没处理过的浮木制成的，工艺并不漂亮，但死亡不也一样？

我会陪你们上山，你们需要帮忙。比亚德尼说。男孩抬起头。山环绕着海湾，呈半圆形。有些地方，陡峭的岩壁和漆黑的悬崖直直俯视着大海。他们带着雪橇出发了，在雪面上轻快地滑动。你不告诉孩子们吗？哈加提说。我跟他们说过了。我的意思是，你要告诉他们，你不是一路跟着我们去。比亚德尼停了下来，往下看着农场，孩子们并没有进屋，而是站在门外面，还有狗，都看着他们。你去吧，比亚德尼说，那样你就可以跟他们说再见了。你出来之前，我其实跟他们说过再见了，说我要跟客人一起出一趟门，但是再说一次也可以。这个大个子男人迈着极快的步子跑了。向上抬。农场主说，他和詹斯来拉雪橇，男孩抬高雪橇的后部，他两次回头望去，看到哈加提将贝塔高高举起，大脑袋蹭着小女孩的肚子。

哈加提很快赶上了他们，把棺材一点点弄上斜坡并不容易，至少要四个人才能把尸体拖走。男孩出了一身汗，斜坡陡的时候还不得不跪下来才能推动。他们极其缓慢地前行，径直穿过最易走的斜坡，虽然并不总是那么容易。男孩不得不跪下来时，裤子会擦在棺材上，他深深呼气，温暖的呼吸顺着缝隙透了进去。他们停下来休息时，比亚德尼说：只有不到三百米了，我们已经走了快一半。农场在底下变成了小小的斑点，孩子们不见了，就像从来没有出现过。我再也见不到他们了，男孩很难过地想。爬到高处看风景，原来并不总是那么令人开心。

他们看到了海，无边无际的大海。爬得越高，人就会变得越渺小，海就显得更加辽阔。

比亚德尼在坡顶跟他们道别，眼前是起伏不平、高高的荒地。假如天气稳定，只要一天一夜，他们就可以到达。比亚德尼将视线避开地平线的方向，那里天色正在暗下来。我会少喝酒的。哈加提说。比亚德尼看着棺材，其他人把身子转了过去，突然全神贯注地环顾四周。哈加提，你付住宿的钱还有拉雪橇的钱。比亚德尼说，他看向西边，视线越过荒地和山野。

他清了清喉咙，补充道：上帝与你同在。然后他跟每个人都握了手，开始下山。他们朝相反的方向走，向西走，但在某种神秘的角度来看却是正北。似乎是这里唯一的方向了。男孩来推，另两人拉，他们走得很顺利，应该说非常顺利。两个小时后，开始下雪了。起初只是小雪，之后整个世界当然渐渐暗了下来。风一边刮，哈加提一边骂。

XII

四个人在行进，三个活人，一个死人。

男孩有时走在棺材前面，和两个大个子走在一起，就像是两根树干间的一根细木棍。可惜的是，他更多时候是走在后面，双手放在粗糙的木头上，尽全身之力，使劲往前推，手掌下方几厘米处就是她的脸，带着死亡的青色和冷冷的白色。在前面拉更难，脚经常会陷下去，需要不断地开出一条路来，但是在前面拉更好，似乎比在棺材后面更接近生命。当然，在后面能略微避开一点风暴，特别是弯下腰推时，但男孩的皮肤能感受到死亡的冰冷气息。他尝试过把胳膊放在前面，这样头就能在棺材后面，但爬坡、上山、沮丧地挣扎着上行时，就没辙了。詹斯和哈加提在前面拉，男孩则必须趴在棺材上，以此保持雪橇的平衡。这时，他的脸就位于她的正上方，死者的眼睛透过棺材盖，与活人对视着。他如果闭上眼睛，头脑里就能听到她的声音。她说：死了并不好；太冷了，寒冷让我变得残酷；不要让我失望。

男孩用力睁着眼睛，顾不上计较迎面吹来的雪让眼睛难受，因为只要睁着眼睛，那个声音就立刻消失了。只要睁着眼睛！但是坡度又变得陡峭起来，男孩的双臂又扒在棺木上面。他两腿继续使劲，推着雪橇上坡，同时本能地闭上双眼，于是那声音又冒出来了：就我这样子，你想抱抱我吗？

你认识路吗？过了很久，他们停下来喘气时，詹斯问道。他们出发时看到的高高耸立的大山此刻已经不见了。大雪中的山峰先是变得朦朦胧胧，然后完全消失在视线以外，同时他们也分不清方向，看不见地平线，失去了在极寒天气下、在刺骨的北风中走山路所需要掌握的一切线索。你认识路吗？詹斯显得有点担心，同时也觉得轻松，毕竟每走一步都意味着离北极海远了一步。那海洋在头天夜里已经进入他的梦境，触到了他的胸膛，他醒来时，心中冰冷。我说了认识就是认识，哈加提回答道，谁又知道什么呢？反正我以前走过这条路。他们跪在棺材的背风面，在死者的掩庇下，两个男人将冻在胡须上的冰敲掉，男孩就像他们之间的一只小狗。带着一个死者长途跋涉，不是件容易的事。当然，雪橇没有问题，路面的积雪有时硬度还可以，勉强能行走，有时候积雪太软，雪堆在一起，到处都是雪坑，行走就很艰难了。两个巨人在前面拉，男孩在后面推，他们不时陷在雪坑中，一路上时而出汗，时而冷得刺骨。在他们身后很远的地方，有一间小屋，屋里住了孩子、一个农夫、一只狗和一个老妇人。由于哈加提离开了，小屋显得很是荒凉。他不在那里，也容易使人想到奥斯塔的死亡，就好像她又死了一次。比亚德尼木然呆坐，茫然望着前方。萨卡里亚斯从那只狗身上找到了安全和慰藉，它有那样独特的眼睛，那样又长又宽的舌头。但另外三个人只能自己照顾自己了，他们很脆弱。

这三人一路走了很远，只在爬上最难走的陡坡后，停下来短暂小憩。男孩和哈加提说了几句话，詹斯一直沉默，什么都没说。不过现在他们在休息。再多几个人就好了，哈加提说，不是抱怨，就只是说说而已。接着他问那男孩：几乎趴到她身上，那是什么感觉？冷。男孩说道。我信，不过她跟你说话吗？我闭上眼睛时她就跟我说话。男孩马上答道。在山里这种地方，不可能不实话实说。谎言或真假参半的话没有出路，因为谁都不会信。

死者不说话。詹斯说道。

哈加提：不，他们说话，完全可能比你都说得多。

男孩：她跟我说话……或是对我说话。

你这人缺少决断。詹斯很直接地说，听着倒像是在解释。他们背对着棺材，似乎这样休息得好一些，说话更方便一点。也许吧。哈加提若有所思地说，他那双蓝眼睛从结了冰的眉毛下面盯着男孩，但这并不改变死者说话的事实，这一点我是知道的，而且我别的没有，唯独不缺决断。活着才能说话。詹斯这样说时，身体有些颤抖，浑身的寒意似乎正在加剧，这是发自体内令人难受的刻骨寒意。

哈加提：有这样的死，有那样的死。完全不同的两种类型。一只羊死了，一条鱼死了，都一样，人却不能也那么说死就死了。

男孩：希望你是对的。

哈加提：希望？我说的是事实。你要相信我，我不会随意乱说。不过现在我们最好还是吃东西吧。

他看着詹斯，只听他说道：你们两人再说就直接说到地狱里去了。之后把肉递给他们。冷风吹来。夜幕降临。

夜幕降临，男孩在后面推。他们已经到了这么高的山地，仿佛已不再属于人类的世界，而是荒野和苍穹的一部分。这儿的夏天有福祉，冬天则有严酷和死亡。他们继续艰难行进，浑身疲惫，却不能停下。周围的荒野没有任何庇护。艰难的跋涉让他们身上还算暖和，但手指越来越冷，双脚越来越冷，脚指头开始变得麻木，一个个像哀叫的小动物。总是越靠近天空就越冷。雪片纷纷扬扬，渗入每条缝隙，从四面八方击打男孩，盘旋着扑入他那早已冻得僵硬的脸。此刻他即使想说话也开不了口，脸僵得和棺材里那张脸一样，而她倒是自在，由着他们伺候。死者都是利己主义者，驱使活着的人为他们付出辛劳，如果活着的人做得不够好还会深感愧疚。男孩责怪着这个女人不该死，累及他和詹斯来干这一苦差，选择他们翻山越岭，穿越荒野，运送亡者。他责怪她自顾自舒服地躺在棺材里，不起来帮他们推一推或拉一拉。他盯着棺材前面的那两个男人，在纷飞的雪花中，两人越来越难区分开来。人们曾在这些地方消失，变成雪花，永远都见不到了，到了夏天会随着白色的雪融入大地。世间再也不会有比这更美丽的死亡了，虽然死亡从来都不美丽，只有生命才是美丽的。男人们拉着棺材又继续前行了。

詹斯骂着他的右臂，这条手臂时不时发麻。真该死，他想，真该死。他瞥了瞥后面，棺材、雪橇和男孩都落满了白雪，而他仍然在那里。深雪没到了詹斯的膝盖，他还在想着塞尔瓦。得到我，你们男人不就是想这样吗？这些话难以忘怀，总是能把他揪出来，侵扰他，指责他。你能一直不背叛我吗？她有一次在他耳边这样说。那是大约一年前的夏天傍晚，他们躺在草丛里，远离尘世，周围一片寂静，只有红脚鹬在不停鸣叫，仿佛在埋怨着他们。天上飘着的蓝灰色云朵，形状变幻，风栖息在草丛里，草叶几乎一动不动，一两只蝴蝶在飞舞盘旋，享受给予它们的片刻时光。那柔软的翅膀翩翩扇动，丝绸一般神秘。塞尔瓦小心翼翼地伸出裸露的手臂，又伸出一根手指，只见一只蝴蝶仿佛魔术一般停在她的手指上，翅膀颤动着。她将手指移近他的脸庞，动作极慢，以免吓到这长着梦幻般翅膀的小生灵。蝴蝶漂亮吗？她问。漂亮。他说道，同时屏住呼吸以免将它吓跑。为什么这么说呢？我想，是因为它漂亮。为什么说它漂亮？因为它的翅膀。他说着向蝴蝶移得更近了一点。此时蝴蝶已经停稳，翅膀也不动了。这是不是有点像生活呢？塞尔瓦沉思着，远看很美，拿近后再看，原来不过是一只带翼的昆虫。你能不背叛我吗？她轻轻将蝴蝶从手指上吹开，低声问道，仿佛是不敢问，或许是因为害怕答案。他握住了她的手，将她脸上的散发拨开——这张脸庞对他来说，比天空还重要——说：我宁死也不会背叛你。她哭了，或许是感到幸福，或许是因为这话说起来容易，而真正的生活却难。她已注意到了我的背叛，詹斯想着，一面从齐膝深的雪里使劲拔出脚来。她哭了，因为我和她丈夫一样，也是个卑鄙的人，从喝第一滴酒开始就背叛了，甚至无须酒精。他狠狠拉着，用力太猛了，雪橇猛然向前一冲，男孩脸朝下一头扎到了雪中。詹斯加速时，哈加提哼了一声，但还是跟了上去，不想表现得不够男人。男人是原始的，心思不难猜。男孩无奈，只能紧紧跟上他们俩，可他还不是成年男人，只能勉强赶上，因此好长一段路都顾不上推雪橇。但是为什么呢？詹斯想，我要去索多玛，是不是因为我喜欢酒店老板？是不是因为我觉得玛尔塔，还有她那些言论和想法有趣？是因为那儿的烈酒吗？我可以在盖尔普特那里喝，甚至可以在世界尽头喝。是不是完全因为我会看到玛尔塔，所以我会兴奋，会产生欲望，所以此刻在山上，我会回想起她走路时的身姿，所以我会在身处荒野时想起她？有一年夏夜，太阳无眠地静静挂在大海上方，她说：你老盯着我看。詹斯没有搭腔，只是继续喝酒。她笑了，说：看吧，你高兴看就看吧，我也要看着你。你真高大。后来他还默许维克的女仆为他按摩，不断轻捶，虽然他身上的寒气大部分已被驱除，但还是任她继续轻捶，任她的手往身体上方移动，还让她看到他的身体起了什么反应。我就不能不背叛最重要的原则吗？不行，我做不到，所以，那又能说明什么问题呢？那我回到家时该怎样面对海拉那双眼睛啊——那双眼睛盯着我，好像我就是世上最美最好的人？我身上要是还有一点点羞耻心，就该切掉我的蛋去喂狗！

嗬！嗬！是不是魔鬼在追你啊？哈加提大喊起来。詹斯放慢了一些脚步。他先前已是在慢跑，虽然严格说来，此处根本无法慢跑，至少现在无法跑，毕竟这是在雪地里。男孩抓着棺材，以免落在后面和他们失散，那个女人的眼睛透过棺材板看着他。哈加提喊道：天黑了！那又怎么样？詹斯回应说。没什么，只不过我们得找个避身之处，休息一下。避身之处，避开什么？詹斯问。这该死的天气啊，还会是什么。这里没什么避身之处。詹斯说，声音轻柔，那些话语很快就被风吹散了。不久后，大概过了半小时或一小时，哈加提找到了可以避身的地方，他解开拴在雪橇上的铁锹，把雪地上的一个洞穴掏大。我们休息一个小时，然后继续往前走，大概午夜出发吧。他补充道。干吗要休息啊？詹斯愤愤地嘟囔了一句，看着哈加提把棺材推进狭窄的洞穴放妥。我们已经不停脚地走了至少十五个小时，人需要休息，恢复精神。哈加提说。

哈加提和男孩背靠着棺材坐下来。詹斯说：我不需要休息。但他还是把邮袋取了下来，坐下。甫一坐下，他就感到了极度疲劳，同时从袋子里取出食物，多点食物不会有坏处。之前詹斯拒绝带上比亚德尼要给他的食物，说：孩子们需要食物，我们能挺住。他说得对，但现在却有点后悔了。该死的，你就只吃那么一点吗？哈加提喊道。够吃了。詹斯说。该死的。哈加提嘟囔了一句，很快就吃完了自己的那一份。男孩将自己的那份分了点给他，说道：我人小吃得少。除了吃，你还做什么了？詹斯问道。我这一辈子从来都吃不饱。哈加提答道。接下来大家都陷入了沉默。饥饿、口渴、寒冷，但休息总是好的。休息一下确实不错。詹斯承认。这倒是出乎大家的意料，哈加提看着他，那副布满冰层的脸上露出了孩子般的喜悦。他用手指一点点将冰块掐碎，然后接着说：唱歌有时候很有好处，能使身上暖和，唱歌的人不会那么快睡着。

詹斯：我觉得唱歌没意思。

哈加提：是吗？

狂风在外面呼啸，怒不可遏，极不耐烦，希望这几个男人出来，这样狂风除了雪花之外就可以多一个肆虐的对象了。此处除了崇山峻岭，什么都没有，要撼动群山，那得需要数千年的时光。也许偶尔会有只狐狸，或者一只乌鸦，但动物们是不会允许风像对待人那样对待它们的，人只要走出房子，就立刻变得无能为力了。狂风阵阵，吹落他们身上和棺材上松散的雪，好像是要考验他们——是走了还是死了？哈加提尝试筑起一道雪墙来阻截强风。墙很快垒了起来，效果不错，使他们离狂风又远了一点，风的咆哮声远了一些，阵风也减弱了，他们能看到自己呼出的热气，一种宁静笼罩着他们，感觉几乎很好，于是带着近乎满足的眼光往洞穴外看。男孩开始任由自己打瞌睡，任凭梦想充斥现实。哈加提和詹斯渐渐消失在远方，转移到了另一个世界中。睡眠慢慢地小心地在他周围编织起了一个保护层。男孩发出喃喃声，嘴半张开，流了一点点口水，在嘴角处就结成了冰。詹斯是第一个恢复感觉的，因为他有经验，这也与他的性格有关。在这种旅途上的人如果感觉很好，那一定有问题，意味着有危险了。詹斯甩了甩手，甩掉因为长时间不活动产生的麻木，将冰冷的手指伸进冰冷的手套，动了动麻木的脚趾，看着沉入梦乡的男孩。起初，你陷入蓝色的梦境，但这梦境非常缓慢而舒适地转化成黑色的死亡。它可以同时具备多种特质，看到一个人入睡，看到他脸部线条的松弛，瞥一眼他的潜意识，他一生要么隐藏、要么失去、要么探寻的内心世界，这既可以是美丽、悲伤的，也可能是糟糕的。詹斯犹豫着，仿佛不敢推一推男孩。哈加提只是盯着半空，好像毫无知觉。最后，詹斯轻轻叹了一口气，用肘子狠狠顶了一下哈加提，而哈加提突然直起身子，大叫道：都见鬼去吧！那简直就是尖叫，男孩的梦全被赶跑了。谢谢你，伙计，哈加提对詹斯说，我从来不喜欢暴力，但是感谢你的胳膊肘，我刚才真的睡过去了，我相信我看到了奥斯塔就站在外面的露天里，她示意我过去，我感觉自己好像出发了，但实际上仍端坐着。在这山里死掉是件很容易的事，闭上眼睛就够了。不过天啊，现在吃点东西应该是不错的，我的意思是要吃点体面的食物，真想来点熏羊肉，一大块，都要想死了。你们不饿吗？我感觉我能吃下一整只羊。或许是两只羊。男孩说。别谈食物了。詹斯说。他向洞口爬去，向外探头审视周围的情况，但是风简直能吹掉他的脑袋。风雪更厉害了。詹斯说着，吐出嘴里的雪。

要想不睡着真的很难。疲劳在肌肉中颤动，在血液里沸腾，现在他们像动物一样摇摇晃晃，没什么话，几乎根本没有话要说，他们的思想就像死水里迟钝的鱼，几乎没有激动，没有一点痕迹。如果能想到什么，那就是食物。男孩不知不觉开始哼唱起来，那是一首家里传唱的民歌—— 应该给孩子们面包，在圣诞节时吃的面包。他呆呆地瞪着眼睛，接着清醒过来，因为哈加提唱出了朗朗上口的旋律，一开始只是轻声细语，不过很快就成了奔放的旋律。他的声音响彻栖身的雪洞，带着强烈、纯净、柔和的阴影。男孩也提高了嗓音，他们唱着其他圣诞歌曲，大声唱歌，在远离人类的高山上，在远离人类的山洞里，在誓要将人斩首的风中，背靠着棺材，几乎唱得声嘶力竭。而这是四月底。他们的歌声变得如此热切，如此荒谬，如此疯狂，以至于詹斯也不经意地在某一时刻加入，一起哼哼着。迷人的曲子把他吸引住了，但他很快就停下来，只是听着，没有反对。他们唱着歌，忘记了饥饿。他们唱出了所有能记起的圣诞歌曲。然后哈加提必须撒尿了。男孩深深地吸气，吸入空气，闻到了烟雾的香气。起初他认为，他对圣诞节时熏羊肉的记忆是如此强烈，以至于感觉到了它的气味，但是随后他开始像狗一样嗅着空气。头朝两边转了转。你闻到烟味了吗？他问，我的意思是，这里闻起来是不是像烟熏味？像烟熏味，在这里？胡说些什么！刚撒完尿的哈加提说，不过他也开始嗅闻，詹斯也一样。该死的。詹斯嘀咕着，快速起身，脸色甚至有些发白，而哈加提把鼻子压在了棺材上。魔鬼与之同在，他闭着眼睛说，这是熏羊肉的味道！他张开鼻孔，嘴也半张着，肚子隆隆作响，而后他尽可能远离棺材，尽管在狭窄的空间里退不了很远。詹斯和男孩试图往两边躲，邮差詹斯的肩膀撞到雪墙上，雪在他身上塌下来，也落到了哈加提身上。哈加提发出一连串的咒骂。咒骂是健康的，几乎和祈祷一样健康，有时比祈祷好得多。男孩闭上眼睛，同时听到头脑中那绵软、冰冷、嘲讽的笑声。你饿了吗？那声音问道。在这里不好。詹斯说。但总比离开好。哈加提说。该死的风暴。男孩咒骂道。

雪洞外面是夜晚。

男孩坐在他的位置有节奏地摇摆着身体，回想着诗歌和故事的片段。那烟熏味变浓时，詹斯把洞口弄大，好让风吹进来。风进来得很快，他们立即浑身都落满了白雪。詹斯把洞口又改小了点。忍受烟味总比让雪进来更好。哈加提说：我三年没有碰女人了。明天，不，现在已经是今天了，正好是一千一百天。

詹斯：一千一百天。

哈加提：对一个健全的男人来说，这是件可怕的事。我都要盯着母羊看了。

最后一次发生在哪里？詹斯问道。现在他开口说话了。现在，在男孩不知道说什么恰当的时候。

哈加提：在斯雷图埃利，就是我们要去的地方。受祝福的波迪尔杜尔，一个医生和他妻子的女仆，该死的。我们像野兽一样冲上去，就像想吞噬对方一样。那样一个天使，那个女人。强壮如牛，美丽如夏鸟。

那以后你见过她吗？男孩问。

哈加提：见过，是去年。只见了一会儿，而且有别人在场。

男孩：然后呢？

哈加提：然后就没什么了，本来就该是这样，不会有其他的了。

为什么呢？男孩惊奇地问。

哈加提说：你还太年轻。除了这双手，我一无所有，而且我必须戒酒，否则我就是该死的浑蛋，会把我们两个人都毁掉。最好留有美好的回忆，而不是继续交往，毁掉这些美好的记忆。

詹斯爬起来打理洞口，费了很长时间。他们很冷，身上的冰早已融化，化成寒意融入了身体。他们在洞内狭窄的空间里尽可能地挪动身体以保持温暖，吸入棺材所散发的强烈的烟熏味。男孩和哈加提忘记了身在何处，哼起了圣诞歌曲。一个开了头，另一个立即加入，有时能唱出一支完整的歌。他们甚至高声歌唱，歌声融入了暴风雪，音符被风雪撕得粉碎。詹斯没有反对，只是郁郁地凝视着。带葡萄干的圣诞节蛋糕。他们把《应该给孩子们面包》唱了五六遍后，哈加提说。

男孩：炸大饼。

哈加提：加了甜牛奶的粥。还有蜡烛。

詹斯：熏羊肉。

哈加提：现在你已经明白了！熏羊肉和蜡烛，小伙子，这就是福。人啊，只求活着，不要抱怨，但是我受过很多苦。在我还是个孩子时，就到处遭白眼，谁都不喜欢我，我没有得过任何人的好处，只有奥斯塔对我好，虽然不是钱财和舒适方面的好。那里的生活很艰难，你该去看看，悬崖峭壁下，波涛在怒吼，房屋下边的地面在颤抖，你的勇气也在心里噼里啪啦。然后夏天来了，那里除了毛毛细雨和雾霭什么都没有，连续两年的夏天，只有两天的阳光。那些日子总是狂风肆虐，否则就是无休无止的细雨，干草基本都毁了。接下来是艰难的冬天，等到了春天时，一点食物都没有了，只剩下手指头啃了，但孩子们还得喂，听到小孩饿得哭，人就像被活着剖开了一样。最后，比亚德尼不敢说主祷文，因为当他说到"今天给我们每日的面包"时，小贝塔会哭。尽管如此，生活在那里还是够好的。那是我们头上的屋檐，远离烈酒。我在那里住了五年，只喝了两次酒，但是最后一次，我几乎杀了比亚德尼。

你看我是个什么样的人？哈加提看着男孩说。詹斯不安起来，好像非常不耐烦。

男孩试图张着嘴呼吸，避免吸入烟熏和死去女人的气味。他从眼角看到哈加提粗糙的脸庞，那双盯着半空的蓝色眼睛，就像一个张开又闭合的伤口。然后哈加提摇摇头：我不喜欢我喝酒时遇到的那个人，根本不知道他来自哪里，我不明白为什么我不能对付他。你父母呢？男孩问。

哈加提：我父母？

男孩：你说你到处被欺侮。

詹斯：大家都有自己的生活。

男孩：我只是问问，有时候人们只是问问。

詹斯：你不是有时候问问，你是经常问。你觉得你会问出什么吗？

哈加提：没必要挑剔，小伙子，那只是一个问题，很容易回答——我对父母一无所知。我出生后，被人从一个农场踢到另一个农场，从一个洞穴踢到另一个洞穴，在这里待一个冬天，在那里待一个冬天，但在吉尔农场的时间最长，我永远不会忘记这个农场的名字，到我死的那一刻也要吐它一口唾沫。我八岁后在那里待了六年，到了农场主开始怕我的时候，他就把我赶走了。十三岁那年，我的个头就差不多像个巨人了。我无法理解的是，我竟然能长大，一定是因为我特别倔吧。我唯一渴望的就是长大，这样我就可以打倒那些踢我的人，而且我真长大了。不知道是该感谢上帝还是感谢魔鬼。吉尔的农场主名叫约瑟夫，他的妻子是玛利亚，就像耶稣的父母一样。生活就这么滑稽，小伙子。据我所知，他们还活着。我有时会打听他们的情况。恨活人比恨死人容易。约瑟夫是个喜欢开玩笑的人，经常嘲笑我对黑暗的恐惧——小时候，我在每个角落都能看到鬼魂和各种各样的恐怖景象。他喜欢在黑暗中悄悄躲在我后面，发出沉重的呼吸声。他晚上给我讲恐怖故事，还逼我睡在走道上。睡在走道？詹斯问。哈加提说：吉尔农场地方小，约瑟夫家里的房子小，他们的心也小。他们要我睡在走道里，在大门旁边的一个角落，用一些破旧的衣服当毯子。起初，我很怕那只狗，就像怕鬼一样。那是一只黑色大狗，但是一起待了几个晚上后我们相互接受了，这可能挽救了我的不幸生活。如果不是那只狗，我很可能冻死、饿死或吓死。他是我最好的朋友、同伴和救星。这就是为什么我知道奥斯塔死了，可怜的小萨卡里亚斯要来体验世界的严酷时，我们必须做些什么。那只狗的名字是黑迪，但我叫他"友迪"，他也喜欢那个名字。你知道那些什么样的日子。夏天里每天四五点，总要有个人去放羊，这个人总是我。在又冷又湿的早晨，我赤着脚，空着肚子干活。干完家务后，我才能获得一点点食物。玛利亚说：你不能把我们吃穷了。每次她都只给我一点点食物。少年时我一直都很饿，一直饿，永远都吃不饱。但是那些年仍然是最好的时光，我和友迪早上很早出去，有时天气好，这时候我们就很快乐，只有我们两个、草、小溪和鸟，有时我忘了时间，会因为回去迟了受些敲打，但他们那样做也不是出于恶意，更像是因为愚蠢，他们并没有想得太复杂。然而，冬天取水是最让我难以忍受的，为了家里用水和牲口用水，每天早上都要跑七到八次，我永远都忘不掉那寒冷的北风和那两个结满冰霜的沉重木桶。通常每走一步都会有水溅到我身上。有一次我因此冻病了，当时我九岁或十岁，病得半死。这个男孩会死的。我在昏迷中听到有人说。我听了很高兴，希望能轻松进天堂，以尚未接近邪恶的清白之身进天堂，唯一的遗憾就是不能带上那只狗，否则我们两个到天堂牧羊是最佳搭档。但有一天，在头脑清醒的那一短暂时刻，我看到一个直立的棺材，就在我触手可及之处。那难得的神清志明啊。约瑟夫借进城办事的机会，为我带回了一副棺材。然后，不幸的是，我感到相当恶心。记得当时，在我被疾病带来的昏沉再次吞噬之前，我心里想的是，你才会被困在那该死的棺材里！我猜想，就在那时我失去了自己的清白。该死的恶意挽救了我的生命，同时毁掉了我的清白无辜。

　　这事让我变得更顽强，过了几天我就完全康复了。所以那口美好的棺材就被他们留下了。虽然我被迫在里面睡了几个星期，让那棺材起到了一点作用，不过之后我被迫睡棺材的消息传开了，邻居们不像这对《圣经》中的有福夫妇这么有兽性，所以威胁要投诉他们，说他们虐待我。嗯，事情就是这样。但正因为如此，我才对这种床很熟悉。他边说边拍打着他们身后的棺材。我与它们很熟悉。如果我没能早早醒过来，起床不够快，约瑟夫就会把棺材盖子紧紧关上，坐在上面。然后，我就会闭上眼睛，体会死亡是什么感觉。

XIII

在暴风雪之外的某处，太阳正冉冉升起。在某个地方，人们在清晨迎着东方天空的朝霞醒来；在某个地方，天空宁静，气候平和。在有些地方，人们可以毫不费力地呼吸，男人可以走出门，对着墙壁打哈欠，可以放轻松，不需要冒着生命危险，也不必担心被风吹倒。这个世界上有很多美丽而奇特的东西。但这三个人既看不见天空，也几乎看不到地面，而且在不得不撒尿时极其需要胆量，要将敏感的器官在冰霜中露出来，而且要长时间伫立不动，简直就是无法克服的困难。但是随着清晨的到来，上天显示了怜悯——他们突然瞥见了周围的山坡、谷地；九点钟左右，风暴已经平息了很多，中等体型的人可以很容易地站稳了。还不能说已经可以看清各种景物，只能说是瞥见个大概。但对哈加提来说，这就足够了，他又找到了方位，又可以说：是的，我们在这里。于是一切变得简单多了，世界不再充满敌意了。哈加提说，再向北一点，那就是他们去的方向，再往北一点，如果他们没有厌倦和疲惫、饥饿和口渴，而且不用管那个散发出烟熏羊肉味和圣诞精神的女人，那就一切都好，就有可能唱唱歌，想想美好的事情。但是出于某种原因，棺材变得越来越重，他们每走一步，死亡都变得越来越重，它说到哪里，这三个活人都会全心跟随。男孩一面推着棺材，一面想，这两个人抵得上五个人。他不时能看到一缕缕烟，但是在此处辽阔的天空之下，显得很轻淡。

他们不敢在雪洞里继续待下去，那股气味让他们发疯，而且忍不住想睡觉，可是把棺材拖出来后，外面极冷，就连詹斯也在寒风中冻得直发抖。头一个小时里，天完全是黑的，他们踉踉跄跄，不知道在往什么地方走，也走不到什么地方。他们只是集中注意力，一心注意不被风吹走，保持站立姿势，不失去棺材和伙伴，但是现在风的愤怒稍稍缓和，天空露出了片刻，这时哈加提可以说那些吉利话了——是的，我们在这里。他们继续前进，四个人，三个活人，一个死人，这不是个很不错的结果吗？中午到了吗？是正午吗？抑或只是另一个夜晚的降临？他们一步一步地往前走，哈加提的话给他们带来的快乐消失了。他们在前面拉，在后面推，一再陷到雪里，气喘吁吁。哈加提和詹斯唇边的胡须都结了冰，男孩除了眼睛以外，完全失去了感觉。山坡再次消失了，飘扬的雪再次把世界变得黑暗，风吹起来，几乎直接吹向他们，傍晚将至。男孩闭上眼睛，疲劳让他眼前发黑。脑海里的那个女人说：幸福不能持久，但是痛苦可以长久，它对你更忠实，不会抛弃你；爱情踌躇，仇恨执着。不对。男孩反驳说。什么不对？爱是……你知道什么是爱情？她打断他，问道，你爱过什么？什么时候爱的？你爱过的那些年月都在哪里？你爱过谁？男孩想说母亲、父亲、莉莉亚、巴尔特，但他没有说，因为他们都死了。忘掉脑海中的那个奥斯塔吧，什么都瞒不过她，她的笑声是冰冷的。当然你只爱死人。你以为你凭什么可以跟我说话？所有最好的都在我这一边。不要抗拒，难道说生命能为你提供死亡所拥有的吗？真相会烧疼你吗？她问道。为了摆脱脑海中的她，他睁大眼睛，与此同时，那似乎已经变得遥远的风暴又全力压了过来。现在我随时都可以和你说话。她说。而这很可能是真的。男孩此刻睁着眼睛，却仍能听到她说话。他隐约瞥见了棺材前面的哈加提和詹斯。她说：他们会很乐意摆脱你，你对他们来说是个负担，你很弱，他们很强，詹斯早就厌倦了你。男孩努力回想着莱恩海泽，本能地寻求血液的温暖，死亡的反面——情欲、恩爱。想到她往他嘴里塞的糖果，上面还有她的唾沫在闪光；想到她在旅店紧紧贴住他时那片刻的温暖，她的肩膀像月亮一样白，嘴唇柔软湿润，她的嘴唇……你称之为爱吗？他脑海中的声音问。是的，这是爱情，当然是爱情，你哪里知道，你是死的。可是你为什么还想着那个浴缸里的女人？我没想她。她乳房上的水滴，你当然在想，她比你年纪大很多。你喜欢老女人吗？我是老女人，你可以要我。你很残忍。胡说，我只是死了，就像那些你最爱、最思念、最牵挂的人一样。现在你有机会来找他们了，你只需先和我在一起片刻，和我一起躺下。你不想摆脱这场风暴吗？你不厌烦吗，总是这么冷，这么累，这么饿，这么渴？你至少还要忍二十四个小时，这时间漫长得叫人难以忍受。难道你不觉得烦吗，总是过这样忧郁的生活，每天早晨醒来，总是有些遗憾需要承受？你属于死人，不属于活人，你的家与我们同在，不要背叛你所爱的人，躺下吧，闭上你的眼睛，我会躺在你身边，和你一起，躺在一起，当你再次睁开眼睛时，一切都会好的。

XIV

我也不知为何会往后看。哈加提告诉男孩。此时，他们正跪在棺材的遮蔽下，身材魁梧的两人刚把男孩从雪里拖出来。男孩照着奥斯塔说的做了，躺了下来，正要进入绒毛般柔软的美丽世界，可是他们两个突然猛地拉起他，嘴里喊着话，大声叫着，教他与柔软和美好决裂，回到这要命的生活中，回到这可恨的天气里。男孩用了最大力气去打他们，可惜没打中。这两个高大男人不费吹灰之力就制住了他，真是尴尬，他渐渐恢复了意识。不，我也不知为何会往后看，哈加提说，向前看已经够艰难的了，何况要扭过头，这块该死的冰牢牢地冻在我衣服上，要回头看后面的情况，整个身体都得转过去。也许你身边有位守护天使，因为我环顾四周时，你已经不知所终了，我们只是拖着棺材，哪里都看不见你了。再走几步，再远些，我们可能就找不到你了。在这个地方，一切跌到地面的东西都会不见踪影，先失去，后消失，最终消亡。

詹斯把手伸到皮大衣下面，掏出一个鼻烟角，用哈加提的话说，那是天堂的荣耀。臭小子，你一直藏着这东西？！是啊，关键时候用。詹斯答道。他来了一撮，哈加提也一样，用两个鼻孔一起吸，两人乐得长吁出声，他们让男孩也吸一吸，态度坚定，男孩躲也躲不过。你以前没吸过鼻烟吗？哈加提问道。男孩摆弄鼻烟角的手法太过笨拙，而且反复打了两三分钟喷嚏，着实令他一惊。要让你清醒，这东西再合适不过了。詹斯换下鼻烟角之前说道。你不愧是上帝造出来的。哈加提一边说，一边吸得兴奋起来，拍了拍邮差的后背。他们说话必须大点声，因为这遮风处太简陋了，四面都是肆虐的风，不过他们蜷在那儿，恰好被棺材遮住，还能休息休息，避避风，这透明的巨兽。

詹斯：你说还有多远？

哈加提：我要是知道才见鬼了。管他两个小时还是二十个小时，最重要的是活下来，把烟吸到血管里，这样一切皆有可能。你还剩多少烟？

詹斯：够每人再来一撮。

男孩：还要吸一撮那鬼玩意儿，我宁可去死。

哈加提：我就欣赏这样，男人就该这样说话——这样我们才知道他是死是活！不过，我们还要在这里坐一会儿，借奥斯塔的棺材挡挡风。

男孩：去他的棺材，不可靠。

哈加提：与奥斯塔有关的东西，没有不可靠的。我渐渐懂了，在这被上帝遗弃的荒凉大地上，没有妻子真活不下去，而且还得要奥斯塔这样的，不然你只能寂寞一人，寂寞的人会枯萎。

詹斯：枯萎？

哈加提：就是枯萎，然后像尘土一样被风吹散。不过，这又算哪门子活着呢？

詹斯：我看是悲惨地活着吧。

男孩望着他们——两个魁梧的巨人，刚才是他们救了自己。死神的怀抱像绒毛般柔软，趁这拥抱尚未变得冷酷无情，变成天寒地冻，他们把他拉了回来。他们的模样已经认不出了，浑身雪白，覆满霜雪；浑身上下，只有眼睛透露出他们还是活人，只要人不死，眼睛就不会冻住。三人蜷缩着身体，缩小体积，以便更好地利用棺材盖。他们靠近彼此，几乎围坐成半圆，向下看着双腿间，看着白雪。蜷缩在此，感受到另一个人的存在，在死亡的遮蔽下感受生命的存在，太美妙了。詹斯。男孩唤道。仅仅是呼唤了一声这个名字，它的主人不情愿地答道：在。他的确回应了。换言之，在这场旅途中，他们彼此变得亲密无间。你不寂寞，不，我的意思是，你有个女人。男孩说。她叫什么？哈加提问。詹斯一言不发。他们被狂风吹得左右摇晃，半睡半醒。在哈加提和男孩几乎忘记了那个问题时，詹斯才开口：塞尔瓦。这样说时，他看着茫茫白雪，同大家一样盯着那边。他们并未抬头看。塞尔瓦。哈加提重复了一遍，才意识到这是刚才那个问题的回答。这……那你们有没有住在一起？没有，还没亲密到那份上。那你自己住？是，不，我和我的父亲和妹妹同住。她名叫海拉。男孩接道，但不确定是否合适。詹斯却点了点头。

哈加提：那你为什么不和塞尔瓦一起住？

她对我的想法了如指掌，什么都清楚。詹斯回答道。

哈加提：是，这倒很棘手。

詹斯：她结过婚。

哈加提：结过，这个词用在这儿很妙，有希望。

詹斯：她杀了她丈夫。

哈加提：该死。

詹斯：是在屋子里烧死的。

哈加提：啊，这就……更不好了。

詹斯：是。

哈加提：但那男人可能是自作自受，他是不是个粗暴的家伙？

詹斯：那浑蛋玩意儿在家就是禽兽，打她，骂她，特别是烂醉的时候，连孩子都怕他。

哈加提：酒乃魔鬼所创之物。

詹斯：在家里，他动不动就喝个大醉。死前几年，他就没怎么清醒过。

哈加提：对了，他以前在哪儿谋生？在海上？

詹斯：不是。说来也很奇怪，以前，他到处给大伙儿讲故事，逗他们笑。据我了解，他很有魅力，大伙儿也喜欢他。可是，回家后他就变了，疯了似的。某天晚上，他疯了一样毒打并羞辱塞尔瓦。愤怒之下，塞尔瓦点着了他们的房子，把他烧死在屋中，带着孩子们逃到了附近的农场，并一直住在那里。那是十五年前的冬天，天特别冷，她带着孩子们走了三个小时，最小的孩子没能挺过来。那之后，她就没有原谅过自己。

哈加提：她是为了自己和孩子们的生命安全才这么做的，值得尊敬啊！而他，就是个魔鬼，除了魔鬼什么都不是。

詹斯：但她并没如愿，因为天太冷，最小的孩子没能挺过来。接着她把年纪大些的女儿留在另外一个农场。那农场不是很远，但也够远了。多亏了那个农场主人，她才没被起诉，但是仍有人叫她杀人犯。据我了解，她有三年没跟女儿见面了。之后，女儿又被送走了。远在另一个地区、另一个社区。

哈加提：你不知道在哪个地区？

詹斯：不知道。我连她的名字都不知道。

哈加提：但是，是什么阻止了你？

詹斯：她不想告诉我。

哈加提：去你的！傻瓜，我是说，你们住在一起的问题。

詹斯：她说农场主人一直对她好，如果她离开，就是背叛。

哈加提：感恩是一回事，牺牲自己是另一回事。

詹斯：我也觉得这只是个借口，但我很了解她。我这人靠不住，是事实。像我这样魔鬼上身的人，就是控制不了自己。

男孩几乎被忘在一边，现在突然伸手抓住詹斯：魔鬼上身？你并没有遗弃海拉或你父亲。这点了不得啊，非常了不得！

詹斯：她丈夫酗酒，是酒精害了他，让他沦为一个怪物。

哈加提：有时候我就想，魔鬼往世上每一个酒杯里都啐了一口痰。

詹斯：也许吧。我喝酒时让人失望。

哈加提：她看过你喝醉时的样子吗？

詹斯：她没看过也知道，因为她非常了解我，所以也不信任我。她对我的疑心绝不亚于我对自己的信心。世上没有比殴打妻子更可恶的事。谁要是殴打妻子，谁的手就应该被剁掉。可是，我不知道五年或十年后，自己会干出什么好事。我能管住自己的双手吗？

他看着自己的双手，仿佛在寻找答案，可它们隐藏在手套里，不漏任何破绽。

哈加提：我们困在这可怕的天气里，也不知造了什么孽，不知道能不能活着回去。我们四个人，三生一死。这还不够你看清现实吗？但兄弟，你要活着回去，然后打败你内心那阴森的暴风。这是你一个人的战斗，是你生死拼搏的战场。我相信，机会对胜与败是均等的。虽然我也不懂这些道理，但是，假如什么都不做，你就没有半点胜利的机会；假如什么都不做，你就背叛了所有你在乎的人，甚至是自己的生命。或许你没被眷顾，哦，不，上帝根本没眷顾你，但你是幸运的，很幸运！命运给了你一个机会！所以你一定要回到文明世界，去找你说的那个塞尔瓦，对天发誓，自己下决心在余生做一个可靠而善良的人。然后问她：能把我的心给你吗？

詹斯：能把我的心给你吗？

哈加提：嗯。

男孩：这太好了。

詹斯：傻子才会这样说话。

哈加提：对，对，到了只有变傻才能解决问题的时候，我们就会像傻子一样说话。相信我！她会答应你的。我知道。她在等着你打开你那该死的心扉，敞开它，让她看见你的内心，她就会答应你。她也就会看出你的决心。

詹斯从雪地上抬起头，脸上泛着木然的笑容，然后在风中晃悠着。他心想，也许你说的是对的，但你这家伙也够好笑的，波迪尔杜尔怎么办？她不也在斯雷图埃利等你吗？

哈加提：追梦之路不会一帆风顺。

男孩：你为什么不像劝詹斯一样，劝劝你自己？

哈加提：你只能劝值得劝的人。

XV

狂风是不是减弱了一点？是不是似乎有某个人，或者是这个世界、上帝、至高无上的力量，对这三个男人起了怜悯之心？也许只是因为这三人坐下时是毫不相干的人，站起来时却亲密了很多？或是因为比言语更美更好的事物让他们结合在一起？狂风减弱了吗？风暴的肆虐是否温和了一点，或者，是不是三人合一共渡难关要比三人各闯难关更简单？现在他们又出发了，直截了当、毫不犹豫、干净利落；一心向前，直面一切，面对天空和夜晚，因为这是夜晚，山中的又一个夜晚。

但是这也已经过去了。

我找到方向了，哈加提喊道。现在是白天，是中午，我们快到可恶的埃利了，也许再过一两个小时，只要这个浑蛋世界还有一丝光线，我们就能俯瞰海湾了！

但也许一丝微光都不会有。狂风重新卷起，一轮疯狂的风暴再次袭来。一路上他们早已领教了这场风暴的滋味，可是远没有这一轮风暴猛烈。简直就是地狱之风。他们一步步往前挪着、爬着，身后拽着沉重的棺材。也许很快就要靠近峡湾了，然后会是一个小渔村，那里可以小憩，有床、有教堂，还会有安葬奥斯塔的教堂墓地，也许会有个叫波迪尔杜尔的女子，谁知道呢？我看不会有！哈加提喊道。他们来到了一块大岩石下，停下来喘口气，敲掉冻结在鼻子和嘴唇上的一些冰块。他们又累又饿，步履蹒跚，渴得要命。我认为她没在那里。有时候我觉得她只是一个梦。如果她在那里，也肯定不是在等我，她不可能绝望到这个程度。那里的人看过我喝醉的样子，世界上所有的女人看到后都会被吓跑，留下来的只会是那些注定不幸的人，像我一样被魔鬼咬伤的人。那些见到我醉酒模样的人就是见到了地狱的深渊。见鬼！小伙子们，如果见了波迪尔杜尔，小伙子们，我就会跑开，为了拯救她，拯救她！

该死的烈酒！詹斯大叫。

哈加提：该死的烈酒！

詹斯：去你的烈酒！

狂风在这三个男人四周咆哮，他们蜷缩着躲避在岩石下，两人怒骂着烈酒，声音里充满痛苦、愤怒和无奈。该死的烈酒害得他们染上了暴力、背叛、罪恶和平庸，该死的烈酒唤醒了他们的心魔。该死的烈酒在我心上留下了黑色的污点！哈加提大喊道。詹斯疯狂地看着他，而男孩则不再费神去听同伴们在胡乱吼叫些什么，靠在棺材上，闭上了眼睛，浑身发冷。世间最妙之事莫过于睡觉，男孩甚至在眼前一片疯狂的背后捕捉到了一线阳光似的睡眠和静默。但是枕在詹斯胳膊上的他突然惊醒，使劲睁开眼睛，再次感受到了扑面而来的凶猛风暴。哈加提正在提醒他们，右边有条很深很深的山沟，几乎深到了地狱的边缘。两百年来，或者一百五十年来，深沟已经吞没了十一个人，其中两个是挪威人，所以一般不会把这两个包括在内。天地间只剩下狂风的咆哮声，狂风主宰着话语权，但是哈加提嗓音很高，他一面靠近另外两人，以免他们听不见自己，一面高声继续讲述。他说：有一天，一位年轻的母亲跃入了深沟，怀里抱着已经死去的孩子，充满了绝望。那是一个秋天。她是一名女仆，据说主人对她不好，侮辱她，殴打她，还威胁说如果她不从，就夺走她的孩子。如果没有了孩子，那还叫什么母亲呢？她忍受了他带来的一切耻辱。周围几个农场的人，当然还有本农场的人，都知道这回事，或者怀疑是这么回事。可是此人是教区的名人，声誉很好，广受尊敬，道貌岸然。人们见到他，无不小心翼翼，同时又无不肃然起敬，且敬而远之，以避免亲眼看到他的恶行。一个人若要忘却或否认一件事，最好是掉头无视，那样几乎总比直接目睹要容易做到，因为一旦眼见为实就无法否认，而后还不得不装作没有看到。很多人都说那孩子死于哮吼病，但他们知道那是谎言，实际上是那位凶残的主人在孩子试图保护自己母亲时下手太狠。你想一想，小伙子，一个才五六岁的孩子呀。那个秋天的夜里，下着倾盆大雨，她爬了出来，来到她一个女友住的小屋。可以想象，漆黑的夜晚，狂风暴雨中，女友听到有人敲窗格，低声叫着她的名字，也许是这位母亲拉她出来的，因为这样一个风雨交加的夜晚，是没有几个人愿意独自来开门的。总之女友出来了，裹着一件衣物，睡眼蒙眬，在外面等着的是那位不幸的母亲。你怀里抱着什么？女友问道。我的孩子。这位母亲说。这种天气抱出来啊？！女友惊叫道。再也不会疼了。是他干的。这位母亲说着将孩子脸上的布片拉开，露出已凝结的血块。风雨中，她头上没戴任何避雨物，甚至鞋也没穿，满脚带着伤和血迹。进屋来吧。女友说。上帝会惩罚那个恶魔的，我还必须亲手惩罚他！上帝对可怜的女人没有兴趣。这位母亲说。你我都知道，我们不能碰他，如果我们尝试碰他，我就会被控杀害自己的孩子，被关进布雷默霍尔姆监狱①。但我会拉上十个人一起死。那就是我的报复。什么意思？女友问，进来吧，你穿这么少，夜里在外面会冻死的。但是这位母亲竟笑起来，大声说：出了这事后，你真以为我还打算活下去，让我的孩子独自死去吗？告诉他们去看看山沟吧！说完她消失了，跑进了夜色，消失了。她跑得极快，女友很快就看不见她的身影了。直到几天后人们才发现她，或者说发现了她的遗体。她跳进了山沟的最深处，有一百多米深，砸到了沟底，怀里仍紧紧抱着孩子。撞到地狱屋脊时，想必发出了轰轰响声吧。

男孩：希望有人处置了那个主人。

哈加提：你可真是个孩子。那是个大人物，是教区行政长官和牧师的酒友。他们说这位母亲疯了。他们那种人都活得久，也死得快乐。难道你不知道吗？在这个国家唯一受到惩罚的人就是那些一无所有的人，其他人从来不会受到惩罚，除非是在故事里。现在山沟里已经有九个人和她在一起了。那两个挪威人是喝醉后迷了路，他们本来是上山打松鸡的。沟底已有九个，现在就差一个了。当然，我应该下到她那里去，这样就可以打败酒中恶魔，给她带去一些安慰。但是请记住：当山坡

---

① 布雷默霍尔姆监狱（Bremerholm），哥本哈根的监狱（16世纪到19世纪中期），很多冰岛罪犯会被送到该监狱关押。

突然开始倾斜时，就安全了，那说明我们已到了山下。但是在今天这种恶劣天气里，要特别小心山沟。山路紧挨着山沟，路在胖子的踩踏下很容易塌落，有人坠入深沟就是这个原因，特别是下雪天。我们离那儿还有多远啊？男孩问道。他已疲惫至极，就连这个问题都是费了很大力气才问出来的。希望不要超过半个小时吧，他想，再多我就受不了啦。天气好时，还需要半个小时，哈加提说，但是现在这个天气需要三个小时，如果我们走的路没错，不能再少了。人们很容易迷路，落入魔鬼的怀抱，在那里冻死。而且这远远不是一般的三个小时。

大概傍晚时分，他们终于再次改变了路线，这次改朝南方行进。狂风几乎全吹在他们的背部，尽管体力正在一点点耗尽，他们不得不竭尽全力才能稳住身体和棺材，不至于被狂风刮下山坡，因为现在山坡非常陡峭，以上帝名义发誓，下山路太陡了。哈加提停了下来。他们此刻位于雪橇前方，如果不是他们抓着雪橇，它就会顺坡滑跑。他们得使劲稳住脚跟，狂风吹得他们摇摇晃晃。就是这儿！哈加提喊道。这是个陡坡，高度不少于一百五十米，下坡后就是平地，虽然也有些小山包，但没有太陡的下坡。大约一千米后又是一个斜坡，也是很陡峭的下坡，坡下就是村里海拔最高的农场了。不远了，小伙子们！那位朋友就住在那个农场吗？男孩喊道。什么？不是的，那个农场很多年前就已经没人了，不过现在最重要的问题是不能把棺材弄丢了，雪橇稍微动一动就会滑跑了。这种天气，雪橇滑跑后我们就再也找不到棺材了，那样的话，我看棺材就会毁了。该死的棺材绝对不能丢！

他们当然不会让那种事发生。

他们一点一点挪着下坡，步履蹒跚如同老人，摇摇晃晃就像刚出生的牛犊，他们顶着令人昏眩欲倒的狂风，雪橇不断地撞到脚后跟。走啊，走啊，死亡离得并不远。别担心，别担心。哈加提说。可是该死的，真是累。他们几乎每挪一步就得停一下，筋疲力尽，疲惫不堪，风在周围咆哮，现在他们可以听见右边一种低沉的呼呼声。那是山沟的声音。

他们站着，不，实际上是半躺着，三人成半圆形。听到了吗？哈加提悄悄说。他们本能地挤在一起，仿佛要以此护住自己，在自己生命之外另找一个生命的慰藉。是她，这是她在呼喊第十个人！少来你那套废话了！詹斯几乎吼着说。哈加提更靠近了他们，几乎挨着了他们的脸。他们感觉到了他的呼吸，看到了他的眼睛深处，他的瞳孔似乎刻上了失望，他已被痛苦和虚弱划伤。该死的！伙计们，难道人来到这个世界就是为了死去吗？

这问题能有个什么答案呢？当然没有任何答案。然而他们似乎都思考了几分钟，仿佛在试图找到一个或者若干个答案。

也许他们只是茫然地垂着头，仅仅因为已经筋疲力尽，一无所有了，没有意识，对任何事物都没有感觉，彻底累垮了。雪橇滑开了，缓慢地，好像是在偷偷溜走一样。詹斯感到有什么东西擦过自己的身子，他抬起头，看到雪橇正在慢慢滑开。棺材在动，他想，于是连忙弓起腰。就在那么两三秒钟里，他已经跳了起来，匆忙得差点失去平衡被风吹倒。他喊道：棺材！然后追了上去。男孩和哈加提同时意识到发生了什么事，也赶紧爬起来，追了上去。雪橇已经滑过了一个小山丘，速度正在加快。下山的坡度很陡，狂风在吹，三人在后面追赶，姑且将他们的举动称为追赶吧。这三个人已经筋疲力尽，而且哈加提和詹斯浑身都冻得僵硬了，完全跑不动，就像晕了头的海豹。两人没跑几步就气喘吁吁，张大嘴巴喘气，然而他们仍行动笨拙地继续追赶。而这正是男孩出力的时刻。此时如果有什么事是他知道的，那就是跑。先前让他无法动弹的疲劳此刻已消失殆尽，被他血液里涌动的激情驱走了，他轻易就超过了两个魁梧的同伴，从他们中间穿过，把他们甩在身后喘着气。他跟在雪橇和棺材后面追赶，在陡峭得令人昏眩的下坡极快地奔跑，狂风在身后吹着，他好像飞起来了一般，然而还能跑得更快，他从心底发出了笑声。他奔跑着，飞着，开始靠近雪橇了，他伸出一只手抓住了棺材，然后马上跳起来，接着在风中狠狠摔到了棺材上，几乎被甩了下去，但他稳住了，坐了起来，骑在棺材上，抓住冻得僵硬的绳索，设法将手指穿过绳索下面，就这么紧紧抓住，无论雪橇如何往前飞快地滑行，无论棺材如何颠簸起伏，雪橇甚至飞越了一块高高凸起的岩石，但他仍紧紧抓住了没松手。下坡路更陡峭了，几乎是垂直往下落。一个活着的男孩，还有一个死去的女人，显然他们的滑行已经快得不能再快了，风呼啸着在后面追赶，几乎就要追不上他们。雪花落在男孩冰冷的皮肤上，他的鼻孔简直要喷出火来，他闻到了烟熏的气味，那是熏羊肉浓郁的气味。他不再笑了，笑声消失许久，他闭上了眼睛，以免雪落到眼里，同时听着她那冷冷的、毫无情感的恶毒笑声。笑声和寒冷一点一点地塞满了他的脑袋，雪占据了他所有的记忆和梦幻，永恒的冬天已经袭来。人就是这样死的吗？男孩边想边张开嘴。他首先希望能缓解寒冷，此外还希望那个女人能保持安静，于是大喊起来。也许这是他生命的反应，对他身后一切事物的反应。包括他珍惜的人的死去、失望、那钻心刺骨永远摆脱不了的不安，还有对活着的愧疚，以及对生活的渴望。男孩尖叫着，尖叫声里蕴含了逝去的一切。男孩叫喊着，叫喊声中包含了前几天的时光，与詹斯的日日夜夜。雪橇沿陡峭的山坡狂奔而下，他跨在摇摇晃晃的棺材上，棺材结构开始散开，雪橇的捆绑开始松动，那个女人在他脑袋里笑了又笑，而他大喊着，因为那黑色的山沟就在右边，雪橇时而朝那边滑过去，也许他和棺材很快会越过路沿，坠落就会开始——自由落体的、无情的坠落，坠到沟底，成为第十个人。他恐惧地尖叫。他尖叫，因为他还活着，因为他的悔恨远远超过了内心所能忍受的程度；他尖叫，因为他和詹斯在暴风雪中挣扎过，挣扎着穿过了荒野，而生命就像寒冷中十分脆弱的一根线；他尖叫着，因为在维特拉斯特伦有个小女孩在咳嗽，她的眼睛是夏天沼泽的颜色，她咳了又咳，咳得喘不过气来。她每听到一个故事的开头都要说：没有人会死。当然没有人会死。她母亲说。但是在面对死亡时，故事完全没有用。男孩叫喊着，拼命抓住绳索，身子被甩来甩去。雪橇继续飞奔，他尖叫着，玛利亚在维特拉斯特伦的石头炉子旁边打瞌睡，沉浸在一本书中，仿佛希望能在书中找到早已消逝的生活，找到一个已死去的七岁女孩，那女孩的生命没有留下什么痕迹，唯有正在淡去的记忆和熏黑了的土墙上的几颗婴儿牙齿。男孩尖叫着，身处维克的安娜的世界正在黑雾中消失。基亚尔坦的世界也在消逝，对基亚尔坦来说，那只不过是一种不同的雾，甚至更糟糕的雾，最后一瓶酒空了，他再也睡不着了，他在桌前坐下，被所有的话语包围，被那些成了滔滔不绝的废话的话语包围。没有另外一个人倾听，话语又能是什么呢？没有触碰抚摸，话语又能是什么呢？基亚尔坦听着敲打房子的暴风，如果你再也不能忍受触摸你的妻子，话语又有什么益处呢？如果你已经不再相信生活，话语又有什么益处呢？男孩尖叫着，他大叫，他哭泣，因为一个十几岁的男孩五十年前冻死了，尽管那个农场主把他抱在怀里，一边喃喃说"对不起，对不起，对不起"，直到他的嘴唇冷得再说不出话来，后来那个农场主也冻死了，现在没有人记得他们的生活，只知道他们死了。他们生活中的所有美好时刻都去了哪里呢？是不是在死亡中烟消云散了？山腰的坡道绵绵不绝，他们仍在不断往下，往下，往下冲去，也许就要直奔地狱了。棺材破裂了，一个死去的女人和一个活着的男孩，男孩在绝望和愤怒中抓着一根冻得僵硬的绳索，紧闭双眼，又喊又叫，因为曾有很多人在这里溺水而死，海里满是淹死的生命，然而人们捕到的是鱼，不是死去的生命。男孩尖叫着，因为我们不能把船划到逝者之海，找到我们思念的人，夜里我们在痛苦中沉默地辗转反侧，我们怎样才能找到那些过早离去的人呢？生命是不是很无奈？是不是没有任何言语可以打破规律？是不是没有任何句子足够有力，可以克服不可能克服的困难？然而我们从生到死，如果不是为了克服那些困难，又究竟是为了什么呢？此处山腰垂直，雪橇左右颠簸，突然下沉后又恢复平稳，男孩的脸被狠狠地推向棺材盖，他那冰冷的皮肤被撞裂了，他那温暖的血液给棺材染上了血色。女人终于停止了大笑，开始哭泣，她在为自己逝去的永不回来的生命而遗憾，而哭泣。男孩尖叫着，女人哭泣着，他觉得棺木板在他身底下慢慢散开，他睁开眼睛，弯腰坐着，透过裂缝看去，考虑是不是跳起来，但他们前进的速度太快了，而且他不想失去棺材。如果失去棺材，那个女人也许要到晚春时候才会被人找到，人们要循着腐臭味、苍蝇的嗡嗡声，还有高飞在山巅的乌鸦才能把她找到，而那乌鸦或许会叼着死者的眼球。不行，他不能对孩子们做那种事，也不能对那个不再笑的女人做那种事，她只是为了自己的生命而遗憾，为她的孩子而哭泣。她来找詹斯和他，是为了请他们将她带到圣地，由此则可以拯救他们。男孩朝棺材弓下腰，想说"我没有让你失望"，但是紧接着，大地消失了，完全消失了，雪橇、棺材和男孩都飞到了空中。

男孩抓着绳索的手松开了，或者是放开了，他骤然发出尖叫声，飞得更高了，更高了，然后落下来。也许他正往山沟落去，很快他就会狠狠砸在沟底，那股力量远不是他的身体所能承受的。刹那间，周围的一切静谧无声。

XVI

你真是不可思议。男孩对詹斯说。男孩没有骨折，他落在了柔软的积雪中。你究竟是怎么找到我的啊？詹斯对此什么都没有说。他只是说：去你的，还真能跑。而后他的视线落到了棺材碎片中的奥斯塔身上，她的两眼闭着，嘴却张着，略带讥讽，牙齿呈黄褐色。詹斯径直朝她走去。这就是你的样子啊。他说。他需要略微蹲下一点，才能看清她的脸，而她的双腿有一半被雪盖住了。詹斯的样子就像是认为，这个刚才还在棺材里的女人现在突然从雪里冒了出来，她带着讥讽，身体略朝前倾斜，左手指着风暴，在说：去那里。不过，詹斯能这么快找到男孩，而且没费力气，是有点令人惊奇。雪橇一直在向下狂奔，而且滑到了侧边，恰好偏离了路线。詹斯一直僵硬地跟在后面跑，踉跄着跑了几十米后不小心滑倒在邮袋上面。他挥舞着双臂，就像一只可笑的大虫子，无力地试图转向左边，离开那条深沟，他听到深沟在附近不住地发出呜呜声。最后他好不容易停了下来，站住了脚，很是迷惑和糊涂。他转着圈，喊着哈加提，喊着男孩，吹了好几次邮政号角，却只听到风声的回答。所以，他继续踉跄前行，脚下不再是斜坡了，然后不知是走了什么好运，他脚下绊到了男孩。男孩问到了哈加提。他在这里有办法，詹斯说，如果他只需照顾自己，就很容易自救，可是我们得继续往前走。我站不起来，走不动了，就在这里休息了。风到时候会停下来，雪也会停。在某一节点，那无疑会太迟。你冷吗？詹斯问。不冷，男孩回答，这就是问题所在了，我感觉很好，所以，我为什么要站起来呢？如果站起来我又会冷。在这种天气里最危险的，詹斯说，就是你不再觉得冷的时候，只要半个小时你就睡过去了。

男孩：再也不会醒来？

詹斯：就和奥斯塔一样。他们两人都看着那个女人，她带着讥讽斜靠在那里，但不再觉得冷了。

男孩：这是她吗？

詹斯：你是什么意思？

男孩：你看到的那个，你知道的，出现在你面前的东西？

詹斯：我不知道我看到了什么，也不知道我是不是看到了什么。

男孩：我看到了她。我看着她，是她。

詹斯：那好吧。

男孩：我以为这只是小说里才会有的事，一个死人跑很长的路来拜访活人。

詹斯：不要闭眼睛，孩子！否则你会像她一样。那有什么用？

男孩：我只是在听，可是我再也听不到她的声音了。

詹斯：她？别傻了。她死了。死人是发不出什么声音的。

男孩：她的声音我听了很久，实际上自从我们在山顶上离开比亚德尼之后，我每次闭上眼就能听到。有一次睁开眼睛时也听到了。

詹斯：你听到了什么啊？

男孩：她大笑。

詹斯：我原来不知道，死了还会有这么多乐趣。

男孩：不是的，这是一种冰冷的笑，毫无乐趣。现在我知道冰柱会怎么笑了。

詹斯：你读书太多了。读书太多就不安全，你会被弄糊涂，最后只能依靠教区。

男孩：她还跟我说了话，不是很友好，她一点也不热情，也不和蔼，就像哈加提说的，她还……活着。

詹斯：那是因为死亡比生命更残酷。可是，别说这些了，站起来吧。一个人死后，就是死人了，他或她根本不再是活着的。站起来吧，我可怜的孩子。

男孩：可是她最后哭了，哭得很伤心。

詹斯：现在站起来。

我站不起来。男孩闭上眼睛说。他太累了，不想再和詹斯争吵下去。最后她哭了。他后来又说道。奥斯塔仿似正在讥讽地看着他们，她那椒盐色的头发在风中飘动。詹斯慢慢地说：我也累了。他强迫自己把视线从那女人身上转开。他们现在闻到一阵阵烟味，而这勾起了他们的饥饿感。男孩睁开了眼睛，尽管有点艰难。他听到了血液在流动，在静脉里安然流动，催他入眠，但是他睁开了双眼，吃惊地看着詹斯。你，累了？他问。詹斯转开了视线，他的胡子上结上了一块块冰，然后又回过头，看着男孩。你在流血。詹斯说。我也觉得是在流血，可是流得很厉害吗？不厉害。詹斯说着，又看了看那个女人。我和你一样，也无法继续走了，从来没有这样累过，这么冷过，可是现在，问题不是你能做什么，而是你去做什么。詹斯说完，僵硬地弯下腰，伸出几乎僵硬的右臂，将男孩拉起来站着。他们并肩站在那里。风暴在他们四周肆虐，一个死去的女人在嘲笑他们。我冷。男孩说。不错，詹斯说，可是我们现在需要知道要选择哪个方向。男孩看着奥斯塔，朝她走近一步，就好像她看穿了他的双眼，并深深、深深地看到了他的心里，看进了他的意识，可是现在她很温柔。她指着正确的方向。詹斯摇了摇头，然后又说：哪个方向都一样糟。他们伸展了一下身体，向四周环顾，朝上凝视着风暴，认为那是上面。可是，当然，他们只看到了雪。詹斯大喊起来，取出邮政号角，吹了三次，每次都会停顿片刻，号角声飘上山。他们等得不耐烦了，却仍未听到任何反响，也没见到哈加提的影子。他们出发了，再不走，他们就会被寒冷、饥饿、疲劳和干渴彻底击倒，再也起不来了。他们按照奥斯塔的指示出发，她身上已经变得雪白，无疑很快就会消失在雪中了。詹斯摸索着找到了棺材剩下的木头，插在那个女人周围，希望能以此确定她的位置。而他们两个则打算走到村子里去，虽然这有点勉强。是不是他们似乎已经走出了时间？他们走出了这个世界，因而注定将在风暴中漂泊千年，直到生命的边缘。那时那些还活着的人将会瞥见他们，那种感觉就像在半梦半醒间感受到的那种模糊的疑惑，就像任何事情在任何时候都不能纾解时感受到的深深绝望。

不能说他们正在行走。他们只是跌跌撞撞，一路摔倒、爬行，有时其中一个开始咯咯笑，而另一个就大笑，然后他们坐下来，又是大笑又是尖叫，笑声和尖叫声混在一起无法区分。然后他们无言地爬起来，谁也不看对方。詹斯跌倒了，男孩花了很长时间扶起他那沉重的身躯。男孩跌倒了，詹斯不得不使出越来越衰弱的力气拉他起来，然后男孩在邮差肩膀上靠一会儿，就像一件特殊的邮袋。詹斯不得不使尽全力站稳，才得以支撑他的身体。而在平常情况下，他本可以毫不费力地承受住这点重量。我不爱她。男孩在他耳边喃喃地说。谁？莱恩海泽。什么莱恩海泽？

男孩：你知道，福里特里克的女儿。

詹斯：你和她有关系吗？

男孩：我不知道，不知道，我和任何人都没有关系。我只知道，她的肩膀是月光做的。

詹斯：去他的，离开那些人，孩子。

男孩：我一见到她就无力控制自己了，那就是爱吗？

詹斯：你干吗问我？

男孩：你在爱。

詹斯：别说这样的词。

男孩：只是我的心在跳，詹斯。

詹斯：如果你要爬到福里特里克那里去，我可没有一点兴趣把你从冰雪和山里救出来了。

男孩：是她有着月光的肩膀，不是男人。

詹斯：都一样。

也许我一点爱都没有，男孩说，但是她要我死我都愿意。浑蛋，听你说这些。詹斯说。他们还待在原地没动。狂风中他们随风摇摆，将头靠在一起，好像这样能护住自己一样。两人都累得不得不靠在一起，无力思考，只是嘴里说着话，那话语是自己冒出来的，他们不过收集起来而已。你打算去她那里吗？男孩问。是的。詹斯回答。那你就得摆脱这次困难。免不了的。詹斯说。他们身子不再靠在一起，而是继续前行，往山下走去，因为开始下坡了。然后坡度陡起来，大风险些将他们吹倒。最好别摔倒，很难知道下面是什么。詹斯喊。他在小心翼翼地一步步往坡下挪动，同时斜着身子顶住狂风。不知道！男孩喊。也许这里是海角，脚下是悬崖，下面是大海，那我们就会直落到暗蓝色的大海中去！浑蛋。詹斯大喊。他对男孩老不闭嘴感到愤怒了。天啊！他大喊道，脚下没有站稳，一脚踏空。就那么一瞬间，詹斯倒下了，同时从下面绊到了男孩的双腿。一眨眼的工夫，两人不由自主地飞了起来。两个男人背部朝下狠狠地向坡下落去，沿山边落去，也许下面就是深深的大海。也许他们很快就要落下悬崖，像雪花一样飞几秒钟，像天使的翅膀、天使的忧伤，最后像滚石一样落到水里，迎接湿漉漉的死亡。他们径直冲下山，詹斯先发出尖叫，然后是男孩。两个失声尖叫的男人飞速落下山，落下坡，冲破夜色，穿过风暴。两个失声尖叫的男人最后啪的一声狠狠砸在了什么硬东西上。先是詹斯。一秒钟后是男孩，离邮差半米远。然后世界消失了。